海外小説の誘惑

# マンゾーニ家の人々

［上］

ナタリア・ギンズブルグ

須賀敦子＝訳



白水uブックス

目次

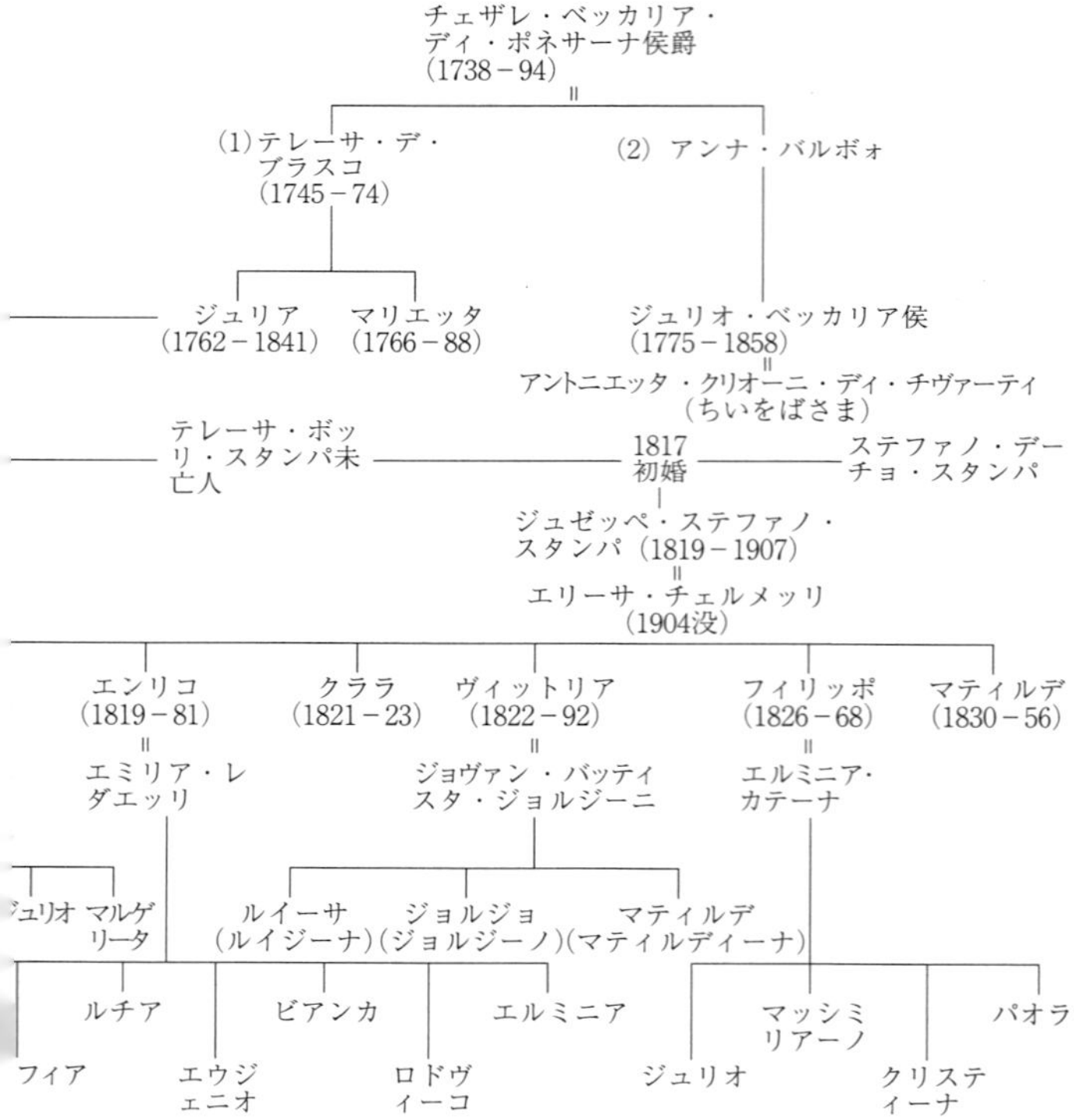
チェザレ・ベッカリア・ディ・ボネサーナ侯爵
(1738－94)
(1)テレーサ・デ・ブラスコ
(1745－74)
(2) アンナ・バルボォ
ジュリア
(1762－1841)
マリエッタ
(1766－88)
ジュリオ・ベッカリア侯
(1775－1858)
アントニエッタ・クリオーニ・ディ・チヴァーティ
(ちいをばさま)
テレーサ・ボッリ・スタンパ未亡人
1817
初婚
ステファノ・デーチョ・スタンパ
ジュゼッペ・ステファノ・スタンパ (1819－1907)
エリーサ・チェルメッリ
(1904没)
エンリコ
(1819－81)
エミリア・レダエッリ
クララ
(1821－23)
ヴィットリア
(1822－92)
ジョヴァン・バッティスタ・ジョルジーニ
フィリッポ
(1826－68)
エルミニア・カテーナ
マティルデ
(1830－56)
ジュリオ
マルゲリータ
ルイーサ
(ルイジーナ)
ジョルジョ
(ジョルジーノ)
マティルデ
(マティルディーナ)
ルチア
ビアンカ
エルミニア
フィア
エウジェニオ
ロドヴィーコ
マッシミリアーノ
パオラ
ジュリオ
クリスティーナ

# マンゾーニの家系図

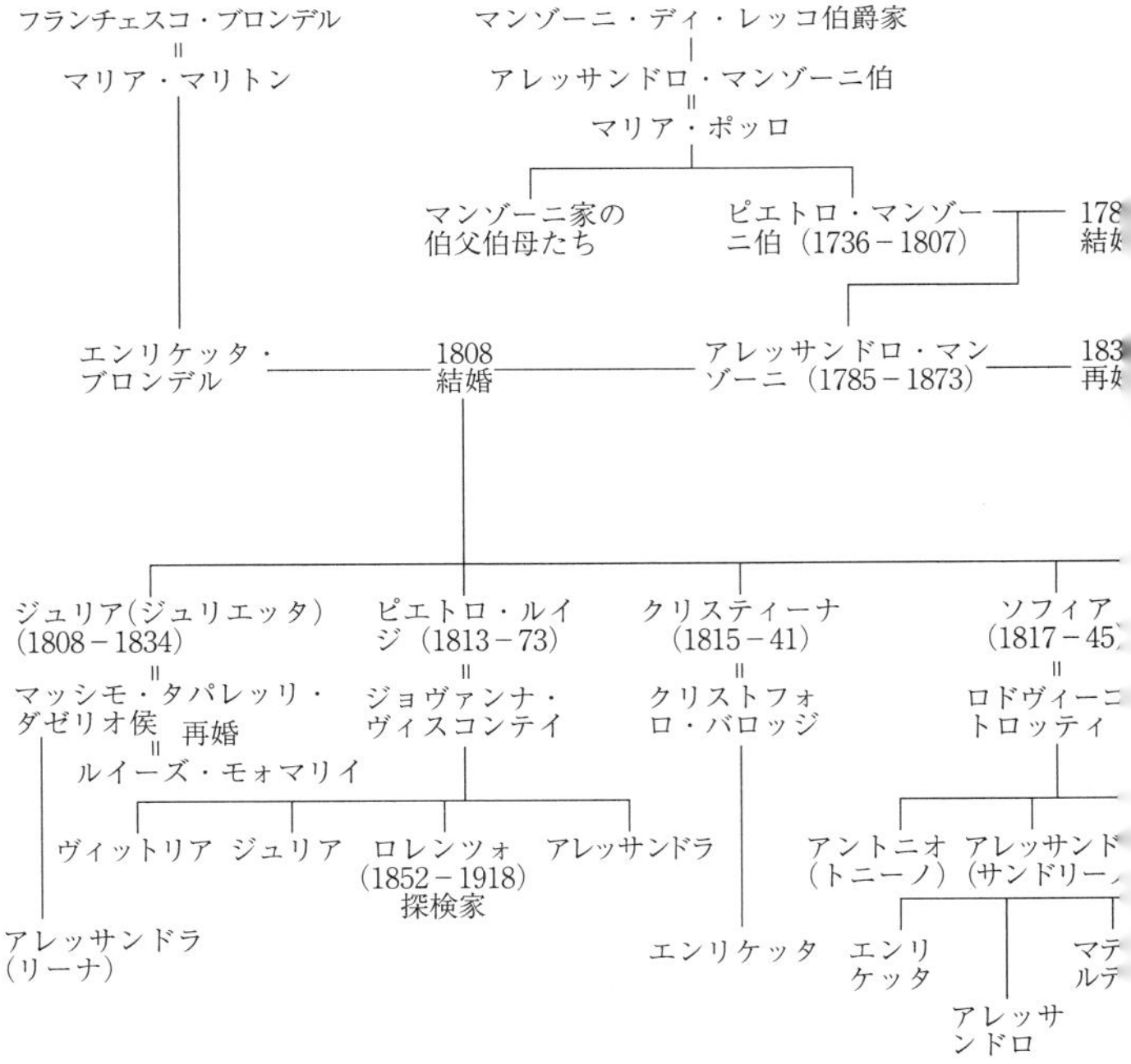
フランチェスコ・ブロンデル
マリア・マリトン
マンゾーニ・ディ・レッコ伯爵家
アレッサンドロ・マンゾーニ伯
マリア・ポッロ
マンゾーニ家の伯父伯母たち
ピエトロ・マンゾーニ伯（1736－1807）
178
結
エンリケッタ・ブロンデル
1808 結婚
アレッサンドロ・マンゾーニ（1785－1873）
183
再
ジュリア(ジュリエッタ)（1808－1834）
マッシモ・タパレッリ・ダゼリオ侯
再婚
ルイーズ・モォマリイ
ピエトロ・ルイジ（1813－73）
ジョヴァンナ・ヴィスコンテイ
クリスティーナ（1815－41）
クリストフォロ・バロッジ
ソフィア
(1817－45
ロドヴィー
トロッティ
ヴィットリア
ジュリア
ロレンツォ（1852－1918）探検家
アレッサンドラ
アントニオ（トニーノ）
アレッサンド
(サンドリー
アレッサンドラ（リーナ）
エンリケッタ
エンリケッタ
アレッサンドロ
マテ
ルテ

リソルジメント時代の
イタリア
オーストリア
スイス
サヴォイ
ロンバルディア
ミラノ
ヴェネツィア
ヴェネツィア
イストリア
オットマン帝国
トリノ
フランス
ピエモンテ
パルマ
ジェノワ
ロマーニャ
モデナ
ニース
ラ・スペツィア
モナコ
ピサ
フィレンツェ
リヴォルノ
ダルマティア
トスカーナ
教皇領
アドリア海
コルシカ
ローマ
ナポリ王国
ナポリ
サルデーニャ
ティレニア海
パレルモ
シチリア

マンゾーニ家　1823年　左から右へ（上）ジュリア・ベッカリア，アレッサンドロ・マンゾーニ，エンリケッタ，（中）ジュリエッタ，ピエトロ，クリスティーナ，（下）ソフィア，エンリコ，クララ，ヴィットリア

アレッサンドロ・マンゾーニ

ジュリア・ベッカリア

結婚当時のマンゾーニとエンリケッタ・ブロンデル

クロード・フォリエル

マッシモ・ダゼリオ

ジュリア・ベッカリア

テレーサ・ボッリ

ヴィットリア

ステファノ・スタンパ

クリスティーナ

ソフィアとマティルデ

フィリッポ

エンリコ

ピエトロ

# はしがきと献辞

この本は、マンゾーニ家の物語を、手紙と、周知のことがらを交差させて、再構築しようとしたものである。物語そのものは、現在、書店には出ていない何冊かの本にのっているのだが、欠落、不足、不明の部分が、いっぱいある。どこの家族の話でも、いざまとめようとすると、おなじような困難に行きあたるにちがいないし、これらの欠落や不明の部分を完全に補修することは、終局的には不可能なのである。

一冊の本を書くのに、ほかの本にあたったり、資料を探したりする、こういった種類の本をわたくしはこれまでに書いたことがなかった。わたくしがこれまで書いてきたのは、あたまのなかで生まれた小説や、自分自身の回想記などで、これには、なんの資料も必要でなかったし、人にものをたずねることもなかった。

ところが、この本を書くにあたっては、多くの方たちのお世話になり、ここでお礼を申しあげたい。

まずはじめに、『ジュリア・ベッカリア』の著者、ドナータ・キオメンティ・ヴァサッリに感謝したい。数年まえに、チェスキーナ出版社から上梓されながら、その後、どういうわけかずっと絶版になったままのこの本をわたくしは、まず読んだ。すばらしい本なので、そのことに、まず感謝する。それから、著者が、わたくしの質問に答え、いろいろな本を貸してくださり、調査にあたっての方向を示唆してくださったことについても、お礼を申しあげたい。

また、わたくしの質問に答え、とるべき方向を示唆し、ときには腹をたてながらも、じっと忍耐してくださった、チェザレ・ガルボリにも、感謝したい。

それから、ブレーラ図書館のレティツィア・ペコレッラ、マリア・デ・ルーカに、ミラノのマンゾーニ研究センターのヨーネ・カテリーナ・リーヴァに、また、ローマの国立図書館のアンナマリア・ジョルジェッティ・ヴィーキおよびアレッサンドロ・フロリオにも感謝の意を表したい。この方たちには、いろいろな方面で援けていただいたし、本や手紙を読ませていただいた。

最後に、イラストレーションを担当してくださったエンリカ・モレッシとアウグスタ・トソーネにも感謝する。

この本を友人のディンダ・ガッロに捧げる。マンゾーニ家について、なにひとつ知らなかったわたくしにくらべて、彼女はすべてを知っていた。わたくしは、この家族がたどった運命について、ごく初歩的な好奇心をもっていただけなのである。ディンダと話していて、わたくしは、この家族について、もっと深く、もっと近くから、知りたいと思うようになった。それで、少しずつ書いては、彼女のところに持っていって、読んでもらった。わたくしがいくつかの点について、困惑や、混迷を感じると、彼女もいっしょに困ってくれた。埋めることのできない欠落や不足の部分については、わたくしといっしょに残念がってくれた。彼女はわたくしを、こころよく指導し、ずっと近くから見守ってくれた。わたくしといっしょに、歩いてくれた、と思う。彼女なしに、わたくしがこの本を書くことはなかっただろう。だから、これを、彼女に捧げたい。

手紙の原文のなかにはフランス語で書かれたものがあって、それはわたくしが、イタリア語に訳した。フランス語のままにしておきたかったのだけれど、それでは、本がフランス語とイタリア語のバイリンガルになってしまうので、訳すことになった。

マンゾーニからフォリエル宛、フォリエルからマンゾーニ宛の手紙は、マンゾーニの最初の手紙だけがイタリア語なのをのぞいて、ぜんぶ、フランス語である。ジュリア、ジュリエッタその他から、フォリエルにあてた手紙は、エルメス・ヴィスコンティの手紙以外はすべてフランス語だった。

エンリケッタの手紙もすべてフランス語である。エンリケッタから寄宿学校のヴィットリア宛の手紙はミケーレ・スケリッロの訳を用いた。

ジュリエッタがアンデールから妹のクリスティーナにあてた手紙はフランス語。

アゼリオ城からジュリエッタが父マンゾーニにあてた手紙もフランス語。

ジュリアから友人のユウフロシーヌ・プランタ宛の手紙はフランス語。

テレーサからノトブルガ伯母宛の手紙はフランス語。

以上

N・G

# 第一部（一七六二年—一八三六年）

ジュリア・ベッカリア

# 一

ジュリア・ベッカリアは赤毛で、眼は碧かった。一七六二年、ミラノに生れた。父親はチェザレ・ベッカリア、母親はテレーサ・デ・ブラスコ。父の家系は貴族で、母は陸軍大佐の娘だったが、二人は周囲の猛烈な反対を押し切って結婚した。これといった資産がなかったにもかかわらず、二人は贅沢に暮した。チェザレ・ベッカリアはごく若い頃に『犯罪と刑罰について』という論文を書いて有名になった。テレーサは髪が黒く、虚弱な体質だったが、結婚後まもなくカルデラーラという金持の愛人になった。経済学者で哲学者としても名を知られたピエトロ・ヴェッリとは、家族ぐるみでつきあっていたが、彼は、チェザレの妹の愛人でもあった。ヴェッリとベッカリア夫妻のあいだにはたえず波風がたち、三人は仲たがいと和解をくりかえしていた。

ジュリアが四歳のとき妹のマリエッタが生れた。その同じ年に母親は梅毒にかかったが、それでも旅行や、社交界の生活をやめなかった。やがて男の子を一人生んだが、その子はまもなく死んだ。それは父親が長年、待ちのぞんでいた男の子だった。母親は病身にもかかわらず旅行がちだったので、ジュリアと妹は召使たちに育てられた。一七七四年、母親は持病が悪化して、おそろしい苦しみのはてに死に、父親は身も世もなく悲しんだ。しかし、妻が死んだその日に、彼女の残した山のような衣類と宝石の目録を作らせ、二人の娘を呼んで、「これはみんなおまえたちのものだよ」と言い、二人を抱きしめて泣いた。だが、娘たちがその衣類と宝石を見たのはそれが最後だった。妻の死を悼むためといって、父親はまもなく妻の愛人だったカルデラーラの豪奢な別荘に行ってしまい、娘たちは召使たちと家に残された。その数日後、カルデラーラはチェザレが理髪師に髪をウェーヴさせたのを見てびっくりした。彼はカルデラーラにこう言ったという。「身なりは整えておきたいのでね。」妻の葬儀の四十日後に彼は美人で裕福なアンナ・バルボォと婚約し、三か月後に結婚した。そして彼女との間に、待望の男子をもうけた。ジュリアはそれ以前に修道院の学校に入れられたが、妹のマリエッタは健康がすぐれず、佝僂《くる》病のためにせむしになってしまったので、家におかれ、鉄のコルセットを着けさせられ、召使たちが身のまわり一切の世話をした。修道院にいるジュリアのことは、もうだれも覚えていなかった。父方の祖父母はすでになく、彼女をかわいがってくれた母方の伯父が一人いたが、当時、遠くはなれたブラジルに住んでいたので、ジュリアのことを覚えていてくれたのはピエトロ・ヴェッリただ一人だった。彼はときたま修道院の客間に会いにきてくれた。ジュリアが十八歳になったとき、ピエトロ・ヴェッリは父親に彼女を家に引きとるようすすめた。

ジュリアは美しい少女で、体格もよく、しっかりした気性の子だった。その性格のため、まもなく父親と激しく対立することになる。やがて彼女は、ピエトロ・ヴェッリの弟で、「マルタの騎士」の称号をもつ、おしゃれで女性的な顔立ちののらくら者、ジョヴァンニ・ヴェッリに恋をした。しかし二人の結婚となるとまったくだった。ジュリアにはまったく財産がなかったからである。そこでピエトロ・ヴェッリとチェザレ・ベッカリアは周囲を見まわし、ドン・ピエトロ・マンゾーニという人物に白羽の矢をたてた。田舎紳士で寡夫、子はなく、四十六歳、資産家というほどではないが、文無しというわけでもない。ミラノの北、レッコ近辺にカレオットと呼ばれる領地をもっていて、夏はそこで過し、冬はミラノの運河に面したサン・ダミアーノ街の家で暮した。持参金については、彼は柔軟性のある態度を示したので、この話は急速にまとまった。ジュリアにとって父親の家さえ出られれば、あとはどうでもよかった。

ドン・ピエトロ・マンゾーニは七人の姉妹といっしょに暮していた。そのうちの一人はもと修道女だった。また、高位聖職者の兄が一人いて、ミラノの大聖堂の参事をしていた。結婚後、ジュリアはたちまちふしあわせになった。夫や、敵意をもって彼女にたいした小姑たちとのあいだに諍《いさか》いが絶えなかった。運河沿いのミラノの家は、外観が美しくないばかりか、せまくて湿気が多く、いつもうすぐらかった。夫はこれといった才覚もなく、たいした資産も地位もない、まったく見栄えのせぬ男だった。彼が保守的で教会一辺倒だった反面、ジュリアは生家でも、ヴェッリ家でも、新しい自由な空気の中で育っていた。それは彼女にとって、死ぬほど退屈な毎日だった。ジョヴァンニ・ヴェッリとの交際は結婚後もずるずると続き、優雅でお客の多い賑やかなヴェッリ家を、彼女はしばしばたずねた。そんな彼女の華やかな生活と裏腹に、小姑たちの敵意はますます表面化し、夫は彼女たちにそそのかされて、妻を監視するようになった。

結婚後四年目の一七八五年三月七日、ジュリアは、長男でひとり子のアレッサンドロをもうけた。アレッサンドロという名はマンゾーニ家の亡くなった父親の名をもらったのである。赤ん坊は聖バビラ教会で洗礼をうけたが、この子の出生を祝福したものはひとりもなかった。ジュリアと夫とのあいだのみぞは以前にもまして深まった。いろいろな噂がたっていたからである。

赤ん坊はすぐにレッコに近いマルグラーテ在に里子にだされた。ジュリアはもとの生活にもどったが、ジョヴァンニ・ヴェッツリにはもう倦きていた。彼のほうも同様だった。やがてジュリアはタリオレッティという男性と関係をもった。その間、アレッサンドロは乳母の家で育った。それは農家で、赤ん坊は乳母と乳母の親族の愛情につつまれて成長したが、母親はごくたまにしか会いに行かなかった。やがてミラノに連れかえられたが、その後もしばしば、長時間、乳母のところに帰った。画家のアンドレア・アッピアーニの手になる、ジュリアと幼いアレッサンドロの肖像画がある。ジュリアは乗馬服を着ていて、その表情は硬くこわばっている。疲れたような、うつろな視線である。ひざにのっている子供への愛情は、毫《ごう》も読みとれない。アレッサンドロは四歳。ジュリアはこの画をジョヴァンニ・ヴェッツリに贈った。

彼女がカルロ・イムボナーティと知りあったのはこの頃のことである。修道院の学校時代に彼女と仲のよかった女性がイムボナーティの妹にあたり、その家の客間で会ったのがはじめだった。おさないアレッサンドロといっしょに描かれたアッピアーニの肖像画についで、二、三年後に描かれた、二番目の肖像画がある。コズウェイという女流画家の手になり、パリで描かれたものである。ジュリアは当時すでにパリで、イムボナーティと幸福に暮していた。この絵のジュリアは、ヴェールのついた小さな白い帽子をかぶっている。ほっそりした鼻、口もとにはそこはかとない、機知をふくんだ微笑を浮べている。とても若くみえ、それは年齢も苦労も忘れ去った顔である。

カルロ・イムボナーティの家は代々、裕福な貴族の家柄だった。彼は少年時代、有名な詩人ジュゼッペ・パリーニを家庭教師にもち、成人後は、国外で長く暮した。ジュリアと会ったのはイタリアに帰ってまもなくの頃である。二人のあいだはまたたくまに深まり、ジュリアはきっぱり夫と別れようと決心した。恋をして大胆になった彼女は事をはっきりさせたかったのである。ジョヴァンニ・ヴェッリと結ばれていた頃は、精神的にも物質的にも相手に依存できず、さらに相手の優柔不断に染まったとでもいうのか、別居を考えたことはなかった。それが今度はまったく様子が違った。彼女はピエトロ・ヴェッリに手紙を書いた。ピエトロはだれも会いにきてくれなかった修道院の学校の頃、面会にきてくれたただひとりの人で、あるときは、彼女のために援助の手をさしのべてくれたこともある人物である。ただその援助が、彼女の父親に加担したあげく、あの不幸な結婚に導いてしまったという点では、かなり曖昧な性質のものではあったのだが。彼女はこう手紙に書いた。

「すべてにつけてわたくしを敵視するこの家の方たちとはもうぜったいに暮してまいれません。夫はやがてはわたくしが天国の愉悦にあずかれるよう、いまのうちに地上のあらゆる苦しみをわたくしに嘗《な》めさせてやろうという、聖なる熱意に燃えているかのようにみえます。お義兄《にい》さまのモンシニョーレ〔大聖堂の参事〕は例のお館で、あれこれとお考えを練られては、すぐさま実行に移すようにと弟に命令なさるようです。そんなとき、夫は家にもどってきて、部屋から部屋を調べ歩き、額の裏まで残りなくたしかめてまわります。もと修道女のお義姉《ねえ》さまは暇さえあれば、ご苦労さまなことに、そうっと内階段を降りてきて、ひとの話をぬすみ聞きしようとなさり、お耳にされたことは聖職者様に逐一ご報告なさるのですよ。聖職者様といえば、このところ、片方のお目のうえに、かなりめだつ脂肪のかたまりをこしらえて、弱っておいでのご様子です。以上がわたくしの家庭の現状でございます。あなた様にはなにもかも打明けておはなし致し、ありのままを書いて、あなた様のおこころを動かして救けていただかねばと存じておりましたが、わたくし考え違いをしておりましたようでございます。ヴェッリ伯爵様、あなた様はわたくしがそのためなにも知らずに犠牲にされてしまった父とのご友情を、今も大切にしておいでなのでしょうか。当時について申しますと、わたくしを不幸に陥れたのはひとえに父でございます。父はわたくしの性格をよく存じておりましたし、わたくしをどのようなところに嫁がせるかも、じゅうぶんにこころえておりました。ヴェッリ様は細かいことはご存じなく、したがってわたくしをかたづけるためのお心遣いは、父とわたくしにとって善かれと思召してのことでございました。でもいまはずいぶんと様子がかわりました。ヴェッリ様にはわたくしのおかれておりますきわどい状況をご理解いただけるのでしょうか。それでもなおすべてを丸くおさめてわたくしに、あわれな奴隷生活を続けよと、ふしあわせでいよと仰せなのでしょうか。それも、もとを申せば父が決めたことに、わがままで逆らってはならぬというだけの理由で。父はわたくしの現状がこれほどひどいとは露ほどにも思っておらず、自分がわたくしにはめた枷をわたくしがはずそうとしてもがくのを見て、ただただ立腹するのみでございます。ヴェッリ伯爵様、なにもかもあからさまに書いてしまって、おゆるしくださいませ。だれもわたくしにくれるわけにはゆかず、だれもわたくしから取り上げることのできない唯一のもの、すなわちわたくしの心の一徹さにすがってこれをしたためております。このような性格ゆえ、たとえお相手がどなたであろうと、わたくしはおなじ声で真実だけを申します。離別が必須と存じます。現状を我慢することはもうたくさんでございます。」

ドン・ピエトロ・マンゾーニは、妻を引きとめるべく、ある工作をめぐらした。彼が高位の貴族でないことを彼女が軽蔑しているのを知っていたので、彼は兄や姉妹たちを促し、貴族名簿に名が記載さるべく申請をした。しかし申請は却下された。却下の知らせをうけたのは、いずれにせよジュリアが家を出た後のことだった。

一七九二年の二月、裁判官によって別居が認可された。ドン・ピエトロ・マンゾーニは三月毎に妻に二千リラを支払う旨、約束した。ジュリアは母方の伯父で当時すでに南米から帰っていたミケーレ・デ・ブラスコのもとに居を移すべく義務づけられた。息子についての言及はなく、したがって、法律上の父親であるドン・ピエトロ・マンゾーニの保護下におかれるものと理解された。ジュリアは息子をメラーテにあったソマスコ修道会が経営する寄宿学校まで送りとどけ、そこで別れた。メラーテに出発する直前、ジュリアは少年を祖父のチェザレ・ベッカリアのところに挨拶に連れていった。晩年のベッカリアはひどく肥満していた。アレッサンドロ少年が祖父に会ったのはこれが最初で最後であった。後年、マンゾーニは、ひじかけ椅子から重いからだを起して、ひきだしからチョコレートを出してくれた祖父の想い出を書いている。二人の訪問を、ベッカリア自身はそれほどよろこばなかったらしい。アレッサンドロは当時七歳だった。

一七八八年にジュリアの妹マリエッタが死んだ。享年二十二歳。病身の人目につかぬ生涯を召使たちの部屋で終えた彼女は、生前、遂に一度も親の家を出たことがなかった。妹の死後、ジュリアは母親の財産のうち、自分の取り分に対する相続権取得のため、父チェザレ・ベッカリアを相手に訴訟をおこした。夫と別居後のことで、この訴訟手続きに彼女は没頭し、父親をながながと告発した覚書を提出した。その中で、父親がいかに「不安と嫌悪感」をもよおさせる結婚を彼女に強制し、母親の遺産を詐取したうえ、彼女には乏しい持参金しかあたえず、しかも自分は父サヴェリオ・ベッカリア侯爵の没後得た土地と家作をもらって、比較的潤沢な財政状態にあるかを指摘している。しかし一七九四年の十一月、チェザレ・ベッカリアは脳溢血のため自室で急死した。未亡人アンナ・バルボォは継娘と妥協することを決意し、ジュリアは請求分の大半をもらうことになった。一七九六年の秋、ジュリアはカルロ・イムボナーティとパリにむけて出発した。同じ年の五月、ナポレオンの率いるフランス軍がミラノに入城した。

悲しみにうちひしがれたドン・ピエトロ・マンゾーニは結婚生活とひとつの時代の終焉をひとり眺めていた。彼の都《まち》、ミラノには無秩序と混乱がはびこっていた。彼にとって憎悪の対象以外のなにものでもない兵士たちがあたりにひしめいていた。むかしふうの人間だった彼は、自分が生来そのなかで暮してきた市民的、宗教的な安定が、嵐の一撃をうけて崩壊するのを目のあたりにしたのだった。あまりにも多くのおもいでを宿した運河沿いの家をあとに、彼はサン・プラッセーデ在の家に移った。しかし大半は静かなカレオットの領地で暮した。とはいっても、息子をそこに呼び寄せることは稀だった。ある日、ソマスコ修道会の寄宿学校の校長から譴責状がとどいた。アレッサンドロが、あたりにみなぎる新思想への同調を表明して、お下げ髪を自分の手で切りおとしてしまったというのだった。

一七九七年に今度はピエトロ・ヴェッリが、これも脳溢血で死去した。弟のジョヴァンニ・ヴェッリは、クローニ夫人という彼の愛人とその夫とともに、コモ湖に面したベルヴェデーレに住んでいた。

ジュリアはパリでしあわせだった。彼女はそれまでに手に入れることのできなかったすべてを手にしたのだった。今や彼女は自由だった。二人が結婚していないということがまったく問題にされない大都会で、愛し愛される男性と暮していたのだ。相手は高貴な魂と寛容な性格をそなえていた。好男子で——カルロ・イムボナーティは優れた容貌の持主だった——裕福で、みなに尊敬され重んじられていた。エレガントな地区であるヴァンドーム広場の、エレガントな家に二人は住んでいて、たくさん友人がいた。ベッカリアという彼女の結婚前の名字を教養のある人々や社交界では知らぬものがなかったので、ジュリアは突然、これに愛着をおぼえた。どこに行っても慇懃に、しかも明るいもてなしをうけた。だれもが彼女の父親のことを、またその有名な著作『犯罪と刑罰について』を知っていた。長期にわたった父親との裁判沙汰、つらく屈辱的だった父親とのあらそい、胸中に鬱積し、ながいこと彼女を惨めにしてきた父へのうらみつらみは、遠い昔のことになってしまった。いずれにしてもすべての怒り、すべてのうらみは彼の死によって鎮められ、忘れ去られていた。メラーテのソマスコ修道会寄宿学校にいるアレッサンドロ少年のことはほとんど考えなかった。彼女にとって少年はいやな暗い過去の人生の一部分であり、少年の頭上には彼女が触れたくない、考えたくない罪悪感が影をおとしていた。彼女が少年に手紙を書くことはなかった。

彼女とイムボナーティがフランスでもっとも大切にしていた友人は、彼らとおなじく結婚せずに同棲していた、クロード・フォリエルとソフィー・ド・コンドルセだった。パリの近郊ムランの、もと修道院だった〈ラ・メゾネット〉と呼ばれる邸に二人は住んでいた。ジュリアも田舎に家を持つのが夢で、それをやがてラ・ショミエールと呼ぶことまで決めていた。

当時ソフィー・ド・コンドルセは三十歳をすぎたばかりだった。彼女の髪は栗いろでオリーヴがかった肌をしていた。彼女の人生は波乱に富んだものだった。彼女の夫であり、哲学者、数学者だったコンドルセ侯爵はジロンド党員で、一七九二年、ジロンド党が失脚すると、彼は警察に追われる身となった。ある農家に潜伏し、その間、政府に没収された財産をいくらかでも取り戻すため、離婚を申請していた。やがてコンドルセは逃亡をくわだて、捕らえられ、毒をあおいだ。毒薬は友人の医師、ピエール・カバニスから手に入れたものだった。夫に先立たれたソフィーは娘と妹と年老いた家政婦を抱えて、生活の糧を得るため毎日牢獄にかよって、ギロチン刑を宣告された囚人たちの肖像画を描いた。やがて没収された財産の一部は戻った。ある日、植物園を散歩していてクロード・フォリエルに出会った。二人とも植物学が好きだった。彼は当時スタール夫人とねんごろであったが、こんどはソフィーが彼をとりこにした。とはいってもスタール夫人とフォリエルの友情はそのために破綻をきたすことなく、その後もずっと続いた。

フォリエルは言語学者だった。セヴェンヌ地方のサンテチエンヌという山村の、これといって資産のない家に生れ、トゥルノンで学んだが、一七九三年、歩兵大隊の中尉に任命された。執行政府が権力をにぎったとき、彼はサンテチエンヌに帰り、ギリシャ語、ラテン語およびトルコ語を学んだ。やがてパリに戻ったが、フウシェの友人だったので、その秘書をつとめ、警部の職を得た。警察官としては、隣人の窮乏に心を用い、他人の不遇に敏感で、すみやかに援助の手をさしのべた。だが、まさに昇進の道が開けようとしたとき、彼は辞表を提出した。野心はなく、高すぎる地位が与えられそうになると、彼はきまって職を辞した。サント・ブーヴは彼のことを永遠の辞職人間と呼んだ。さきに書いたとおり彼は植物学が好きだった。自然、とくにロワール河畔の風物と故郷の村の周辺を愛し、朝早く野を歩いて薬草の採集をするのを楽しんだ。サント・ブーヴがやはり彼を評して、ものごとの本源に遡るのを愛したと書いている。「川の源なるところを、諸文明の開闢《かいびゃく》の場」を愛し、美術や詩の原始のかたちを愛した。植物のなかでもとくに、蘚苔類を好んで採集した。彼はまた、その人並すぐれた容姿のために多くの女性に愛された。スタンダールは彼をパリ一番の美男子と評した。背がたかく、髪は栗いろで、幅ひろく厚みのある唇、彫りの深い、男らしい顔だちで、愁いをふくんだ思慮深い目をしていた。友情に厚い性格で、友人がなにか研究しているとそれに興味を持ち、自分もそれを研究した。人の話を聞いてあげるのが上手で、だれもが彼に打明け話をした。友人が多く、カバニス、スタール夫人、バンジャマン・コンスタン、後にはマンゾーニも彼の友人になった。翻訳者としても抜群だったが、うぬぼれがつよく、自分の著作、とくに翻訳をほめられると心からよろこんだ。ソフィー・ド・コンドルセは、二十年間彼と共に暮したが、結婚することは承諾しなかった。フォリエルは貴族ではなく、彼女より下の社会階級に属していたため、不釣合な結婚になるのを恐れたのである。革命後のことでもあり、ソフィーは多くの面で旧弊を大胆に破ったが、それでも生れの卑しい男性との結婚は自らの品位にもとるという考えは棄てきれなかったのである。ずっと後になってソフィー・ド・コンドルセが死んだとき、永年のねんごろな間柄にもかかわらず、フォリエルは彼女の親族から受入れられず、蔑視さえされた。彼はひとり、孤独のなかに取り残されたのだった。

ソフィー・ド・コンドルセは、気さくで自制心があり、態度に威厳のある、品のよい女性だった。ジュリアは彼女を尊敬はしていたが、彼女に威圧され、彼女をなんとなくおそれていた。ソフィーはジュリアに超然として対し、保護者的であったが、ジュリアが彼女に向かって衝動的に愛情をあらわすと、慇懃ではあるが冷たい応答がかえってきた。ジュリアはそれがつらくてフォリエルに打明けた。「愛した相手に愛されぬことはむごいことかもしれませんが、愛されているとわかっていながら現実に無視されるのだってずいぶんつらいことです。このうえなく優雅なあのかたと、わたくしの関係がちょうどこれにあたります。それでも、わたくしはあのかたをいつまでもお慕いしつづけるでしょう。なんと申しましても、友情というものは双方からのもののはずです。友情を無理強いするわけにはまいりませんし、わたくしはぜったいにいやでございます。」

ソフィー・ド・コンドルセがジュリアに深く嫉妬していたとも考えられる。それでときには彼女に冷たくしたのではないだろうか。

しかしジュリアが不幸にみまわれたとき、ソフィー・ド・コンドルセは実質的なたよりになってくれた。カルロ・イムボナーティが突然胆嚢炎で死んだのである。かなり以前から肝臓をわずらってはいたが、だれも病気の重大さに気づいていなかった。ヴァンドーム広場の家に一番に駆けつけてくれたのは、ソフィー・ド・コンドルセ、カバニスとフォリエルの三人だった。ジュリアは遺骸にとりすがって嗚咽し、離れようとしなかった。ソフィーは、遺骸が腐敗せぬよう特別の処理を施したうえでムランの〈ラ・メゾネット〉の庭園に運んではどうかとジュリアに提案した。キリスト教の習慣である、遺骸を祝福するための司祭は呼ばれなかった。ソフィーはたった半日のうちに、防腐処置の専門家を探しだした。メゾネットの庭には絶えて祭式に用いられたことのない小さな聖堂があり、特別な処置を施されたカルロ・イムボナーティの遺骸はそこに安置された。教会法では、聖別の儀式を経ない土地に死者を埋葬することは禁じられていたが、その規則は完全に無視された。ジュリアは朽ちることない感謝の念でソフィーに結ばれた。

カルロ・イムボナーティは、その数年前、ミラノで遺言状を書いていた。死後ミラノで公証人が臨席して遺言状が開かれ、パリを動こうとしないジュリアに伝達された。イムボナーティがこれを書いた当時、ジュリアには内容を話してあったので、彼女はすでに何が書いてあるかを知っていた。正確に一語一語記憶していたわけではなかったが。十四の遺贈品目が彼の親族と家族にあてられ、その他すべての財産がジュリアに遺された。「その他すべての小生の資産、動産、不動産、債券、権利、株式、その他小生の死亡時において小生の遺産とみなされる全件について、包括相続人として小生はジュリア・ベッカリアを指定し……以上に述べるところの小生の自由にして不退転の決定は前出相続人に対し小生が幾歳月明言を辞すことのなかった、不断の高潔なる友情のために、前出相続人にたいして小生が負い、心に抱くところの、純潔にして公正なるこの愛情の証しとして、厳粛に公表されることを希望するものであります。上記の友情については彼女と共に過した年月に関して、小生は完璧な満足を得たのみならず、彼女の高潔かつ私心なき愛情のおかげで、小生は死後に至るまで心の平穏と幸福を味わい得るものとの、内なる確信を表明するものであります。以上の諸事については、前出相続人への愛情のすべてを心ゆくまで表明することの不可能なるを悟り、われら共通の父であり、世の創造主たる至高の神に我が心のすべてをこめて、身をへりくだり、捧げる我が誓いの数々を、前出相続人の永遠の救いのために聴きとどけてくださるよう祈り、さらに私どもが共に神をことほぎ敬うこと永遠なれと祈るものであります。」

カルロ・イムボナーティが死んだのは一八〇五年三月十五日だった。享年五十二歳。ジュリアは四十二歳だった。遺書の終りの言葉を読んで彼女は神について考えるようになった。そのときまで、彼女の生活環境には、宗教的思考というものがまったく存在しなかったので、彼女は神についてあまり考えたことがなかった。そこで彼女は、フェデリコ・メネストラスというプロテスタントの牧師に会いに行った。ジュネーヴ生れのカルロッタ・ブロンデルという老婦人の家で知り合った人物だった。その牧師に彼女が慰藉と忠告を求めたところ、隣人の窮乏に心を用いるようすすめられた。ジュリアはすぐに、病院付の修道女になる決心をし、家具や道具類を人にあげてしまった。さらにカルロ・イムボナーティの姉妹たちに手紙を書いて、遺産の一部を受けとってほしいとたのんだ。また、ヴァンドーム広場の家を売りはらい、サントノレ街にアパルトマンを買ったが、その夏、息子のアレッサンドロが彼女を訪ねてきたので、二人はリュクサンブール・ヌーヴ街のやや広い家に引越した。

## 二

アレッサンドロは、きらいつづけたソマスコ修道会の寄宿学校を十二歳でやめて（後年、この学校を題材にして『不潔な牧舎』を書いた）、ミラノのロンゴーネ寄宿学校に転校したが、ここでも非常にいやな思いをした。それでもこの学校では、アレーゼ、パガーニ、コンファロニエーリ、ヴィスコンティら、何人かの友人ができた。この学校に彼は十六歳まで在籍し、その後サン・プラッセーデ在の館に住むことになったが、彼を待っていたのは、始終ふさぎこんだ父親のピエトロ・マンゾーニ伯爵と、陰気な未婚の叔母たち、眼のうえに脂肪のかたまりをこしらえた伯父のモンシニョーレ、そして昔、この人たちのなかで暮していたころのジュリアを退屈させ、かなしませたすべてのものだった。ドン・ピエトロは、少年にたいして愛情も敵意も抱いていなかったが、この子が家にいると、ジュリアと自分の不幸な結婚を思いだすのが不愉快だった。それでも、品位のある態度で接すべく自らを律しようとした。少年は法律が彼に委ねたのであり、法こそは彼が人間の条件として最上位に置くものであった。しかし、彼が少年にあたえ得るものといっては、厳格で気力のない視線、ぎこちない、言葉の表現を伴わない保護でしかなかった。少年は少年で、この陰鬱な男のまえに出ると、どのようにふるまってよいのかわからなかった。居心地がわるかったのだ。何人かいた友人の生き方をまねし、彼らと女の話をし、夜は彼らとスカラ座のロビーに遊びに行った。その頃、詩人のヴィンチェンツォ・モンティを知り、その威厳のある人格に接して自分の摸すべき手本と感じた。彼が詩を書くと、ヴィンチェンツォ・モンティがそれを読んでくれた。ある夜、スカラ座の桟敷でチコーニャ伯爵夫人のとなりにいたところ、ナポレオン・ボナパルトを見かけた。一瞬、将軍の視線が伯爵婦人にそそがれたかとおもうと、それはたちまち傲岸にそらされた。彼女はナポレオンを死ぬほど軽蔑していて、ナポレオンもそれを知っていた。その射るような侮蔑に満ちたまなざしを、少年は生涯忘れなかった。

あるとき、ヴィンチェンツォ・モンティがパリに滞在していて、ジュリアとカルロ・イムボナーティの家に招かれた。イムボナーティが死ぬ少し以前のことである。ヴィンチェンツォ・モンティがアレッサンドロの話をし、それを聞いたイムボナーティは、アレッサンドロに手紙を書き、パリに来てはどうかとさそった。それは、彼の少年に会ってみたいという気持と、自分もジュリアも、遠くでひとり育っている少年のことを、かつて真剣に考えたことがなかったという罪悪感の両方から出た行為だった。少年から母親をとりあげてしまったのはほかでもない自分なのである。それに、もしかすると無意識的に自分の死を予感していて、ジュリアが息子をそばに置いたほうがよいと思ったのではないだろうか。アレッサンドロは十九歳になっていた。イムボナーティの手紙を受けとると、ドン・ピエトロに旅費を出してほしいとたのんだ。ドン・ピエトロはそれを許し、息子が出てゆくことにほっとしていた。春にイムボナーティの訃報がとどき、アレッサンドロは六月にパリにむけて出発した。

母と子はパリのサントノレ街の家で再会し、まるで初対面であるかのように、しげしげとたがいを見つめあった。それは母と子というよりは、一人の女性と一人の男性の出会いだった。まだ生々しい悲しみにうちのめされ、やつれた顔をしている彼女を見て、少年は突然、このひとの支えになってあげねばと思った。もはやふたりは母と子ではなかった。それはふたりが遠く別れて暮し、たがいに相手の存在をわすれたいと願って生きてきた年月のあいだに、母として子としての絆がずたずたにひきさかれていたからである。自分をひとり置き去りにしてしまった母の面影は、苦悩の匂いを放ったまま記憶の底に葬り去られ、少年は母に対して焦点のさだまらないうらみを抱いていた。一方、母親の側では、かつて母のやさしさを与えたこともなく、そのうえ置き去りにした子の面影は、苦悩と悔恨の匂いを放ったまま、これまた記憶の底にしまいこまれていた。この葬られたふたりの愛情の背景は、ふいによみがえったかと思うと、あっというまにふたたび闇に追いやられたが、闇の彼方に消え去ろうとするとき、閃光とともに大音響をとどろかせ、二人の耳をつんざき目をくらませた。どちらにとっても、それはあたらしい人生の第一歩であった。

アレッサンドロはたちまちジュリアに夢中になり、そればかりか彼女をとりまくすべてのとりこになってしまった。それはカルロ・イムボナーティの思い出であり、ソフィー・ド・コンドルセであり、フォリエルであった。のちにマンゾーニとフォリエルの間にはもっと深みのある真の友情が生れるのであるが、この最初の瞬間におけるフォリエルは、単にジュリアにとって大切な人というだけのことであり、彼女の放つ光に照らされた存在というにすぎなかった。

彼は自作の詩をフォリエルに送って批評を乞い、これを得、それに返事を書いた。「貴殿がイタリア文学に精通しておいでの由、かねて承っておりましたので、拙作をお送りするにあたり、あれこれ危惧致しておりました。そのためこのようにご懇切きわまる御評価を賜りひたすら感激しております……直接お目もじの上で小生の気持をお伝えできぬのが返すがえすも残念であります。愛する、不幸な母の手を彼女の、また小生にとっても親愛なるカルロの冷たくなった手に重ねて下さった貴殿の御手を何時になればこの手にいただくことが叶えられましょうか。母の取次ぎにより他日必ず拝眉の光栄に浴すべく確信致しております。」

彼は『カルロ・イムボナーティの死を悼む』という長編の頌詩を母に捧げて書く。これは後年、気にいらなくなって破棄した。

また彼はミラノの友人パガーニに、以後、アレッサンドロ・マンゾーニ・ベッカリアと名乗る旨、知らせる。「昨日、著名な孤高の詩人、たぐい稀なる叙情詩人のル・ブランと共に食卓につく栄誉を得た。さらに印刷された彼の作品の贈呈を受けるという過分の栄誉に接したが、その際、僕の名をベッカリアと記すべきを力説された。この作品を僕は永久に愛蔵すべきだが、ル・ブラン氏はこう言われた。“C'est un nom trop honorable pour ne pas saisir l'occasion de le porter. Je veux que le nom de Le Brun choque avec celui de Beccaria.” すなわち『この名は自らに冠し用いる権利のある者がそれを等閑に附すにはあまりにも貴重である。私はル・ブランの名をベッカリアの署名の横に置いて人々をあっと言わせたいのです』と。僕は詩人の青ざめ憔悴した頬に接吻する光栄を得た。僕にとってそれはあたかもヴィナスの唇に接するほど尊いものに思われた。」

アレッサンドロとジュリアは、ミラノにいるヴィンチェンツォ・モンティに二人で手紙を書き、自分たちの邂逅についての幸福感を述べた。アレッサンドロにとってそれは、荒涼とした灰色の日々を後にしたもののしあわせであり、ジュリアにとっては、未だ生々しい不幸に、新しいしあわせが重なったのだった。いずれにしても、ふたりとも、この世を別な目でみるようになったのである。マンゾーニはそれをこう書いている。「僕は一刻も早く手紙を書きたかった。僕が幸福になることを僕よりも早く感づいていた貴君に、今、僕がどれほどしあわせか知ってもらいたかった。幸福は母の両腕にしっかりと抱きしめられていた。僕に母のことをこまごまと話してくれた貴君に、僕より先に彼女を知っていた貴君に、すべてを報らせたかった。おおモンティ君、僕は母の涙を拭い去ろうとしているのではなく、彼女とともに泣いているのだ。僕は彼女の深い、神聖で穏やかな悲しみをわかちあっている……何時また貴君に会えるだろうか。僕は愛するジュリアのためにだけ生きている。そして貴君が美徳の鑑として僕に描いてみせてくれたかのイムボナーティ氏を、彼女とともに敬慕しその徳に倣いたいと思っている……僕を愛し続けてくれ給え。手紙を待っている。ジュリアが彼女の愛するモンティに少しは書かせてほしいと言って、僕の手からペンを取り上げそうにするので、今日はこれでおしまいにする。」その続きをジュリアが書く。「わたくしのアレッサンドロのあとに、親愛なるモンティさま、あなたに二、三行だけ書きます。アレッサンドロを愛し、この子をほんとうに識りつくしておいでのあなたこそ、わたくしの敬慕してやまぬカルロを模範にするようにと彼に諭してくださるあなたこそ、わたくしが果てしなくカルロを愛している分だけ、そしてわたくしの耐えている神聖な悲しみの分だけ、アレッサンドロを愛し、いつくしんでいることをご推察いただけるのです。もはやわたくしに気晴らしをするように、運命をあきらめるようにとおっしゃっては下さいますな。アレッサンドロとともにわたくしを訪れたこの永遠の悦びに、涙で酬いるなどゆめゆめいたすべきでないことは、あなたもよくご存じのはずです。モンティさま、おたよりお待ちいたしております。わたくしにもまたお話いたさせて下さいまし。」

ジュネーヴに行って病院の看護修道女になる計画——はじめから本気で実行にうつす心づもりのない計画だったのだが——は放棄され、ジュリアは息子に打ち込むことになる。彼女はもともと、実際的で足が地についた女性で、知らず知らずのうちに人生を賢明に管理するすべを身につけていた。息子の彼女に対する熱情的な愛情が、いずれは二人の日常生活の中で重苦しく厄介なものになり、双方にとって精神的な消耗を招来し、やがては二人だけでいるのに厭きるだろうと彼女は考えた。一日もはやく息子は結婚し、家庭を築き、子供を持たなければならない。そうすることによって彼女自身、輪郭のはっきりした、誰にも納得のゆく、確固たる場を占めることができ、あたらしい、多くの家族にかこまれた、明るい情景の頂点に自らを置くことによって、賢明に、しあわせに、老年を迎えることができるはずだ。しかし、そのためには適当な女性を、二人の間にあって、自分なりの空間を的確に読み取ることのできる女性を選ばねばならない。それにはフランス、イタリアを見渡して探さねばならない。イムボナーティが彼女にのこした莫大な遺産のなかに、ミラノに近いブルスリオという在に大きな領地があった。まずそれを見ておいた方がよいのではないか。母親と息子はさっそく旅に出た。ジェノワよりフォリエルへ。「今朝、床の中で、貴殿のお便りがここのところ途絶えていることを考えていたとき、母の大きな声が聞こえました。『アレッサンドロ、フォリエルさまからのお手紙よ。』跳ね起きて母の部屋に行き、なつかしいお便りをふたりでとっくり読みました。貴殿の友人になりたいという希望が、しずかに確信に変わってゆくこの頃の小生の喜びをお察しください。この希望は母の大きな喜びでもあります。母はいつもこう申しています。『おまえがあの神様のようなフォリエルさまとお友だちになってくれたら！』こんな形容詞を使うのをお許し下さい。筆がすべりました。」その直後、やはりジェノワで、彼らはドン・ピエトロ・マンゾーニの重病を報じた便りを受け取った。「小生は直ちに出発いたしました」とマンゾーニはフォリエルに再び書き送っている。「母がいっしょに来てくれましたが、到着したときには、もう父には会えぬ旨告げられました。病気の通知を小生が受け取った日に父は亡くなったのでした。」マンゾーニは父親の遺骸に敬意を表しには行かず、ただちにミラノを離れた。「死者に平安と栄光のあらんことを」とフォリエルにあてて書いている。彼はジュリアと数日間ブルスリオにとどまり、ついでトリノにひと月滞在した。ドン・ピエトロ・マンゾーニは遺言をのこしていた。アレッサンドロに財産を譲り、彼が受けさせた教育の「思想と基本精神を」忘れぬようにとあった。「わが妻には、彼女への敬意および記念として、ダイアモンドのペンダントを二連、贈る」とあった。

エンリケッタ・ブロンデル

## 一

アレッサンドロ・マンゾーニの若い頃の肖像画がいくつかある。比較的短い年月を隔てて描かれた作品なのであるが、どれも非常に違う。一つは細かく、左右対称にびっしりとウェーヴした手入れのよい髪で、鼻すじのとおった顔に、思慮深い感じがよくでている。もうひとつは乱れた髪がふさふさとしていて、夢見るような目つきがどこか作家のウーゴ・フォスコロに似ている。また他の肖像画では鼻が目立って大きく、すねたような表情である。さらに頬が落ち窪み、人を射るような視線と、ちぢれた、こわい頬ひげの顔に描かれたものもある。

エンリケッタ・ブロンデルの若い頃の肖像画は結婚式のヴェールをつけていて、丸顔の、稚い、柔和だが輪郭のはっきりしない顔に描かれている。彼女は一七九一年にベルガモ県のカシラーテ・ディ・アッダに生れた。父の名はフランチェスコ・ブロンデル、母はマリア・マリトンといった。父はスイス人だったが、母は南仏ラングドック地方の出で、二人ともカルヴァン教徒だった。子女は八人、男子が四人、女子が四人だったが、エンリケッタは上から三番目だった。子供たちはみなカトリックの洗礼を受けていた。周囲の子供たちと同じようにしてやりたいという父親の意向によるものだった。母親は反対こそしなかったが、カトリックが大嫌いだったので、子供たちにプロテスタントの教育をさずけた。父親は柔和な性格、母親は権力的なきびしい人だった。父親は養蚕で財を成し、絹糸を商い、いくつもの製糸工場を持っていたが、十九世紀初頭に、ミラノ在のマリーノにあった、もとイムボナーティ家のものだった邸を買いとった。カルロ・イムボナーティの没後、パリでジュリアをメネストラス牧師に紹介したカルロッタ・ブロンデルはこの人たちの親戚だった。

エンリケッタは小柄な、まつげまで金色のブロンドの、愛らしい少女だった。口数の少ない、おとなしい謙虚な態度の娘で、ジュリアの目には、自分がながいこと心に描いてきた理想的な嫁と映った。何もいうことはない、と彼女は思った。優しく、完全な調和を保って、自分たちの風景のなかにすっぽりと溶け込むために生れたかに思えた。この娘との話が持ちこまれたのは、二、三の縁談が立ち消えになったあと、母子の二度目のイタリア旅行のときだった。それ以前にあった「天使のようなルイジーナ」という少女との縁談は、彼女がすでに他の男性と交際していたことがわかって解消し、フォリエルの友人にあたるフランス人のド・トラシー家の令嬢との話は、マンゾーニ家の家柄が低すぎるとのことで解消した。

一八〇七年の十月、エンリケッタ・ブロンデルに会った直後、マンゾーニはコモ湖畔のベルヴェデーレからフォリエルにあててつぎのように書いている。

「貴殿に打明けたいことがあります。先日お話した少女にミラノで会いました。なかなかかわいらしい人だと思いました。母は小生より長く彼女と話をしましたが、いい娘だと申しています。自分の家族、とくに彼女を心から愛している両親のしあわせ以外、なにも欲しくないとのことです。家族への思いやり深い人のようです。（以上、すべてここだけの話です。）この国で、少なくとも小生にとってはもうひとつプラスになる点は、彼女が貴族でないということです。貴殿はパリーニの詩を憶えておいででしょう。その上、彼女はプロテスタントです。いずれにしても、かわいらしいひとです。貴殿に一日も早くお目にかかりたいと思う人間が、二人から三人になるのもいよいよ間近になりそうです。とはいっても今のところは何も決定したわけではありませんし、彼女自身はこのことについてまったく何も知らされていません。ただ、これを決定するに際して一番の味方になっていただくべき方は貴殿ですので、是非お知らせいたしたく、ペンをとりました。どうかお考えをお聞かせください。現在のところ本件は絶対秘密です……ここまで書いていると母が入ってきて、次のことをつけたすようにと申します。すなわち、くだんの少女は、ふだんフランス語で話していること、十六歳であること、素直で飾らない性格であること。さあ、これですべてご報告しました。」

そのつぎは結婚式をまもなくに控えたある日の手紙である。

「さて、小生の花嫁となるひとは十六歳、やさしい性格で真摯な心の持主です。両親を心から愛していて、小生に対しても些かのいたわりの気持は抱いていてくれるようです……母にはまったく自然に打解け、親しみをこめて『マンマ』と呼んでいます。それでいて深い敬意をいだいていることも明らかで、小生は真の孝情というものを教えられる気持です。このことについてきっと小生が急ぎすぎるとお思いでしょう。しかし彼女を知ってからというものは、すべてのためらいは無益であるということがわかりました。平和で、質素で善良で気持のよいという点で、彼女の家族は比類ない人たちです。さらに申し添えますと、小生は確信をもって自分と母の幸福を築くつもりです。いずれにしても、母の幸福なくして小生の幸福は考えられません。」

エンリケッタとアレッサンドロは一八〇八年の二月にミラノで結婚式を挙げた。式はカルヴァン派の儀式でおこなわれた。カトリック教の式を挙げるためには、彼のほうが特別の許可を得なければならなかった。洗礼を受けていたとはいえ、彼女は異なった教会に所属していたからである。しかし彼は事をいそいでいて、特別許可の申請を怠った。宗派のちがいを理由に、カトリックの神父たちは彼の結婚式の司式を拒否したと、アレッサンドロはフォリエルに書いている。このことはブロンデル家の人々をよろこばせた。ジュリアは病気で式に出なかった。披露宴はなかった。昔、イムボナーティ家のものであったマリーノ在の邸で、スイス人の牧師が新郎新婦を祝福した。その直後、マンゾーニは病気の母親のもとに駆けつけた。この結婚は、しかし、ミラノで人々の批判するところとなった。貴族でもあり、高位聖職者の縁つづきでもあるマンゾーニが、プロテスタントの女性と結ばれるなどもっての外だというのだった。

「この二か月は小生にとって悲しみと喜びの混ったものでした」とマンゾーニはその春、フォリエルにあてて書いている。「母はひどい喉の痛みを訴え、それが三度もぶりかえし、現在も完全に治癒したとは申せません。その合間に小生は結婚致しました。母はこれをたいそう喜び、彼女の魂は歓喜に溢れ、そのため回復が早まったようです。私どもは三人ともみなすこぶる幸福に暮しています。この天使のような女性はまるで私どものため生れてきたかと思うほどです。小生とすべてにおいて趣味が一致し、重要な点で意見の合わないことはまずないと言えるでしょう。」

ジュリアはしあわせではあったが、同時にひどく神経質になっていた。ミラノ中が、マンゾーニ一家について悪口をいっていることがその原因だった。ブルスリオの領地の庭園の一隅に、一年前、彼女は小さな御堂を建てさせ、そこにカルロ・イムボナーティの遺骸をフランスから移葬させたが、このことも人々の反感をかった。彼女は"Ce vilain Italie"《この嫌なイタリア》から一日も早く離れたかった。パリが恋しかった。彼女はブルスリオを訪れ、小さな墓前で祈った。ブルスリオ訪問は、一年前からはじめた改築工事の監督をするためでもあった。彼女は領地内の農家を、ひろびろとした、住みやすい邸に改築させ、いずれはそこで暮したいと考えていた。しかしこれらのことも、彼女の心を鎮めるにはいたらなかった。

そこで遂にパリに戻ることになった。三人は夏に出発し、ブルヴァール・デ・イタリアンに居をかまえた。

彼らはエンリケッタを〈ラ・メゾネット〉に連れていき、ド・コンドルセ夫人とフォリエルに紹介した。しかし、エンリケッタはメゾネットで退屈した。というのもアレッサンドロとフォリエルは二人だけで哲学の話をしていたし、ジュリアとソフィー・ド・コンドルセは彼女の知らないパリの友人の噂話ばかりしていたからである。彼女はソフィーが好きになれなかった。自分の教養のなさを恥じて、フォリエルと話す勇気もなかった。自分を場違いに感じ、居心地がわるく、なにかにつけてとまどいを感じていた。イタリアが、自分の家族が、恋しかった。一方、ジュリアはパリに着いた途端に明るくなった。

一八〇八年の十二月、ブルヴァール・デ・イタリアンの家で、エンリケッタとアレッサンドロの第一子である女の子が生れた。フォリエルとその友人が、戸籍の登録に行った。ジュリア・クラウディアと名付けられた。お祖母さんになったジュリアはこの子に洗礼を受けさせたいと考えた。エンリケッタは反対しなかったので、ムランで洗礼式が行われることになった。そこにフォリエルの友人の司祭がいて、両親の婚姻がカトリック教会で行われていないことに目をつぶってくれたからである。赤ん坊は生後一か月の間に重い病気にかかった。マンゾーニはフォリエルにあててこう書いている。「かわいそうに小さなジュリエッタは猖紅熱と口内炎を同時に患いました。生後二十日の子にとっては、どちらも命にかかわる病気です。さいわい全快しましたが、この世の一員になった途端に、とんだ災難にあったものです。」この頃、マンゾーニは短詩『ウラーニア』を書き終え、つぎの作品である『若い雌牛』の構想を練っていた。

ジュリエッタは予定通りムランで洗礼をうけた。もう夏になっていた。母親のエンリケッタはさびしかった。自分が異なった信仰のもとに育ったので、娘がカトリックの洗礼によって自分から離されてしまったように感じたのである。洗礼式をとりしきったのはド・コンドルセ夫人だった。エンリケッタは彼女が教会を信じていないのを知っていた。そしてまえもって決めたとおり、赤ん坊の名づけ親となったのは、これも信仰をもたないフォリエルだった。その不信仰者のフォリエルが、信仰告白と罪の法規の誓文を唱えたが、エンリケッタにとって、宗教的儀式はどれも非常に重要な意味をもっていたのだ。

パリのマンゾーニ家の人々は、以前、イムボナーティの友人であったピエモンテ県の愛国者たちのグループと親交があり、エンリケッタはその人たちに好感をいだいていた。彼らは質素に暮し、道義的なきびしさを信条としているようだった。エンリケッタは彼らと共にいるとき、〈ラ・メゾネット〉でよりもずっとくつろいだ。ある夜、カトリックの信仰について議論に花がさいた。控訴院判事でトリノの人、ソミス・ド・ジャヴリー伯爵という人物がそこに居合せて、「私は信じています」とあっさり言ってのけた。エンリケッタはそのきっぱりした口調に心を打たれた。彼のそばに行き、カトリックの信仰についてくわしい人をだれか紹介してもらえないか、話を聞いてもらったうえで、自分も理解したいと言った。ソミスは彼女にデゴラ神父を推薦した。

デゴラ神父は当時五十歳をすぎたばかり、ジェノワの人で、ジャンセニストだった。彼は一八〇一年、パリの公会議に参加したが、そのときグレゴワール司教と親しくなり、彼にたのまれて『宗教年代記』の編纂を手伝った。また、一八〇四年から翌年にかけて、グレゴワール司教と旅行し、イギリス、オランダ、ドイツ、プロシャなどを歴訪した。ハンブルグにいたとき、故郷ジェノワのあるリグリア県が、ナポレオンによってフランス帝国に合併されたことを知り、これに対する抗議状を送った。また彼はジェノワで友人のアッサロッティ神父と共に聾唖学校を創立した。「均整のとれた体軀、柔和にして温情にみちた顔、澄んだ、生気にあふれた目」という叙述が、友人アキッレ・マウリが書いたデゴラ神父の伝記にある。しかし、その柔和さも温情も、肖像画をみるだけでは、彼の表情に読み取ることはむずかしい。アキッレ・マウリはさらにこう書いている。「たぐい稀な才能をいやが上にも伸ばすため、彼はあらゆる学問を修めた。哲学、文学、宗教が彼を徳に駆りたてた。つねに開かれた寛大な心、率直で人好きのする態度、こころよい、無骨さの毫《ごう》もない会話術などをもって、彼はあらゆる階級の人の愛情と尊敬を一身にあつめていた……宗教は彼においてはすべての思考の頂点に置かれ、それが彼を謙遜で温和で忍耐深くしていた。」

「司祭になってからは、聖職こそは栄誉ある奉仕だという確信を、彼はその行動をもって表現した。そのため、司祭はすべての人の必要に応じ、苦痛や悲惨に悩む人々にたえず努力して心を用いねばならないとした。」またまったく野心がなかったとも言われているが、人々をカトリックの信仰に改宗させる野心には燃えていた。グレゴワール司教といっしょに旅行したときの印象を書きとめたノートが五冊、現在残っている。それによると、彼はいろいろな人に会い、率直そのものの助言をあたえている。耳にした話や人の考えなどがまとめられ、目を四方に向けて、実際の出来事や見聞きした事柄を細かく列挙している。「エルフルトにて。ここには聖堂付修道女とベネディクト会修道女がいる。フォルトには聖堂付修道女が四人とベネディクト会修道女が一人いたが、後者はなかなかコケットと見受けた。彼女はダラルバ少佐に手を撫でられるままになっていた。年老いたアウグスティヌス会修道士とラテン語で話した。」「ライプツィッヒは恐ろしく道義が乱れている。離婚が多い。しかし、ハッレはもっとひどい。すべてが金で解決される。」「ルッターは馬で、メランヒトンはその馬を制御するための手綱だったといいう。」「ウィッテンベルグにて。七月三十一日。宮廷と大学の礼拝堂を訪問したが、洗礼も聖餐もここでは行われない。ルッターとメランヒトンが葬られた墓を見た。そばに二枚の肖像画があった。ルッターは僧衣のようなものを着け、茶の深靴をはいて、メランヒトン（彼に向かって自分はAnathema Melanctoni!《棄教者メランヒトン奴！》と言ってやった）はギリシャ人の教師のような毛皮のふちのついた黒っぽい衣を着ていた。墓には、左右にブロンズの碑があり、銘が彫られていた。軽蔑をあらわして、足を乗せて書き写した碑銘は次の通りである。

〔碑銘が引用されている〕自分は説教壇に上り、そこから叫んだ。“Anathema Lutero!”《棄教者ルッター奴！》墓所で自分はすでにこう言ったのである。“Maledictus qui posuit carnem.”《肉体をここに横たえしものは呪われよ》と。」「ベルリン。カルヴァン派の牧師アンシヨンと対話す。この国で宗教は、儀式の面でも、宗教そのものにおいても、急速に衰退しているという点で意見が一致。――彼に言わせると、宗教上の寛容とは、宗教の意見を中和させるための le fin mot《うまい言い回し》に過ぎず、世界的な宗教的無関心に終わってしまうだろうと。宗教改革者たちの主張は――en voulant emporter la broderie, ils ont déchiré la robe《刺繡を取りさろうとして服を破いてしまった》――ことに意見が一致。文学については少年少女を軽薄に導き、彼らを惑わせるに過ぎぬ、と。」デゴラはストラスブルグで司教とわかれ、帰途についたが、翌日やはりストラスブルグで、テオフィロ・ガイミュラーという名の少年に会う。その母親が最近、カトリックの信仰に帰依したというのであった。「テオフィロと話す。最初、少年はカルヴィニスムについて、『ぼくにとっては大切な信仰です。宗派を変えるつもりはありません』と言っていた。よく勉強するように薦め、したしく胸襟を開いて話した。母親の改宗と、彼女の非のうちどころのない生活態度について話した。そして書き写しておいた彼女の手紙を少年に手渡した。翌日の夜七時に、少年は自分も母のあとに従いたいと言いだした。はげましておいた。」さらにその翌日、スイスのビュクテンでデゴラはテオフィロを連れてカトリックの婚礼に参列する。「教会の主任司祭と話した。彼は聖務日禱を読んでいた。この町の住民は五千人で、すべてカトリックであるとのことであった。祈りはラテン語で唱えた。承諾の表明、聞えず。小声で訊ねたようだった。新郎新婦を祝福したあと、主任司祭は会衆に聖水をふりかけた。テオフィロは出かけにこう言った。"À présent il faut que je conserve cette bénédiction pour toujours."《今のところこの祝福をいつまでも大切にしておきたいものです》」

デゴラ神父は一八〇五年、ジェノワに帰り、そこに落着いた。ガイミュラー夫人の二人の息子がいっしょに住むことになった。テオフィロは一八〇六年に、弟のルカは二年後に、カトリックに改宗した。母親はずっとパリに住んでいたので、エンリケッタは会いに行き、彼女からもデゴラ神父のことを聞いた。フランスに来られることがあればぜひ紹介してほしいとたのんだ。

アレッサンドロとエンリケッタはカトリック教会でも自分たちの結婚を正式に認可してもらうことに決めていた。赤ん坊の洗礼にひき続いて、これは当然と思われた。カトリック教の結婚式は二人の友人であったマレスカルキ伯爵の邸内の小聖堂で、一八一〇年二月十五日に挙げられた。

エンリケッタがデゴラ神父に会ったのは、一八〇九年の秋である。神父はジャンセニスムの本山であるポール・ロワイヤルの修道院に招かれ、その途上、パリを訪れたのだった。一八一〇年の春、彼女と神父の対話が始まった。マンゾーニは、口をはさまないことを条件に、臨席することを望んだ。

デゴラ神父の希望で、エンリケッタは家に帰ると、その日勉強した主要なテーマの要約を書かされた。ガイミュラー夫人も同じことをかつて課せられたのだった。その要約をデゴラが読んで添削した。エンリケッタの「要約」は紛失したが、デゴラが添削したガイミュラー夫人の「要約」は現在も残っている。マンゾーニの没後、息子のエンリコが父親の書類のなかに、マンゾーニ自身の手で書かれた「要約」をいくつか見つけた。ということは、彼もその対話に出席していたため、要求こそされはしなかったが、彼なりの「要約」を書いていたのである。これについてはエンリコの証言があるが、このときの「要約」自体はその後紛失し、行方はわかっていない。

一八一〇年四月二日、パリでナポレオンとオーストリアのマリア・ルイサ王女が婚礼を挙げ、当日、街路には群衆が溢れた。アレッサンドロとエンリケッタはその群衆の中にいた。突然、爆竹が破裂した。人々は恐怖に駆られ、やみくもに走った。パニックで怪我人や死者がでた。アレッサンドロは横にいたエンリケッタを見失う。そのとき、ふいに気分が悪くなったという。目まいがして失神しそうだったので、彼はサン・ロック教会に入って行った。エンリケッタはまもなく見つかった。伝説によると、このとき、この教会で、マンゾーニは生れて初めて心から神に祈ったという。妻が無事みつかりますように、と祈ったのだった。「ある日、サン・ロック教会に入り、彼はあえぎつつ祈りを捧げた。立上がったとき、彼は神を信じていた」と友人のザネッラ神父は書いている。後年、継子のステファノがマンゾーニに、いつどこで信仰を得たのかとたずねたとき、彼はこう答えた。「神様のお恵みだったのだよ。神様のおかげだ。」それ以上はなにも言わなかった。サン・ロック教会にはマンゾーニの改宗がその時間に、その場所でおこったとする碑がつくられた。

彼が教会に駆け込む原因となった目まい、あるいは悪心は、真性の神経症によるもので、このときが最初の発作であった。それ以来、彼は自分が発作持ちであること、すなわち、いつなんどき痙攣の発作に襲われるかわからないこと、少なくとも発作の不安につきまとわれるようになった。その不安があたな不安を呼んで、さらに目まいの原因となった。発作持ちといえば、彼の祖父、チェザレ・ベッカリアも、その息子で、マンゾーニの叔父にあたるジュリオ・ベッカリアも同じ病気を持っていた。デゴラ神父もだった。この事実がマンゾーニとデゴラの相互理解に貢献したのではないだろうか。

「立上がったとき、彼は神を信じていた。」跪いて祈ったときは苦悩にうちひしがれ、あわや失神しそうだった。彼は死ぬかとさえ思った。彼の祈りは「あえぎつつ」の苦しい祈りだった。あえぎながら、彼は神にエンリケッタを返してくださいと、そして、自分をもう少しましな人間にしてほしいと祈った。混濁した意識の中で、自分を呪ったのだった。自分の犯してきた罪が途方もないものに思われた。それまでの彼は、シニックで軽薄で、隣人にたいし、無関心で残酷でさえあった。その瞬間にこのような自分の姿がはっきりと見えたのだが、彼はかつて神を信じたことがなかった。そのとき以来、苦悩の発作は、強烈に、しばしば彼を襲った。するとあの瞬間の記憶がよみがえり、彼は後悔に打ちのめされた。自分の信仰が弱すぎること、それが透明さに欠け、不安定なものであることが、マンゾーニを苦しめた。

今や、エンリケッタ、アレッサンドロ、ジュリアと、三人ともカトリックになった。三人は深く結ばれてはいたが、それぞれの性格は全く違っていた。それぞれがカトリックの信仰に至るまでに、それぞれの違った道を歩いたのだった。エンリケッタは、血の出る思いで、自分の家族と幼年時代に自分を繋ぎとめていた絆を断ち切らねばならなかった。アレッサンドロは後悔と懐疑を秘めた苦悩をひきずっていた。ジュリアは集会に遅れまいとする人のように、走ってはつまずき、つまずいては走り、息をきらせて前進した。しかし、彼女は変化も、方向転換も、なんの苦もなく受け入れられる性格だったし、未来がどんな新しい形でやってこようと、うまく対応できたので、足どりはいつも軽やかだった。彼女にも、もちろん、後悔もあり、罪悪感もあったのだが、それが彼女の行くてを暗黒に塗りつぶしてしまうことは決してなかった。みなでイタリアに帰ってそこに落着こう、そう三人の意見が一致した。今は三人とも、生活様式を変え、環境を変えたく思っていた。思い出のなかの、かつての〈嫌なイタリア〉は、ジュリアにとって、なつかしい土地になっていた。エンリケッタはついにパリを好きになれなかった。アレッサンドロにはもうパリが耐えられなかった。

五月二十二日、パリのサン・セヴラン教会で、デゴラ神父がエンリケッタのプロテスタント棄教とカトリックの信仰宣言の式を執りおこなった。荘厳な儀式だった。ソミスと控訴院長アジェーが参列した。ガイミュラー夫人も二人の息子を連れて列席した。その他、高位聖職者、司法高官、そして多くの上流婦人たちが出席した。しかし、このことが当時パリに住んでいたエンリケッタの伯父にあたる人の知るところとなり、それまでなにも知らされていなかったミラノのブロンデル家に直ちに報告が行った。

「全能の神より教会に帰属すべく召された私、エンリケッタ・ルイサ・マンゾーニ、旧姓ブロンデルは、不幸にしてカルヴァン派に生れ育ちましたが、ここにその誤謬を認め、これを心から憎み、これより先は、神の御慈悲にすがって、真理の柱なるカトリック教会のなかに生きることを望みます。カトリック教会の教えるところすべてを私は信じ、同教会が退けるところすべてを、私も退け、カルヴァンの異端を放棄することを望みます。この決意は神の栄光のために身を処し、自らの永遠の救済を得たいという望み以外の如何なるものの影響も受けず、私の自由意志によってなされたものであり、司祭を通じて私の異端放棄を聴きいれ、イエス・キリストの御名において、教会に私をお受入れくださるよう、お願い致します。」

エンリケッタの両親は大分以前から、ミラノに来たときには、エンリケッタ、アレッサンドロとジュリアに、是非うちに泊まってほしいと言ってきていた。まだ見たことのない赤ん坊を一日も早く見たがっていた。しかし、棄教のニュースはまったく思いがけない知らせで、彼らは激怒した。とくに母親の怒りははげしかった。それまで両家の関係は非常にうまくいっていた。が、この事件で亀裂が生じ、これ以後、ふたたび昔の状態に戻ることはなかった。母親はエンリケッタの棄教の罪はジュリアにあると考え、彼女を心から憎んだ。

マンゾーニ一家は六月の初めにパリを出発した。リヨンに到着したところで、ジュリアが病気になり、つづいて赤ん坊がわずらった。エンリケッタは妊娠していた。少なくともそう信じていて、妊娠の兆候に似た身体の不調を訴えていた。マンゾーニは歯を一本抜かなければならなかった。そんなわけで一行はリヨンに数日間滞在したのだが、ブロンデル一家の激怒の噂を聞いたのはその時だった。それは憂鬱な日々であった。一行はパリを立つ直前にフォリエルの手紙を受け取っていた。彼はマンゾーニ家の人々に挨拶もせずに、ムランに帰ろうとしていた。「やがて君たちがいなくなってしまうこのパリを今日、離れます。親愛なる友人たち、昨夜はお訪ねできませんでしたが、このような悲しい機会を避けることができたのを、小生はほとんど誇らしく思っています……いつかまたお会いしましょう。ふたたびお目にかかるという期待が小生には必要なのです。必ずいつかこの期待が満たされるものと考えたいのです……さようなら。君たちひとりひとりをしっかりと抱擁します。小生が行けないかわりに小さなジユリエッタに、千回のキッスを送ります。」フォリエルは他人の決めたことを尊重する人だった。三人同時の改宗、エンリケッタの異端放棄は、彼にとって不愉快な出来事だったが、それについては一言も触れていない。リヨンのマンゾーニはこう返事している。「友よ、貴君と知り合って、尊敬する相手ができたと思ったばかりなのに、どうしてもう少し近くにいられないのでしょう。これほど早くお別れせねばならぬとは、どういうことなのでしょう……パリに小生を結びつけているのは、貴君の存在だけで、それ以外この都を小生は全然好きになれません……一同、小さなジュリエッタもいっしょに、貴君を抱擁します。イタリアにやがておいでの頃は、この子も『だいすきな名づけ親さま』と言えるようになっているでしょう……貴君の近くにいないかぎり、小生の幸福がすっかり満たされぬことを忘れないでください。」

トリノまで来て、アルベルゴ・デラ・モネータという宿屋で、エンリケッタは兄のカルロと会った。

カルロが彼女にきつい言葉を浴びせたので、エンリケッタは父親に手紙を書く。「おやさしい父上様、苦痛と恐れにみちて、このお便りを差しあげます……あなたの娘をどうかきびしく批判なさらないでください。さもなくば、心から敬愛する母上様のきついお言葉とお苦しみを前にして、わたくしは絶望の海に身を沈めるよりほかなくなってしまいます……おお、神様、わたくしがこれほどお慕いもうしている両親に会えなくなるなど、わたくしには想像もできません。神様、わたくしのいたしたことが、どうしてこれほどのお怒りに値するのでしょう……どうしておやさしい母上様がこれほどわたくしのことをお怒りなのでしょう。わたくしのいたしましたことは、自分のしあわせを思ってのことでございます。娘がしあわせになりたくて選んだことのために、どうしておうらみなのでしょう……親愛なるご両親様、もっともお慕いする父上様、母上様、神様がお二人を祝福あそばしますよう、たえずお祈りいたしております。おお神様、勇気と忍従の心を、さしあたってわたくしにも下さいませ。」

この頃、ソミスがデゴラ神父にこう書いている。「昨日、午後一時にあの愛すべき家族の人々に会いました。彼らのことを話すたびに、特に貴君にお話しするに当っては、深く心を動かさずにはいられません。気の毒な人たちです。全員総くずれといってよいほど、みながつぎつぎ病気にかかり、十五日間もリヨンに滞在を余儀なくされ、それがどれほどの不便をしのんでのことか、御理解いただけるでしょう。神はご自分が選ばれた人々をよりつらい目に会わされると申します。昨日、エンリケッタ夫人にミラノから二通の書簡がとどき、彼女の情愛に満ちたやさしい心にとっては、むごいほどのショックでした。異端放棄の知らせが母堂に激しい精神的な動揺を与え、ぱっと燃えあがらせ、逆上させてしまったのです。徳たかいわれらのカトリック教徒エンリケッタは、自分のゆるぎない聖なる決意ゆえに招いてしまった反感と、自然な感情である孝心の板ばさみになって、口に言えぬ苦しみにさいなまれています。熱烈な祈りと、心のこもった助言で彼女の支えになってあげてください……」

このみじめな旅行中、エンリケッタはリヨンとトリノで二度にわたって瀉血を受けた。これで健康が回復し、気分がすっきりするだろうとの判断の上であった。この夏以後、死ぬまで、エンリケッタはほんとうに健康というときがなかった。一行はトリノからは運河経由で、ブルスリオまで水路をとった。ブルスリオに着いたエンリケッタは母親の手紙を受け取った。こちらまで来るなら会ってもよいというので、彼女は一人で出かけた。「小生も母も同席をゆるされませんでした」とマンゾーニはデゴラに書いている。「まず、母はひどく粗野な表現で招待を断られ、小生も招かれたとはいえ、言葉づかいは絶縁状としか思えぬものでした。」ブルスリオでエンリケッタは三度目の瀉血を受けた。だが、ブルスリオの空気はすばらしく、赤ん坊はほんの数日で顔色がよくなり、元気ではちきれそうになった。マンゾーニは、そこの邸も、広い庭園も気にいり、フォリエルにこう書いている。「貴君のことを耳にしなくなってもう何世紀も経ったような気がします。お手紙を待っています。〈ラ・メゾネット〉で現在どんな仕事をしておいでか、この次、イタリアにいつ来られるか教えてください。こちらは気候がずっとよくて、太陽が気分を壮快にし、小生は百姓になりきっています。デュポン氏がご親切にも分けてくださった棉の種をパリからこちらに送っておいたのが、よく育っています。何株かはもう三十センチ以上に伸びています……二年前に小生が自分で播いた棉のみのり具合を訊ねたところ、籠いっぱいの実を見せてくれました。あるものはよく成熟していました……ウマゴヤシも播いてみました。ツメクサはここでは麦畑や野菜畑の垣根に自生しています……まずこちらにお出ください。私どもが農業に精出すあいだ、貴君は薬草採集をなさるとよいでしょう。どんなに楽しかろうと思います。」

パリを出発するとき、一行はデゴラ神父から、ミラノの聖アンブロージョ教会の主任司祭で司教座聖堂参事でもあったルイジ・トージ神父への書簡をあずかっていた。手紙の中でデゴラは、この司祭にマンゾーニ一家のことをたのみ、自分が始めた宗教教育を続けてほしいと述べている。

司教座聖堂参事司祭ルイジ・トージは一七六三年、ブスト・アルシツィオに生れている。デゴラと同じく、ジャンセニスト派に属していたが、これといった才能もなく、素質にとぼしい、平凡な男だった。しかし、司祭の義務についての深い自覚と、人間的な暖かい心の持ち主だった。

ジュリアがその手紙を神父に届けた。二人が出合ったとき、神父は教会からの帰り道だった。彼は手紙を読んで動転した。自分の前に立っている婦人が、ミラノでみなが噂していたジュリア・ベッカリアなのだ。イムボナーティの愛人で、プロテスタントの娘と結婚して人々の顰蹙《ひんしゅく》をかった、あのマンゾーニという人物の母親である。彼はデゴラが自分に負わせようとしている責務に対処できるかどうかを危ぶんだが、引き受けぬわけにもゆかなかった。神父がエンリケッタに会いにブルスリオに行くと、彼女は体調をくずして、熱を出して寝ていた。その直前に両親を訪問したのだが、父親は彼女にほとんど一言も話しかけず、母親はとげとげしい小言を繰返すばかりだった。

トージはデゴラにあててこう書いた。「ベッカリア夫人が、七月の初旬に拙宅にお越しの節、道中にて貴殿の書簡を御手渡し下され、小生は狼狽のあまり、何とお返事すべきか迷いました。同家の方々についてなにがしかの噂は聞いておりましたので、いよいよ驚きました。小生の力にはとても及ばぬ任務を果たせとの仰せですが、驚くとともに、心を痛めました。自分は司祭になって以来、特にこの十年間は様々な煩わしさに耐えられぬ心地がし、真実を申せば、本一冊満足に読むこともままならず、いたずらに月日を過して参りました……その上、小生の生活も絶えず煩わしさにかまけ、落着くいとまもないままに健康を害し、精神力は極度に減退し、記憶力も損なわれ、頭脳も弱り、始終自らをかえりみて赤面する有様です……このような状態で、さらに重大な責任を負うことが、どれほど心配であったか、すなわち、これほど神の導きと、老練な分別、濃やかな思いやりを要求されることを、しかも自分にとって全く経験のない種類の事柄にどのように対処すべきかを思ったときの小生の恐怖、心痛をお察し下さい。しかし、結果的には、小生にとっても、これはまことに幸いでありました。主はすでにすべてをこの家族に与えておいでです。神がこの三人に与えられた素直な心、従順さは、二十年来聖職にありながら、もっとも教育のない、卑しい人々の中でも、かつて見たことのない程のものであります。おお、何という神の御慈悲のはたらき、何という奇跡でありましょう。エンリケッタは素朴で、純真な天使ですが、とりわけ、ジュリア奥様、そして誇り高いアレッサンドロ氏も天使のように、もっとも単純な私の指示を、渇いた者のように受けいれ、彼らを指導するはずの小生の望むところを、小生が口に出す以前にこれを行い、彼らに説明する者を勇気づけ、こちらが如何であろうとも、すべて彼らが聖徳にむけて役立ててくれることを知って、様々な心くばりをすることもなく、話しやすいよう仕向けてくれます。

その間、一家はこの上なく賢明な秩序で治められ、心と心の一致は感嘆に値するものがあります。彼らは世の人々の意見を無視すべく、たがいに励ましあい、元気づけあっています。わがミラノはかくなる主の驚くべき御業の見事な手本をいただいたわけであります。」

ジュリアは八月十五日、ブルスリオで聖体を拝受した。その三日前、所用のため当日ミラノを離れることのできなかったトージ神父に、彼女はこう書いている。「わたくしの生涯でいちばん大切なことを行うこの日のためにお祈りくださいませ。そのことを考えて、今はただおそろしく思っております。聖なる神の食卓にわたくしのようなものが近づくことができるなど、ゆるされてよいことかと、ただただおそろしい思いでございます……おっしゃってくださいませ。わたくしは心のおくそこでじぶんが被造物のうちにてもっとも卑しい、もっとも値せぬものと感じております。これがわたくしの本心でございますが、申しあげるそばから、このわたくしの告白は慢心ゆえではないかとおそろしくなり、このおそろしい矛盾になにが真実かわからなく、いずれにしてもすべてわたくしの内にありますもの、わたくしの申しますことは、善いことまで悪くなってしまうのではと、心配になります。これだけはお打ちあけ申せずにはいられませんでした。ひょっとすると、これはまちがっていて、もっと素直にふるまうべきであったろうかとも存じます。どうぞお慈悲と思召して、わたくしがどうふるまえばよろしいのかご教示くださいませ。準備としては神父さまがお教えくださいましたとおりにいたしましたし、今もそれをかたく守っております。夕食後には『キリストにまねびて』の第四巻第二の教えの数章と、世にも崇高なお祈りのある第九巻を読んでおります。」十五日の朝、エンリケッタは気分がすぐれず、起きあがることができなかった。トージにはつぎのように書いている。「今朝みながミサに参り、わたくし一人床についていて、できるだけみんなと心をひとつにしてお祈りしようとつとめました。でも信者のみなさんのお歌が聞えてきて、なにか心がせきあげて思わず涙ぐんでしまいました。それと同時に神さまがわたくしにくだされた小さな試練に感謝し、これに耐える力と諦念をいただけるようお願いしましたのに、わたくしの心はふさぎつづけておりました……ああ、神さま、あなたは信者の方たちのなかにお数えいただくに値せぬものとお考えの上で、わたくしをこの部屋にとじこめておしまいなのでございますね。わたくしをそれほど罪深い女とお考えなのでしょうか。わたくしはまだ犯した罪のために泣きたりぬのでございましょうか。」彼女は一か月後に聖体を拝受した。同日、マンゾーニは母のジュリアとソミス判事の令嬢で当時彼らのところに滞在していたローサ・ソミスと共に祭儀にあずかった。ローサに父親はこう書いている。「わがいとしいローサよ。ジュリア夫人から堅信式のあとマンゾーニ家の方たちのお伴をして聖餐にあずかった旨、お便りをいただいた。」ソミス家はこれという資産もない、質素な家庭で、父親は夏のあいだ娘が普段と違った生活を味わうことのできるのを喜んでいた。「エンリケッタ夫人の健康状態がゆるせば、ご家族がミラノに一度戻られ、さらにレッコに移られるかもしれぬと伺っている。このような小旅行、新しい土地の景色はおまえの気分転換のためなによりと思う……人口に膾炙するコモ湖周辺の景観をほしいままにするのも決して悪くなかろう。再度機会があるかどうかもわからない。」その当時、マンゾーニが父のドン・ピエトロから相続した、レッコ在のカレオットに、ブルスリオからしばらく移転して住む計画が事実あった。しかしエンリケッタの具合がよくなかったので、一同あきらめざるを得なかった。妊娠しているのかどうかがよく判らないまま、外科医の診察を受けたが、結局は流産した。

デゴラ神父からエンリケッタは、「規則」なるものを与えられていた。それは、真正の宗教生活はどのようにいとなまれるべきかという、指導要綱のようなものであった。かつて同様のものが、ガイミュラー夫人のためにも作成されていた。ジュリアとエンリケッタはこれを繰りかえし読み、二人とも意気消沈した。ガイミュラー夫人は健康だったし、家事の責任もずっと軽かった。これを読んだ二人は、それが、おそろしく厳格で、このような規則を守るのはひどく難しいと思った。とくに毎日の生活がきびしい戒律で規制されていた。ジュリアは、しかし、性格的に気まぐれで、いかなる規則にも耐えられなかった。エンリケッタはエンリケッタで、虚弱な体質に苦しんでいた。それにもかかわらず、「規則」は夜半に起きて祈るようにと命じていたので、二人はこれを守ろうとした。一方、マンゾーニは、例の不安感と神経発作のために、二人の心配の種になっていた。時には突然足下の地面が裂けて、自分がそこに落ち込みそうな幻覚に襲われ、そうなるとだれかが椅子を持って駆けつけ、その幻の奈落をふさがなければならなかった。一人で外出するのがこの上なく恐ろしく、しかも領地の中の散策が彼にとってはこよない楽しみだったので、かならずだれかがついてゆかねばならなかった。ある日、一人でいたときに失神しそうになり、手元にあった「レッコのお水」と呼ばれる炭酸水を顔にあびたところ、眼に炎症をおこし、数日間、暗くした部屋で病臥を余儀なくされた。

トージ神父は、この「規則」に「いくらかの修正を加える」ことを許可したが、それでもまだ厳しいことに、変りはなかった……その綱目は次のようなものである。「……一、朝、目がさめたとき、まず思いを神に捧げるべきこと……二、着替えを終えたら、イエス・キリストのみ足もとにひれふすこと……三、一分間、沈黙のうちに、自らの心の醜さを深く嘆き、父なる神のおん慈悲にすがり、次いで、〈朝の祈り〉を唱えること……四、祈りの後は聖福音書を読むこと……五、日中、すべての個人的な行為、仕事、食事、休息を、たえず心を用いて神にこれを捧げること……六、家事に精出すこと、これもまた摂理が汝らに課す義務である……七、仕事は神がアダムの子らに課せられた、包括的な贖罪の一部と考慮されるべきである。この配慮に、あなた方の身分に関わる義務、賢明で規則正しい経済観念に支えられた将来への配慮、一瞬の怠惰が意味する諸々の危険、有益な人生を送ることで人々の模範となることを常に考慮せねばならない……家政の義務を果たしたのち、更に時間があれば、貧しい者たちのために、働くこと……八、なにはともあれ、農民の子供たちに宗教、道徳、行儀を教育することをお勧めする。よい指導のもとに置かれた教育こそ教会の手本となり、世の風習を刷新し、良き家庭を築くもととなるだろう……九、手仕事、教育活動の如何を問わず、仕事に携わる間は、思いを神に馳せ、神が共に在ますことを絶えず想起すること。時に敬虔な読書が有益である……十、食事前の十五分間は自分のために確保すること。しばらく精神を集中し、良心の糾明をするためである。……あるいは、ド・サシイ氏の注釈のついた『詩編』を読むもよい。……十一、食後直ちに仕事をはじめないこと。会話をする機会があればこれを活用すべきである。但し、有益な話題を選ぶよう注意すること。……十二、夕食後の時間をくつろいで過すことのできるように、夕方には少し休息すること。十時頃に昼食前同様、心を潜め、精神の集中と読書に少々時間を割くこと。食事中は常に何らかの禁欲を実行し、食事を聖なるものとするよう心がけること。〈夜の祈り〉と良心の糾明は十一時頃、就寝の前に睡眠中および夜半に目が覚めたときに精神を満たすため、何らかの敬虔な考えをあらかじめ選んでおくべきである。睡眠はこの時間以後翌朝五時あるいは六時までに限ること。……十三、日曜日および諸祝日には教会の聖務を唱えること。月一回、自らのおこないを反省し、善行を為すことを許し給うた神に感謝し、自らの欠点を悔やみ、自らを矯すに当たって、効果的な手段を捜すため、一日黙想の日を定めること……十四、一年に一度はポール・ロワイヤルに巡礼し、サン・ランベール墓地にもうで、やがていただく神の霊の初物に対して感謝し、彼等の孤独と信仰心と贖罪の苦行と働きを通してあまねく教会にイエス・キリストの芳香をひろめた諸聖人のとりなしにより、善のうちにとどまることを得るよう祈りなさい。」

以上は「規則」の中から任意に選んだごく短い部分に過ぎない。それでも、どのような生活態度が要求されていたかの一端を窺わせるには足りるだろう。一見これらを実行に移すことがそれほど困難には見えぬかも知れないが、これを毎日、絶え間なく守ることは至難のわざであった。「規則」は絶対的な遵守を課していた。無為、空想、気まぐれや変化に富んだ選択の道はすべてふさがれ、それぞれの個性や、その時々の気分、偶発的に起り得る予知不可能なあらゆる事態にさいして、柔軟に生活する可能性はすべてふさがれていた。文字通りに実行されるとき、「規則」は、息のつまるような厳しさであった。

ジュリアはトージ神父に「一日の過し方についての質問事項」を書き送った。それを読むと、彼女がどのようにこの「規則」をもうすこし柔軟に解釈しようとしていたかがわかる。「わたくしは、たいていファニー〔彼女つきのフランス人の小間使い〕にすこしおそくなってから起されますが、じつをいうと、一度目に呼ばれて起きることはございません。それで彼女をむやみに待たせないため、すぐに着替え、いっしょに教会にまいります。彼女が最初に入ってきたときに起きれば、外出する前にお祈りを唱える時間があることはわかっているのですけれど……主にお仕えするようにとわたくしをお助けくださった恩ある方々のため、とくに、聖母マリアさまの特別のお取りつぎによって改宗された方々、そして最後に異端で不信仰のユダヤ人たちのため、何かの機会に申し訳なくもわたくしが悪におとしいれた方々のために、わたくしはお祈りいたします。」司祭の返事。「奥様のお便りにあるような方法に愚生の付け加える余地はございませぬ。最も重要な点は〈迅速であることと規則に忠実であること〉でありますす。すなわち、起床の時間にはただちに起床なされること。その様に寝床に長くとどまるという、怠慢ゆえに失われた多くのものをこの迅速さで埋めあわされます様に。もし御からだの具合で、寝床に長くおとどまりなのであれば、その時間をけっして無為に過されることなく、直ちにこれを感謝と痛悔の嘆きと神への献身に用いられます様……お唱え遊ばす祈りの中で罪人その他のための祈りをお忘れ下さいますな。彼等こそとりわけあなた様の兄弟なのであります。」ジュリアが答えて書く。「帰宅後わたくしは息子たちの部屋に行って食事をとりますが、これにかなりの時間が過ぎてしまいます。認めていただきたいことは、週日でない日はわたくしもコーヒーは息子たちの部屋でいただきます。普通の日なら自分の部屋でココアを飲めばたくさんでございます。」司祭の返事。「御子息様との朝食のお楽しみがあまり長びきませせぬ様。食事の支度が殆ど出来た時点で知らせを受ける様になさり、一時間以上、食卓に留まられることのなき様お勧め申します……何か親切な言葉をかける機会、適切な提案を遊ばす機会を、上手に御利用なさいませ。いずれにせよ、そのような時も、ジュリエッタ様をお可愛がり過ぎなさらぬよう御注意下さい。」ジュリアの返事。「もっとも敬愛する神父様、あなた様は、夜半にすくなくとも数分間起きて祈ることを、キリスト者として己が罪を悔やむものとして、実行せよと仰せになります。二、三度致したのみにて、これ以上実行する勇気はございません……主が神父様に光を与え給い、わたくしを無気力と破滅から救うべき道を、ご命令下さいます様に。——わたくしは特にエジプトの聖女マリアのご加護をお願いすることにいたしました。」司祭。「夜半の起床の実行は必須とはいわずとも大変有益であります。週に一、二度起きることから始められては如何。寒い時節には床を離れずとも結構です。暖かくして、床の中で座り、あるいは少なくとも両手に十字架をいただける姿勢で……食事は重ねて申しますが質素を旨とし、健康について神経質になりすぎぬ様に……人と会話中もしばしば短い射禱を口の中で唱えて、主に思いを馳せ、話に夢中になり興奮なさることなど決してありませぬ様に。罪人にとって口をつぐむにしくはないということを常日頃お忘れくださいますな。」

「自分にとって大切なことをすべて貴君にお話しするというこの快い習慣を、貴君がこれに辟易される危険を冒してでも、小生は続けるつもりです。」これはマンゾーニからフォリエルあての手紙である。「さてパリで神が小生に与え給うた宗教上の信念に従い、まず最大の重要性をもつと考えられる、目標をこのところ追求しております。進めば進むほど、心は満たされ、理性も酬われる様です。親愛なるフォリエル君、失礼ながら貴君もこれを追求なされたらと小生は考えております。貴君について小生が例の恐ろしい言葉を想起するのは本当です。“Absconditi haec a sapientibus et prudentibus et revelasti ea parvulis.”《御身はそれを智者、賢者に隠し、小さき者に啓示し給えり》いや、それはうそです。そんなはずはありません。というのも、貴君の心の善良さ謙遜は、貴君の偉大なる才能、知識に決して劣らぬものだからです。小さき者が貴君に厚かましくも説法するのをご勘弁下さい。以上のほか、小生はこのところ農業計画を練るのに頭がいっぱいです……棉は今年は全滅でした。ナンキン棉だけは無事で、種を少々収穫する予定です……さて、ご迷惑とは存じますが、いくつかおねだりしたいことがあります。小生と小生の友人のためにツメクサの種が欲しいのですが……なるたけ早くツメクサ九オンスを購入して、ファイヨル〔パリの出版社〕にお渡し下さい。ファイヨルの方には小生方に運送屋を介して送るように言ってあります……」

その冬、エンリケッタはふたたび妊娠した。そして彼女の父が中風で倒れた。母親とも、実家の親族とも、なんとなく冷たい関係のままだった。エンリケッタはデゴラ神父に次のように書いている。「神父様のお祈りは神様に直接とどくように思えます。神様のおめぐみにより、わたくしの態度と言葉で、両親たちの手本となり、みなが聖徳にいたる力となれますようどうかお祈りくださいませ。」そしてトージ師にはこう書く。「敬愛する神父様、神様の祝福をお受けくださいませ。そして、その同じ祝福をわたくしにもお与えくださいませ。神父様は神様からあずかってくださったわたくし共の魂にとって心ひろく、欠くことのできぬ方でいらっしゃいます。」その署名はつぎのようになっている。「神のおんあわれみによってカトリック教徒となったエンリケッタ・マンゾーニ。」

## 二

エンリケッタの生涯は結婚、出産、病気と信仰という四つの出来事を軸にして過ぎていった。これといった楽しみもなく、友人もほとんど持たずに。たまにトリノのローサ・ソミスや、ジュリアの母方の伯父ミケーレ・デ・ブラスコの娘でジュリアのいとこにあたる、カルロッタ・デ・ブラスコに手紙を書いた。それはおもに家庭内のこまごました出来事や近所の女たちの病気について、また自分が妊娠中で気分がすぐれぬこと、瀉血のこと、子供たちの成長などについてであった。だれかに心のたけを打明けたいときは、デゴラ神父に手紙を書いた。司祭トージも彼女は好きだったが、彼女の一生を通じて魂の指導者となったのは、やはりデゴラであった。自分に厳しい、これといった気晴らしとてない暮しだったが、これは三人すべてについて言えることで、それが緑にうもれたブルスリオの広壮な邸での毎日なのであった。

「家族一同、貴君のお出でを必ず実現していただけるものと、首を長くして待っています」とマンゾーニはフォリエルに書いている。イタリアを訪れる約束があったにもかかわらず、彼は来なかったばかりか、数か月のあいだ音信がなかった。だがある日、遂に手紙が来た。マンゾーニはこう返事を書いている。「貴君のお便りは当家にとっていつも一大センセーションなのですが、今回はある理由のために大袈裟なことになりました。ある日、部屋にいますと食堂で『フォリエル、フォリエル』と叫ぶ声が聞えたのです。もちろん、小生は気がくるったように飛び出したのですが、そこには母と妻だけしかいませんでした。彼女らの様子を見た途端、小生はとんでもない勘違いをしたことに気づき、こんな季節に貴君にこちらでお目にかかれると考えることからして非常識であることに思い当たりました。まだその時点では細かいことは知らなかったのですが。しかし、小生の落胆も、貴君のお手紙で少々は慰められました。長い沈黙の淋しさも、一度に酬われた感じです。一行一行が小生にとってたからものにみえます……さて貴君のダンテについてのすばらしいお仕事はどうなっていますか。」フォリエルにはダンテについての本を書く予定があって、それをマンゾーニに献じることになっていた（その本は後年、フォリエルの死後に出版された）。

一八一〇年の冬、マンゾーニ家の人々はミラノに居を構えた。あたらしい邸は借家で、サン・ヴィート・デル・チェルノッビオ街にあった。しかし一年の大半を一家はブルスリオで暮した。一八一一年九月、ブルスリオで第二女が生れ、ヴィットリア・マリア・ルイジャと名付けられた。未熟児でたった一日生きただけだった。マンゾーニはデゴラにあててこう書いている。「エンリケッタ、昨日奇胎を分娩し、無事快方に向かっておりますのでお知らせいたします。昨日陣痛あり、最後はひどく苦しみましたが、幸い短時間にて終了し、人手を借りることもなく、安産致しました。」女児で、名前も付け、たった一日とはいえ、この世に生きた子についての報告にしてはこの表現は異様で、非情の感じさえ与える。この子の墓碑にきざむ碑銘をマンゾーニは書いた。"immature nata illico praecepta-coelum assecuta."《熟すことなく、時到らずして誕生し、天に還る。》不幸にも彼が生涯に何度か書くことになる多くの墓碑銘の、これが最初であった。ソフィー・ド・コンドルセがジュリアにこう書いている。「エンリケッタさまを囲んでみなさまがどれほどおつらい思いを遊ばしたか、心からご推察申し上げます。お産が無事運びましたことが、この不幸の中でなにほどかの慰めと申してよろしいでしょうか。赤ちゃんはまだ何もわからないまま亡くなったのですから。お丈夫ではないエンリケッタさまのこと、お産が無事だっただけでもほっといたしております。もう少しお年も召して、ご丈夫におなりになれば、そして少しお待ちなされば、かわいいジュリエッタにちいさな弟さまがきっとおできになりますよ。」ソフィー・ド・コンドルセの手紙は彼女自身の落胆をよくあらわし、遠くにいる友人たちへの愛情に満ちている。ここにはかつての尊大さやよそよそしさは見られない。これ以前に彼女は大病をしている。それは une goutte à la tête《頭部の神経痛》と表現されているが、フォリエル自身も、une fièvre pernicieuse《悪性の熱病》を患ったと書いている。イタリアの友人たちがそれを知ったのはすべてが終ったあとだった。「書くのがやっとです。五か月も患い、なんともつらいことでした。親愛なる友人たち、君たちを抱擁します。ぼくにとって君たち一人ひとりがそれぞれ違った風に大切です。しかも真の友情である証拠には、君たちの中の一人が欠けても淋しいのです……ひと月のうち二十日間も病床にあって君たちから手紙が来ないと、時には胸を締めつけられるように悲しいこともありました。自分が考えていたよりも、もっと君たちを愛していることに気がついて……もう辞めます。」

一八一二年の冬、エンリケッタの父親が脳溢血で亡くなった。娘との関係はもとどおりになっていたが、マンゾーニとは遂に最後まで会わずじまいだった。「小生、イタリアに戻って以来ずっと会っていませんでした」とマンゾーニはフォリエルに書き送っている。「実は、あの人の罪でもなく、小生が悪かったわけでもないのですが、この事に小生は心を痛め続けています。岳父は皆に、特に貧しい人々に、惜しまれて亡くなりました。富を築き、最も純粋なかたちで誠実だったばかりでなく、心のこまやかさ、寛大さを以て、ひろく世に知られた生涯の果てに亡くなったわけですが、その評価は虚名でなく、実を以て生きた人でした。この事実からも、岳父が優れた才能に恵まれていただけでなく、卓抜な倫理性をみずから生きたことをご理解いただけると思います。」エンリケッタが受けとった父親の遺産で、一家はミラノのモローネ街に邸宅を購入した。「庭園付きの品のよい家」と購入記録に記されている。値段は十万六千リラだった。

「かわいいジュリア」、すなわち幼いジュリエッタに、一八一三年の七月、弟が生れた。赤ん坊はベッカリア邸で誕生した。当時、マンゾーニ一家は、祖母になったジュリアの腹違いの弟、ジュリオ・ベッカリアの家に住んでいたのである。イタリアに戻って再会して以来、ジュリアはこの義弟をいつくしみかわいがっていた。ジュリアは七月二十四日、伯父のミケーレ・デ・ブラスコにこう書いている。「二十一日の朝七時、エンリケッタがわたくしに立派な赤ちゃんの贈りものをしてくれました。というのも、その日はちょうどわたくしのお誕生日で、しかも、わたくしの生家で生れたのですから。陣痛は短くて済み、今は元気でこのすばらしく立派でまるまるした、おとなしい男の子にお乳をあげています。わたくし共のよろこびをお察しください。」この子がピエル・ルイジと名付けられ、ふだんはピエトロと呼ばれることになった事について彼女は触れていない。これは年老いた淋しい老人、そして死に目に会えなかった父親のピエトロ・マンゾーニに対して良心の呵責を抱きつづけていたアレッサンドロの意向による命名だった。お祖母さんのジュリアはこの初めての男の孫を、ピエトロとは呼ばずに、ふつう「ペドリーノ」、あるいはミラノ弁で「エル・ペドリン」と呼んでいた。

ブルスリオの庭園にイムボナーティの遺骸はもうなかった。トージ神父がジュリアに移葬を薦めたのだった。遺骸は近くの墓地に運ばれたが、適当な場所がなかったので、塀の外、道路のわきに埋葬された。

冬、長い沈黙のあと、マンゾーニはフォリエルにこう書き送っている。「ド・コンドルセ夫人には、母が男の子の誕生をお知らせしたと思います。この子は胎内にいたあいだはずっと、エンリケッタを散々苦しめたかわりに、現在はほとんどいつも健康でおとなしく、快活でいい子なので、私たちを慰めてくれます。エンリケッタが授乳し、彼女はそのことに満足しています。生れた当時は母親同様、虚弱で病身にみえましたが、両人とも少しずつ元気になり、エンリケッタは（日頃の取るに足りぬいくつかの持病は別として）乳母としては及第、小さいピエトロはこの近辺では、もっとも生気にあふれた赤ん坊です。ジュリエッタも元気で、私共の、とくにエンリケッタのしつけをよく覚えてくれます。小生は家族と、庭の木立と、詩作〔当時マンゾーニは『聖頌』を執筆中であった〕に没頭して暮しています。私共の求めた邸には二百五十平方メートルほどもある、ひろい庭があり、すでにリクイドアンバー《マンサク》、エンジュ、ニオイヒバ、モミなどを植えました。小生が長生きすれば、この木々は窓から枝を伸ばして入ってくる事にもなりましょう。小生『頌歌』をあと二篇書きました。もっと続けるつもりです……もうすこし時代が落着いたら読んでいただきたいものです。

貴君の評価を小生は最も信頼すべきものと信じています……この騒々しい時代の真っ只中で、こんなものを書いているのはかなり異常とお思いになりませんか。しかし〈詩人が天から与えられた数かぎりない恩恵のうち〉で大きな特権のひとつは、まさにいかなる時でも自分の死について語れることであるとお思いになりませんか。」

新しい邸はあちこち手を入れる必要があった。ブルスリオの領地にも金がかかった。イムボナーティの遺産は底をつきはじめ、一家は財政的にも不安だった。その上、税金が膨大な額になった。ナポレオンは戦争に負けるたびに、市民から金を取り立てた。ロシア戦線とエルバ島の戦いで多くの人が死んだ。ミラノでも、ロンバルディア一帯でも、社会秩序の乱れが激しかった。路上で危害を加えるものが続出し、窃盗や強盗が横行した。この一八一四年の四月十九日、上院に提出する目的で選挙有権者召集の請願書が作成された。百二名の署名者の中に、アレッサンドロ・マンゾーニ、地主、というのが見える。四月二十日、蔵相のジュセッペ・プリーナが殺害された。彼はフランス側に追従したため、民衆にひどく憎まれていた。ナポレオンの要請をそのまま受け、すさまじい税金を課したのは彼だった。マンゾーニは、パリに向けて出発するいとこのジャコモ・ベッカリアに託したフォリエル宛の手紙にこう書いている。「小生のいとこがこちらで勃発した革命についてお話すると思います。残念なことに殺人という汚点に瀆されたとはいえ、革命そのものは衆議により遂行されたもので、敢えて申せば賢明で純粋でさえありました。当然の事ながら、革命そのものに参加した人たちは（民衆の大多数で最も質のよい連中でした）、この殺害事件とは全く無関係で、殺人ほど彼らの本性から遠いものはありません。一部の人々が民衆の蜂起を利用して、彼らが一様に憎悪していた蔵相を襲撃させたのです。一方、多くの人が必死に救出を試みたにもかかわらず、蔵相は惨殺されてしまいました。民衆が革命の常によき構成員ではあっても、審判官としては落第であることは貴君も先刻ご承知と思います。いずれにせよ誠実な人々はこの事件を非常に残念に思っています。私共の邸は、その上、蔵相邸に近いので、数時間にわたって大臣をさがしまわる連中の怒声が聞え、母も妻もひどい不安に怯えたものでした。勿論それは事件が更に拡大するのを一同恐れていたからでもありました。事実、悪い連中はこの無政府状態を利用して騒ぎを継続させようとしましたが、民兵隊が営むべき勇気と沈着を以て的確に取り押さえてくれました。」

激昂した群衆の手からプリーナ蔵相を救出しようと骨折った多くの人々のなかには詩人のウーゴ・フォスコロもいた。マンゾーニは当然そのことを伝え聞いた。そして心中、フォスコロの肉体的な勇気（彼は華々しく戦った）と、怒声や暴力行為、血を前にして自らが陥ちこんだ狼狽と恐怖の状態を比較した。母親と妻が経験した「ひどい不安」に、彼自身、おそらくは彼女たち以上に怯えたにちがいない。彼にとってそれは苦痛に満ちた時間だった。自分の家から数歩のところで一人の人間が殺されるというのに、それを助けに行く勇気がなかったからである。
フォスコロとマンゾーニはたがいに相手を尊敬していた。二人の性格は正に両極端だった。一八〇六年、パリに滞在中のフォスコロは、すでに名を知っていたマンゾーニを訪ねた。マンゾーニの『カルロ・イムボナーティの死を悼む』を読んで、その作者を尊敬していた。彼は手厚くもてなされるのを期待して行ったのだが、アレッサンドロもジュリアも冷たかった。一体どういうことだったのか。その日に限ってジュリアの機嫌が悪かったのだろうか。イタリアに帰ってフォスコロは早速、マンゾーニの『カルロ・イムボナーティの死を悼む』に対する称賛のことばを自作の長詩『墓所』の註に入れている。しかし訪問時の冷たい態度には気を悪くし、後々までもこれを忘れなかった。

「わたくしたちは、はやく田舎に行きたくてうずうずしております」とジュリアは夏、伯父のミケーレ・デ・ブラスコに書き送っている。「……でもつい最近までうちは兵士たちで超満員でした……ブルスリオには兵士が四十人も泊まっていて、今度、ようやく出てもらうのに成功しました。わたくしも、とくにエンリケッタが健康のために温浴をしなければならないので、どうしてもブルスリオに行く必要があったものですから。そのほかにはまったくどうということはないので、早速明日まいります。こちらは大変な暑さです。ミラノは兵士がうようよしていて、どこに行っても混んでいます。もとの蔵相邸をこわして広場を作る工事が進行中です。こちらの邸の近くのことなのでお知らせいたします……小さなジュリエッタが、伯父さまを抱きしめてご挨拶したいそうです。いずれペドリーノも同じように言えるようになるでしょう。七月二十一日はわたくしとペドリーノのお誕生日で、わたくしはこの心から可愛く思う赤ん坊の肖像画をエンリケッタに贈りました。」一家は冬をレッコ在のカレオットで過した。「かわいそうにミラノの邸は一年このかた兵士たちに占領されていたのです」と、再びジュリアはミラノからデ・ブラスコ伯父に書き送っている。「そのようなわけで邸に置いてあった藁ぶとんを全部とりのぞかせ、台所道具にいたるまでもう一度調度をそろえなおさねばなりませんでした……ミラノで一同満足しておりましたのに、またこちらに戻ることになりました。というのもわたくし共の部屋を宿に提供するようにとのことで、ご存じの通り邸には普段使ってない部屋など一つもないのですから。」その間、家族の古い友達で、イムボナーティの生前は彼の執事をも務め、友人でもあったジナンミ神父が死んだ。「全身発作に襲われ」とジュリアはこの人物の死を詳細にわたって述べている。昏睡状態に陥ったので「数人のお医者さまがご相談された結果、喉からの瀉血を試みましたが、とうとう五日目に亡くなりました……こんなおはなしは人を楽しくするどころか、いろいろと考えさせられてしまいます。でも、この種の考えが、ただわたくしたちを憂鬱にするのではなくて、神様のおめぐみによりわたくしたちのためになるようお祈りいたしましょう。さて、ジュリエッタは元気にしています。ペドリーノも元気でやっこさんのように、ひょこひょこ一人で歩いています。アレッサンドロはいろいろと忙しく、少々過労気味。わたくしは風邪をひいた上、道がわるいので家にとじこもったきりです。エンリケッタ、わたくしのいちばん大切なエンリケッタはレッコではたいそう元気でしたのに、ここではいつもの厄介な持病に悩まされています……」エンリケッタはいとこのカルロッタにこう書いている。「しばらく床についたこともあって、このふた月というもの、家にとじこもって暮しています。二、三日前から少し痛みがおさまったのですけれどそれでもずっとぶらぶらしています。ちょっと仕事をするとよくないようなので。」彼女はまた妊娠していた。七月にマリア・クリスティーナが生れた。

「エンリケッタは小さいクリスティーナに乳をやっています」とマンゾーニはフォリエルに書いている。フランスとの通信は困難だった。郵便がうまく機能せず、人づてに頼るほかなかったが、その機会がなかなかなかった。「貴君に伺いたいことは山のようにあって、手紙の一通や二通、いや、たとえ一冊の本にしたところで、言い足りないでしょう。それで、またお目にかかり、貴君と共に時をすごす機会を待つほかはないようです。さもなくば、貴君の思い出が、なつかしさのあまり、切ない身を焦がすものになりかねぬからです。」

六月、ウォーターローの敗退の報らせがとどいたとき、マンゾーニはある書店の店先で本のページを繰っていたが、驚愕のあまり気を失った。百日の間にふたたびナポレオンに希望を繋ぐようになっていたので、この敗退であらゆる夢が崩壊したのだった。それ以来、彼の神経症は悪化した。彼は心底から落胆していた。ミラノにはオーストリアの総督が戻り、弾圧は以前に増して固められた。ほんのしばらく、彼は同盟国が独立体制を敷いてくれるのではないかと考えたが、まもなくそれが幻想にすぎぬことがわかった。自分の精神状態について、フォリエルにこう書きおくっている。「数々の不安と苦悩が小生を不可思議な失意の状態に陥れてしまいました……これから脱け出すには旅行がよいかとも思うのですが、どこというあてもありません。社交界は小生にとって、ほとんど気晴らしにはなりません。健康のすぐれぬのを忘れるようにと忠告してくれる人たちは、こちらがまったく関係のないことを考えている時にやってきて、そのことを思いださせるのです。〈気持を明るく〉お持ちなさい、あなたの病気にとって、それ以外必要なものはありません、と一日に十回も繰り返し言われるのは、妙な慰めかたです。たしかにすばらしい薬には違いないでしょうが、それを言うことと、その薬を飲ませるのとは同じではありません。〈気持を明るく〉と言う人は、それが〈貴方は陰気ですね〉を意味することがわからないので、実はこれほど陰気な慰めようはないのです。」彼は悲劇『カルマニョーラ伯爵』を執筆中だった。一方、トージ神父は、マンゾーニが書いてはやめ、書いてはやめして、しぶしぶ続けている宗教的著作『カトリック倫理に関する諸考察』を完成するように強調する。それでマンゾーニはトージ神父とその周辺の人間すべてがいやになった。それらの人のなかには、寄宿学校時代の友人、エルメス・ヴィスコンティ、詩人のヴィンチェンツォ・モンティ、そしてギリシャ人のムストクシディがあった。だれもかれも、彼にとって退屈な人間にみえた。そして、マンゾーニは、しきりにフランスへ帰りたくなる。フォリエルにはこう書いている。「貴君の友情の貴重さを今ほど感じたことはありません。貴君と共にすごす時間を、これほど懐かしく思ったことはありません。メゾネットの庭に向いたあの小さな部屋、サンタヴォアの小さな丘、セーヌ川の流れが見わたせる丘の頂上、楊柳やポプラの繁ったあの島、あの涼しい静かな谷あいの道……これが小生が心に辿りつづけている風景です。」

そのころペルシャのパッラヴィチーニ侯爵夫妻がしばしばマンゾーニを訪れた。当時、彼が喜んで会ったのはこの人たちだけだった。夫妻がフランスに行く準備をしているのを知り、マンゾーニは突然、彼らと一緒にフランス行きを決めた。家族は後から来ればよい。まず彼が先に行って、あまり居心地のわるいこともなく家族が暮せるかどうかを見よう。具合がよくなかったら、自分はすぐに帰って来よう。フォリエルと何日か共にすごせれば、それだけでもよいではないか。そこまで考えたのだが、やがてパッラヴィチーニ夫妻にとって、気分がわるくなったりする自分が旅の道連れとして迷惑ではないかと考え、結局は実行を思いとどまった。そのうえ、旅券をとることの困難さ、多くのことを中途半端にして出発すること、それに家族の問題などもあった。「これらすべてが」と彼はフォリエルに書いている。「心のなかではすでに乗り込んでいた駅馬車から、小生を大急ぎで降りさせてしまいました。」パッラヴィチーニ夫妻は彼を残して出発した。

それでもマンゾーニは、パリ行きの望みを棄て切れなかった。そのことが頭を離れず、ついに具体的な計画をたてはじめた。しかし一人では行きたくなかったので、旅券はみなの分を申請した。ジュリアは喜んだが、エンリケッタは驚き、動揺した。彼女にとってパリの思い出は嫌悪感をもよおさせるものだった。彼女はまた、三人の小さい子を連れての長旅の混乱と疲労を怖れ、この大家族が外国の都市に落着くにあたっての混乱と疲労を怖れた。そしてなによりも怖れたのは、彼らを待ち受けている環境だった。それは彼女の夫を信仰の生活から引離してしまうかもしれない世界だった。パリは神を信じないものたちの世界なのだ。とくに今、彼は難しい時期にあった。彼とトージ神父との間柄は冷えきっていた。このような時期にああいった人たちの中に入るということは、夫にとって危険なのではないか。一生信仰を失うこともあり得る。とはいっても、夫は健康がすぐれず、この旅行だけが彼に平安を与えることができるようにも思えた。「わたくしどものためにお祈りください」と彼女はデゴラ神父に書いている。「この計画が神の御意向に反するものでありませんように。」

この頃、エンリケッタとアレッサンドロの間になにかあったのだろうか。おそらくは、両方にとって暗い日々だったと思われる。アレッサンドロは機嫌が悪かった。それまでの生活が不意にけがらわしく思えた。単にパリに旅行するというだけでなく、何年にもわたってたまった塵を払い落して、あたらしい人間になりたかった。それが彼女を苦しめ、夫をきびしく批判させることになった。夫の機嫌の悪さ、短気、家を離れたいという欲求のなかに、なにかしら「神の御旨に反する」ものを彼女は感じていたのである。

なにはともあれ計画は挫折した。旅券がおりなかったのである。健康のため、不可欠の旅行だという医師の診断書が提出された。ところが、ちょうどおなじ頃に警察の指令が出て、健康を理由とする旅行が禁止された。マンゾーニはオーストリア当局から疑惑を持たれていた。当局の保護下にある新聞への寄稿を断ったからである。また彼には野党に多く友人がいた。このようなわけで、今回は旅行を諦めねばならなかった。

トージ神父はそのことを大いに喜んだ。彼はマンゾーニにこの旅行が「大変な間違い」だとかねがね言っていた。トージ神父が当局に出頭して旅券の交付をしないように頼んだという噂さえあった。彼もエンリケッタ同様、この時期のマンゾーニの行動を不安と心配の目で見ていた。マンゾーニは心をフランスとフランスにいる友人たちに奪われたかにみえた。トージはそのうえ、マンゾーニの信仰が衰え、ひょっとしたらもう消滅してしまったかも知れぬのを恐れていた。そして結局のところ一行が出発できぬことを知り、デゴラ神父にこう書いている。

「エンリケッタがすでに予想された旅行のなりゆきについて、またアレッサンドロが旅券を拒否されたことを機嫌よく納得したことについては、すでに御存じと思います。彼がパリで神にいただいた、そしてこれについては神は貴君を主な手段として利用し給うたのですが、あの恩寵につぐ最大の御恵みがこの度の出来事であったと存じます。かの感歎すべき若者はたいそう変りました……彼はその後自らを主の御手にゆだね、二度も秘跡を拝受し、最初の頃のように小生にすべてを打明けるようになりました。彼が過度の自由を宣言して以来、小生との関係は冷却しておりました。今はもう、ほとんど政治については語ることはなく、よしんば語るにしても節度をもって口にするようになりました……家庭においては平静であり、食事も節制を心がけ、出費に関しても節度を守っています。言うなれば、主より大いなる祝福をいただいたのであります……ジュリア夫人は、気位高く強情のゆえ（もっとも後から反省するに到ったのでありますが）、現在では満足し、落着きを取戻したようであります。彼女もいずれは小生が繰返し申すことども、すなわち大切な務めを真面目に果すよう、その日の来らんことを祈るものであります。」

次は、エンリケッタよりデゴラ神父宛の手紙である。

「神さまがわたくしどもにくださった平穏がいつまでも続きますように。わたくしが平穏と申しますとき、なにを意味するかは、もちろんおわかりいただけますでしょう。見かけだけの平穏などは、神さまのおかげで、わたくしどもは必要と致しておりません。」外面的な平穏がこの家庭で失われたことはまずなかった。ただ、見えないところに、重大な内面の不和と不協和音がかくされていた。しかし、それらは少しずつ解消し、すべてはもとに戻った。それでも、エンリケッタは諦めなければならなかった。パリ旅行は完全にとりやめになったわけではなかったのである。ふたたび警察に旅券申請が行われた。

そのおなじ一八一七年に、〔マンゾーニの母方の〕伯父、ミケーレ・デ・ブラスコが没した。十一月、もうひとりの女児が生れ、ソフィアと名付けられた。下から二番目のクリスティーナはブルネットだったが、母親からは、ma petite noireaude《わたしのかわいいくろんぼちゃん》と呼ばれていた。兄弟はみなブロンドなのに、この子だけがブルネットだったからである。ソフィアもまたブロンドで色が白かった。エンリケッタは授乳していたが、まもなく五番目の子をみごもった。いつものように腰痛をうったえ、この時期に眼病にかかった。目がたえず炎症をおこし、視力が減退した。

一八一八年に、経費ばかりかさんで利潤のすくないカレオットの領地が売却された。そこの庭には、ドン・ピエトロの墓所のある小さなお堂があった。すべては十五万リラでスコーラ氏の所有に帰した。

「わが友、うちのジュリエッタの大切な名づけ親さま、アレッサンドロをはじめマンゾーニ家全員の友人、こう貴方をお呼びしても、貴方にはうつろな響きにすぎないのでしょうか。どうしてこんなに冷たくご消息をうかがえないのでしょうか。」これはジュリアから、しばらく便りのなかったフォリエルへの手紙である。彼女は自分の「大切な務め」、すなわち魂の救済と犯した過ちの償いについて考えないではなかった。とはいっても、それは彼女の幸福だった頃の、また彼女の愛する人々の記憶と郷愁を消し去ってしまうものではなかった。「息子がお便りするはずだったのですけれど、ご期待遊ばすな、信用なさいますな、心の動揺をもたらすようなことは、すべてひどい苦痛ですから。それも喜びの動揺でしたら一時的な危機ですむのですが、悲しみや友情や胸にこたえるような思い出などは、ひどくあの子を苦しめます……大切なフォリエルさま、息子にお会いになれたらどんなによいでしょう！　でもどうしてお会いになれないのでしょう？　……先日、息子はこんなことを申しておりました。今朝、ムランの木立が僕の胸にのしかかって、まるで窒息しそうだった、と。」

一八一九年、政府当局内に、一家の人々にとって好都合な人事移動があり、今度は旅券が認可された。出発の準備が始まった。エンリケッタはできるかぎり落着いてすべてに対処しなければならなかった。すでに大人数だった家族の人数が、今年はまた増えていたからだ。その年、すなわち一八一九年の七月にはエンリコが生れていた。彼女は授乳中だった。「九月の初めに出発、スイスを廻ってから、バーゼル経由でアルザスを通ってパリに行く予定です」とマンゾーニがフォリエルに書いている。「子供たちを見ていただくのを楽しみにしています。ジュリエッタは肖像画〔ド・コンドルセ夫人に肖像画を贈ったのだった〕の真面目な顔そのままですし、ピエトロは手のつけられぬ悪戯小僧、それを一生懸命まねするクリスティーナ、おなじような仕事が自分にもできるかと、そろそろ世界を探検しはじめたソフィア、そしてエンリケッタのお乳にしがみついているエンリコ。どうにかなるだろうと信じています。とくにイギリス人たちが、まるでノアの方船のような格好で旅行しているのをみると、大家族で旅するのが怖くなくなります。ご想像通り、ラ・セーヌ街に宿泊の予定ですが、さもなくばなるたけ近くにと考えております。宿を探す件につきましては、恐縮ながら貴君の友情におすがり申したく存じております……さらば。近い内に、という言葉で手紙を閉じることが、小生にとってどのような感動すべきことかお解りいただけるでしょうか。さらば、さらば。」ジュリアもこう書いている。「大切な名づけ親さま、ソフィーにどうぞよろしくお伝えください。わたくしどもの大部隊は彼女を心からあてにしております。大切な友人たち、神さまの思召であれば、わたくしたちはまたお目にかかるでしょう。かわいそうな息子が健康を回復しますように、さようなら、さようなら、またお便りいたします。」

旅行の途中、一行は息抜きのためにシャンベリーに滞在した。ソミス判事がそこに移っていたからだ。「君たちのおかげでまもなく享受するであろう悦びを想像して、日々の糧にしている」とソミスは書いている。「それと同時に、今から君たちの出発の悲しみを味わっている。だが、君たちがこの旅行によって得られる利益を考えて諦めることにしよう。そして、この世では愉しみが長く続くと思ってはならないという真理についてもう一度考えることにする。当地で三台馬車を持っている馭者を見付けた。一台は中に六人、外に二人乗れる大きさだ。後の二台は普通の大きさだ。馭者についての問い合わせは、良好だ。」一行は十人で出発した。家族八人、それに召使が二人、ファニーとその夫、ジャンだった。

スイス旅行は諦めることになった。九月の末にパリに着き、宿屋に行くとフォリエルの手紙が待っていた。彼は熱をだして病床にあった。この時期、〈ラ・メゾネット〉には客が溢れていた。それでもド・コンドルセ夫人は数行書きそえて、一行を招待している。「昔とおなじように、〈ラ・メゾネット〉

はあなたがたを待っています。」言葉は優しかったが、署名はそっけなく、コンドルセ、だけで名はない。ジュリアはありがたくお受けする旨、返事を書いた。二日後にうかがいます、洗濯物を洗いに出したので、それが戻るまで待たなければならない、という趣旨だった。〈ラ・メゾネット〉では部屋を三ついただきたい、一つはエンリケッタとアレッサンドロのため、ひとつは彼女自身とジュリエッタのため、この二つの部屋はおたがいに往き来できること、そしてもうひとつはファニーと他の子供たちのためである。この部屋は、赤ん坊のおむつをかえるため、暖炉に火が入っていることを条件にしている。また、下男はどこにでも寝られますとある。「妹として甘えさせていただくことにして」と手紙は続き、金曜日など精進の日はスープも肉を使わないでほしい、これはジュリエッタも召使たちも同様に守らせなければならない。精進日の食事は馬鈴薯と卵だけでよい、「そして、できればわたくしにはお魚をいただきたく」というのである。当然、一日いくらでお払いしたい、とも言っている。金額についてはお話しして決めたい、と。「わたくしたちは姉妹と思っています。あなたはわたくしの一番の親友、唯一のおともだちなのですから、そのようにふるまいたいと思っています。九年たってもあなたのおそばにいるとほっとするのです。」そして最後に、もし宿屋が荷物を全部預かってくれなければ、邸のどこかに置いていただけないかと訊ねている。「短くて結構ですから、お返事を……さようなら」と結んでいる。

一行は〈メゾネット〉にひと月以上滞在した。その後パリのフォーブール・サン・ジェルマンにアパルトマンが見つかった。家具を求め、調度をそろえた。そこに移ったのは十一月だった。一家はブルスリオとミラノの邸を売って、パリに永住するつもりだった。エンリケッタはそれを望まぬばかりか、それを非常に恐れていたが、その計画はまだ漠然としたものだった。ジュリアの腹違いの弟であるジュリオ・ベッカリアが彼らに言いつかって、ブルスリオに行き、この領地がよい値で売れるかどうかを見に行くことになった。ジュリオ・ベッカリアは出かけて行って、土地をあちこち歩き、注意深くこれを調べた結果、「少々困惑」した。土地は痩せていて、「桑もなく、葡萄もなく樹木もすくなかった」からである。そこで細かい指示を仰いだ。売らぬにしても、桑をあたらしく植えなければならない。ポルディ氏という、この土地を買うかもしれぬ人物と連絡をとった、と。だが、しばらくして、ジュリオはこう書いて来た。「ポルディ氏は買わぬことに決定、しかしこのような物件を希望する人はだれもありません。」そして次のような賢明な意見をのべている。「なによりもよくないのは、売るのか売らないのか、そこがはっきりしていないことです……売るのなら、修繕する気にはなりません……おなじ状況がミラノの邸についても言えます。」

トージ神父にとってマンゾーニが『カトリック倫理』を書きあげないままイタリアを離れ、最近は執筆中の悲劇『カルマニョーラ伯爵』のことしか考えていないことにずっと腹をたてていた。パリにラムネー神父がいたので、会いに行くよう願っていた。またグレゴワール司教をも訪ねてほしかった。何年も前に、マンゾーニはラムネー神父の書いた『信仰箇条への無関心についての試論』を訳していた。トージはラムネー神父に手紙を書いて、マンゾーニの話をし、すでに出版されていた『カトリック倫理』の第一巻を送った。ラムネー神父は、トージ神父への返事のなかで、『カトリック倫理』について好意的な意見を述べている。「貴師がわがマンゾーニの著作をよく書けていて興味深いとお書き下さったことを非常に喜んでおります」と神父は書いている。「約束の第二巻を完成するよう、小生は何度も催促致しました……最近になって、真剣に取組んでいる旨、知らせて参りました……しかし彼は小生の要望よりも、ある友人のそれを受けいれ、ずっと以前に書き始めた悲劇に力を注いでいます。これをこちらを発つ直前に書きあげ、パリから改訂の部分を送りながら印刷させている模様です。これが終れば、より重要で有益な第二巻を早速始めることと推察致しております……貴師がこの著者と文通していただければ、どれほど有難いか測りしれません。彼のたぐいまれな心の深さは、その能力の優秀さに勝るとも劣らぬものであります。しかし、今回は彼の住所をお知らせすることは思いとどまります。彼の目まいは、小生にとってまことに不愉快な家族づれのパリ旅行以来、治癒するどころか悪化したようですし、何よりも未知の人間と関係を結ぶのを極端に嫌う彼の性格もあって、また彼の家庭の事情もあり、彼の方から御連絡申し上げるのを待つことに致します……」

エンリケッタとマンゾーニは、パリ到着後まもなく、デゴラ神父の手紙をたずさえてグレゴワール司教を訪ねた。司教は二人をあつくもてなした。その後も何度か訪問したが、司教はいつも留守だった。「今のところ、これ以上御邪魔するのはどうかと存じます」とマンゾーニはトージ神父に書いている。グレゴワール司教は国会議員に選出され、多忙をきわめていた。彼は極端な反王党派で、王制についておそろしいことを書いたことがある。「自由という樹木は王たちの血で潤されねば育たない。」また「君主は倫理的秩序においては、自然界の秩序における奇形にひとしい。」さらに「猛獣の殺害、疫病の絶滅と君主の死は人類にとって喜ぶべき出来事である。」彼が国会議員に指名されたのは、明らかに政治的な意味をもっていて、王党派にとっては横面をはられたようなものであった。おとなしいエンリケッタが、このように狂暴な言葉を書き連ねた男と膝を交えて話したというのは、少々意外である。また、血なまぐさいことや政治的な敵対心、あらあらしい、誇張された言葉づかいを忌みきらっていたマンゾーニが同席したこともふしぎである。キリスト教的な憐れみの心と、かくも狂暴な憎しみが司教の人格の中でどのように両立できたのだろうか。エンリケッタもアレッサンドロもこれらすべてについて唖然とし、困惑した。しかし二人とも、自分たちの生きている時代そのものが、辛辣で傷ついていてなにかおかしいのだと考えていたのではないか。

マンゾーニはラムネー神父を訪ねることを避けた。それで二人は当時もその後もついに会うことがなかった。『無関心についての試論』に感心はしたが、マンゾーニはラムネー師を派閥的で党派にかたよった司祭として敬遠していた。その不信感はパリで彼の新著を読んだとき、心底からの反感にかわった。このような嫌悪感については、デゴラ神父も賛成であった。彼はトージに書いた手紙の中でラムネー師を「狂信者」、「サン・シュルピスの気違い」ときめつけている。サン・シュルピスの小教区は世俗的でジェスイット的で、ジャンセニスト派のサン・セヴランの小教区と対立していた。グレゴワール司教は、エンリケッタとアレッサンドロが訪ねて来たとき、サン・セヴランを絶賛したのだった。

パリでもマンゾーニの健康は快方に向わなかった。フォーブール・サン・ジェルマンのアパルトマンは窓が市場に面していたので喧しかった。子供たちはよく病気をした。エンリケッタは疲れていた。赤ん坊のエンリコは虚弱で、なかなか歯が生えず、成育が遅れていた。このパリ滞在の間、マンゾーニはかなり孤独だった。母のジュリアとソフィー・ド・コンドルセのあいだは、なんということなしに冷たくなっていた。ソフィー・ド・コンドルセは昔あれほど仲のよかった、あの楽しい、機知に富んだ、気のおけないジュリアが人が変ったようになって、孫たちや信心に熱をあげるおばあさんになったのを見てがっかりした。フォリエルとの友情は不変だったが、彼らはめったに〈ラ・メゾネット〉には行かなくなった。そしてたまに行っても、夕方には家に帰った。マンゾーニは友人のイニャツィオ・カルデラーリと、長いこと町を散歩した。運動が体によいというのが彼の持論だったが、一人で外出するのは億劫がった。その冬、カルデラーリがイタリアに帰った。すると彼はブルスリオの庭と周辺の田園、そしてイタリアで付合っていた人々、エルメス・ヴィスコンティ、トンマーソ・グロッシらが懐かしくなった。彼らとの仲は、フォリエルとのそれと違って、それほど情熱的ではなくとも、もっと平凡で、なれなれしく、遊び気分に満ちたものだった。その頃、彼はトンマーソ・グロッシにこう書き送っている。「僕のよこで僕の短編を読んくれるグロッシ君や、うちの小さな庭に腰掛けている自分がたまらなく懐かしい……橋のところまで散歩して、何についてしゃべるのか。なにを考えつくだろうか。ここでは仕事はできない。詩の一行さえ書けない。」また、叔父のジュリオ・ベッカリアには、ブルスリオの農地管理人に渡して欲しいと言って接ぎ木のための小枝を送った。ブルスリオとモローネ街の邸を売る考えは立消えになっていた。買い手はつかなかったし、いつまでもフランスにいる気もなくなった。「君の健康状態がまったく回復しなかったのは残念だが、引き揚げのための大混乱と、故郷の空気が役にたつとよいと願っている」とジュリオ・ベッカリアは書いている。「神経症というのは、どう対処すればよいのか解らない。私もこれには弱っているが、なす術もない。気散じと運動が私には唯一の治療法だ。君はこの第一の療法をあまりにも役立てないし、第二の療法もあまり用いないようだ。疲れは発作がきた瞬間には役立つが、後がわるい。ちょうど消化不良をおこしたときに強い酒を飲むようなものだ。一時的には気分がよくなるような気がするが、病気そのものは悪化してなおりが遅い。私の説によると、痙攣は神経を不自然に振動させるので、運動がすぎるとこの種のよくない振動を増加させ、従ってこの病気を持つものにとっては有害だと思う。」ジュリオ・ベッカリア叔父はよく気のつく人だった。ブルスリオに行っては農地管理人と話をし、『カルマニョーラ伯爵』の小包を発送し、「マンゾーニ家共同訴訟人」と名乗るマンゾーニの父、ドン・ピエトロの親族がアレッサンドロを相手どって申し立てた、遺産相続にかんする訴訟の世話までしてくれた。

『カルマニョーラ伯爵』は「愛と尊敬の念にみちた友情の証しとして」フォリエルに献じられ、ミラノのフェッラリオ出版社から著者の自費出版で上梓された。同意と批判が新聞紙上を賑わしたが、一般読者からはさして歓迎されなかった。フォリエルが散文でフランス語に訳した。

一家は五月にイタリアに帰る計画をたてた。「わたくしはパリにいるような気がいたしません」とジュリアがトージ神父に書いている。彼女が厳格な生活を送っているのは本当だったが、トージには事実以上にその点を強調したかったのだ。「朝、アレッサンドロといっしょに教会に行くために外出し、アレッサンドロが出られぬときは、ひとりでまいります……それ以外は、このところお天気がすぐれないためもあり、部屋に籠りきっております。でもカルデラーリさまがお発ちになってしまったので、わたくしがアレッサンドロとすこしは出かけねばと思っております。ジュリエッタがたくさんよろしくとお伝えするように申します。まだすっかり回復してはおらず、すこしミラノがなつかしいようです。たくさんお祈り下さいとのことです。」ジュリエッタは偏頭痛になやまされていて、とうとう医師を呼んで、足に蛭をあてて瀉血しなければならぬほどだった。「わたくしの体力も頭も、わたくしの〈知識〉さえも、そしてこの落着かない生活がいかなる教育方針をたてるにも向いていないのが、日のたつに連れてはっきりして参ります」と、これはエンリケッタからトージへの手紙である。小さい子たちがあまり病気ばかりするので、上の子たちを寄宿学校にいれる計画は保留になり、そのかわり家庭教師が雇われた。それはド・ランセ嬢という、ジュリアの古い友達の養女だった。まだ若いのに、いつも黒い服を着ていて、やさしいが態度のきっぱりした、非常に信仰のあつい女性だった。金持の貴族の家に高給で勤めていたにもかかわらず、マンゾーニ家にやとわれたいと、八日間神に祈り続けたという。マンゾーニ家の子供たちをはじめて見たとき、あまりかわいいので、彼らの教育を引受けたいと思ったのだった。エンリケッタは天からの贈り物だと信じた。しかしほどなく、彼女が狂信的な人物であることがわかった。サン・シュルピスの小教区に属していて、極端な政治理念、すなわち「シュルピシアン」とよばれる、王党派の反動的な理念の持主だった。その理念を子供たちにつたえ、教えこもうとしたので、エンリケッタの気にいらなかった。「いずれにしてもフランスの政治は、わたくしの考えるところによりますと、すべての人に不可欠になってしまったようでございます」と彼女はトージ神父に書いている。「女までが驚くほど政治にかかわっています。でもわたくしには、これがかならず子供の教育の邪魔になるように思われます。」「わたくしの思いますには、子供に接するためには冷静な平衡のとれた性格が必要なようです。」彼女はド・ランセ嬢を解雇する手筈を思いめぐらした。「子供たちの教育にまた以前のように手を焼くことになるのを思うと、気が転倒しそうでございます……わたくしの弱い頭脳とおぼつかない視力では、とてもわたくし自身、この任務にあたることはできません。」

一年前、シャンベリーで知りあったビリエ師から、ソミス判事についての悪い報らせが届いた。彼は眼病をわずらって、事実上、盲目になろうとしていた。来る日も来る日も、書斎の肘掛椅子に腰かけて、火や光が目にわるいので暗いなかで時をすごしているという。「闇にうずもれて」とビリエ師は書いている。「一年中が彼にとって単調な長い悲しい夜になる運命を背負って」、彼は治療のため借金をしなければならず、ひどい困窮状態にあった。大家族で、まだ五人の娘の面倒を見ていたが、それればかりか末の娘は胸を病んでいた。エンリケッタはこの痛ましい消息に胸がしめつけられ、友人の不幸が彼女を苦しめた。そして「長い悲しい夜」という言葉を、目をわずらい、いつ視力を失うかも知れぬ自分のことであるかのように読んだ。まもなく、やはりビリエ師を通じて、彼女はソミスがシャンベリーからトリノに転勤になったことを知った。治療が功を奏し、少しよくなったという。それでも、マンゾーニ家の人々は自分たちが不幸に取巻かれているかのように感じていた。フランスにおける生活の終りのころに、彼らはシャルル・ロワソンという名の若い詩人と知りあった。当時だれとも会いたがらなかったアレッサンドロがこの人と親しくなった。が、ロワソンは肺病で、回復の見込みはまったくなかった。マンゾーニとの友情は長く続かなかった。ロワソンは六月に死んだが、そのひと月前から重病の床にあったマンゾーニには、訃報は何日か後まで知らされなかった。

　五月十日、マンゾーニは失神し、その後高熱がつづいた。エンリケッタはこれについてトージ神父および友人のパッラヴィチーニ夫人に手紙を書いた。パッラヴィチーニ夫人はしばしばトージ神父に会っていた。ふたりからの返事の寄せ書きを読んで、エンリケッタは自分がどれほど心の平静を失ったか、さらにこのような熱の危険性について、すこしも理解してもらえないと感じた。トージは彼らが出発を遅らせていることについての不満をぶちまけていた。エンリケッタは少々困惑してこう書いている。

「お手紙をあけたとき、わたくしが愛情と敬意と感謝の念をそれぞれに抱いているお二人のご筆跡を見て、今わたくしがなによりも必要としている、慰めのお言葉を期待いたしておりました。ほんとうに期待しておりましたのに、わたくしどもにとってこれほど重大なことについて、まったくお言葉がないのを見て、ほんとうにどう考えてよいのかわからなくなりました。」そこで彼女は、それまでも胸にのしかかっていた心のうちを、神父にむかって吐露する。「アレッサンドロが古くからの友人たちにやがて会えるという喜びは、もし一つのことがなければ、なんの翳りもないはずなのです。この一つのことというのは、この友人たちが、アレッサンドロの行為ではなく、まだほんの意向にすぎぬものをきびしく批判することで、それが時に夫を苛立たせるのです。しばしばそんな誘惑に負けるあの人を見ていて、わたくしはもちろん彼がもっと謙遜にならなければと思い、納得させるように努力はいたしております。でも彼はいつもこのように申します。『一人の人間が他の人々に対してなにもやましいことがなければ、彼らからも絶えない批判以上のなにかを期待してよいはずだ』と。」この言葉は確実にトージ神父その人に向けられていたに違いない。彼こそは、批判や譴責で過去にマンゾーニを苦しめた友人だった。とくに彼はマンゾーニに信仰についての著作をあらわすように扇動し、彼を悩ませ、圧迫を加えたのであった。「どうぞわたくしをお憐れみくださいませ」とエンリケッタはしばらくしてからこの前の手紙に、ぼかしてはあったものの書いてしまった深い恨みの気持について神父に詫びている。「ほんとうに頭がわるくて、わたくし自身の病気ばかりでなく、こちらの生活での様々な困難のため……ほんとうの馬鹿になってしまったとはいわぬまでも（それは主よ、あなたにはとても申せないことです）、自分の立場がどのようなものか、まったく解らなくなることがしばしばなのでございます。」

ジュリアについて言うと、彼女から神父への手紙はいつものように宗教的な話題に満ちたものであったが、やはり憤りが読みとられる。神父ははやく帰るようにとせかしているが、彼らにとって、今帰るのはこの上なく危険に思われた。「このように帰りが遅れたのが、わたくしにとってどれほどつらいことか、神さまはよくご存じです」とジュリアは神父に書いている。だがアレッサンドロは例の失神のあと回復がおそく、そのうえ赤ん坊のエンリコが「四本目の歯がはえるところで、ずっと下痢と微熱が続いて」いた。さらに「ピエトロも、とくになついていた父親が卒倒した場にいあわせて以来……元気がありません。」神父がアレッサンドロあてに、また早く帰るようにとの催促と様々な苦情を書いてきて、アレッサンドロの機嫌をそこねた。「お思いあたりのふしもおありかと存じますが、あの人の決めたこと、考えをおとがめ遊ばしたので、ひどく気分を害しております。いずれにしても、わたくしはアレッサンドロの考えに影響をおよぼす権利も、ましてそのようなちからも持ちあわせておりません。もう子供ではございません。おとななのですから、これは当然のことと存じます。それに神父さまもあの人がこの点についてどれほど神経質かはご存じのはずでございます。」ジュリアはまた神父に、ジュゼッピーノという昔使っていた男と連絡をとって、もう一度マンゾーニ家に仕えるよう言ってほしいと頼んでいる。帰ったときにブルスリオにいてほしいと思ったのだった。一方ジュリアは神父のために何冊かの書物をもって帰るよう頼まれていた。「おたのまれしたご本はもう手にいれました。ほかにも探してみるつもりでございます。」アレッサンドロが親しくなるようにと神父が以前から望んでいたラムネー師についてては、ジュリアは自分なりの当惑を表している。「ド・ラムネー神父様はもうすぐご著作の第二巻をお出しになるとうかがっていますが、ほんとうのところを申しますと、直接お訊ねする勇気はございません。この著者は一方ではあのくだらない政治にかんする著作をつぎつぎとお書きになり、このことはほんとうに司祭としての役割にふさわしくないように思えますし、宗教についてあれだけの才能のある方が、政府や人民の批判にうつつを抜かされるなど、ほんとうに残念に存じます。でも、これはみなわたくし個人の意見でございます。師についてはだれもなにも話しませんので。」

マンゾーニの病気は悪くなる一方だった。五月十日の卒倒のあと、熱が続き、床を離れることもできず、食事が喉を通らなかった。医師たちは胆嚢と脳と肺に炎症があると診断した。エンリケッタとジュリアはパリの医者が信用できず、イタリアで家族を診ていたコッツィ博士に手紙を書いていた。コッツィ博士は様々な助言をくれた。エンリケッタとジュリアがトージ神父に書いた手紙には、彼女たちの心痛の深さが読みとれる。あきらかにフランス語なまりの、誤字の多い文中で、エンリケッタはしきりに祈ってほしいと頼んでいる。「こんなにたくさんのお友だちがご病気とうかがって、なんと申してよいかわかりません。とくにおなつかしいパッラヴィチーニ夫人がご病気とは。あえてわたくしどものためにお祈りくださいとは申しません。お願いせずともお祈りくださっていることはわかっておりますので、祈りつづけてくださるのを望むばかりです！」病人はゆっくりと回復のきざしを見せはじめた。eau de poulet《鶏のスープ》少々、eau de violette《スミレ茶》少々が、喉を通った。やがて床を離れることができるようになった。ジュリアよりトージ神父へ。「この二、三日、下痢ぎみでしたが、今日はそれもなおったようです。décoction blanche de Siduham《シデュアムの白い煎じ薬》だけにして、お医者さまは薬を飲むな、自然にまかせるようにとおっしゃいます。何度にもわけて少しずつ食事をし、毎日ココアを一杯いただきますが、痩せて、すっかりやつれて、顔が変ってしまいました。気晴らしのため、一日中わたくしが本を読んでやりますが、今日は自分で読みたいと申し、それをみるとほんとうに胸がふさがるのですが、そのようなことは口に出すこともできません。憐れみ深い神さまだけがおわかりくださるでしょう。」やがて若い友人のロワソンが死んだことを告げねばならなかった。マンゾーニは目に涙を浮かべて死者のための祈りであるデ・プロフォンディスを唱えた。

七月六日、出発の可能性が見えてくる。ジュリアよりトージ神父へ。「おお神さま！　わたくしどものためにどうぞお祈りください。そしてわたくしどもを真の愛をもってお迎えください。わたくしはもうほんとうに疲れはてて、ただ一途にどこかに身を寄せとうございます……アレッサンドロはすっかりよくなりましたが、力がつかず、神経が弱っていて、ああ、なんという空想力なのでしょう！　きっときっとお祈り下さい。そしてどうぞすべて秘密におねがいいたします。」時には、どうぞだれにもなにもおっしゃらないでくださいませ、と書かれていた。それはトージ神父が彼らから受けとった、あの憤りにみちた手紙についてだった。「ジュゼッピーノのことが確実とわかって安心いたしました」ともある。希望した通り、下僕のジュゼッピーノは一同の帰りを待っていた。「申しわけございませんが、ジュゼッピーノにおっしゃっていただけますか。アーモンド・シロップを一瓶と、サンタゴスティーノのシトロン・ジュースを用意しておくようにお申しつけくださいまし。ブルスリオにわたくしどもが着いたら……出発できるようになり次第出発いたします。待つものは損をすることは、経験でいやというほど解りましたから。それで大急ぎで荷造りをいたしました。」

ついに七月二十六日、一行はパリを発った。猛暑にもかかわらず、旅は無事終った。ソミス家に招待されたので、彼らは一日だけトリノで泊まった。マンゾーニは何年か前、いまや遠い昔と思える一八一〇年のあの夏に、まだ幼かったジュリエッタを連れてトリノを通ったときに知りあったロドヴィーコ・ディ・ブレーメ師に会いに行った。この神父の生涯は冒険と不幸に満ちたものだった。貴族の夫人と愛人関係を結んだと言われていたが——その相手はトリヴルツィ侯爵夫人の妹だった——、「彼は意図せずして毒を飲ませ、彼女を死に到らしめた。それは彼自身のためよりは彼女のために、不貞の恥ずべき行為の後始末をつけようとしてであった」とニッコロォ・トマセオは書いている。この人はまた、一八一九年に廃刊になった日刊紙『イル・コンチリアトーレ』にずっと寄稿していた。マンゾーニが今度訪れると、ディ・ブレーメは不治の病の床にあり、自分の精神の中で生命とともに神への信仰が崩れつつあるのを感じていた。この時期のマンゾーニは、行くところ行くところに死の影を見るように感じた。トマセオはずっと後になってからこのマンゾーニとディ・ブレーメの最後の対話について書いている。「〔マンゾーニは〕パリの帰途、トリノを通った。臨終の床にあったディ・ブレーメは信仰の問題について疑いを晴らしてほしいと、マンゾーニを呼んだ。病人は血の気のない顔で、髪は逆立ち、見る目もおそろしい形相をしていた。」マンゾーニはおそろしさに気が転倒した。師は八月に死んだ。

一行はついにブルスリオに帰着した。この領地の名をマンゾーニ家ではブルスゥあるいはブルッスゥと呼んでいた。ひとつひとつの部屋がゆったりと大きいので涼しく、庭には緑陰が多かった。幾月か前にはこの邸を売ることを考えていたのだ！　それはどこよりも居心地のよい、心のやすまる、安らかな場所であった。古くからの友人たちはみな、一家を暖かく迎えてくれた。トージ神父は以前より慎重になり、相手の気持を汲むようになった。もう『カトリック倫理』でマンゾーニを苦しめることはしなかった。家族がブルスリオに着いてまもないころに、フォリエルの友人である、ヴィクトール・クウザンが泊まっていた。この著名なフランスの哲学者にとってそれは困難な時期であった。彼も健康上の理由をたてにして国を離れたのだった。フランスで彼は政治的理由のため攻撃され、教職を追放されそうになっていた。彼も田園の静寂のなかで気がしずまった。クウザンの出発にあたって、マンゾーニはフォリエルに読ませたいと思った何冊かの本の包みを彼にことづけた。そのなかには、トンマーソ・グロッシの韻文による短編物語『イルデゴンダ』があった。この包みにそえたフォリエルあての手紙のなかで、マンゾーニはイタリアで再会した友人たち、ベルシェ、ヴィスコンティ、グロッシらについて語り、またロンゴバルド王国の最後についての悲劇の執筆を始めるつもりだと話している。フォリエルは筆無精だった。マンゾーニたちがパリを出発して数か月すぎ、冬になっても、まだ便りがなかった。ド・コンドルセ夫人から数行の手紙がきて、彼の消息が伝えられただけであった。

冬、エンリケッタはまた妊娠しているのに気づいた。九回目の妊娠です、といとこのカルロッタ・デ・ブラスコに書いている。彼女にはこのところずっと便りをしていなかった。いとこはその間にフォンターナ氏という人物と結婚していた。エンリケッタは彼女になにもかも打明けていた。どのようにしてパリに行ったたか、八か月のパリの生活、アレッサンドロの病気、帰国。そして五人の子供たちをひとりひとり描写してみせている。今、六人目の子の誕生に備えなければならない。「この新しいつとめはわたくしにとって、かなりつらいものです。でも神さまのご意志に身をゆだねなければ……」

家族はその冬をモローネ街にあるミラノの邸ですごした。その邸も一時は売るつもりだったのだが、今になって、一同はこれを愛しているのをしみじみとさとった。春になるとまたブルスリオに戻った。フランスから連れてきた、ド・ランセ嬢の後継者の家庭教師は名をペリエールといった。しかしミラノとブルスリオの気候が体質に合わないとのことで、彼女は一年もたたぬうちにやめてしまった。

「親愛なるフォリエル、このまま無音に過ぎるよりは、短くて気が滅入るが、この手紙を出すことにします。数日前から田舎にきた。夏中ずっといるつもりです」とマンゾーニはフォリエルに書いている。一八二一年の春で、炭焼党裁判の暗い日々だった。「母は例の通り、健康というよりは〈病気ではない〉くらいの状態です。エンリケッタは七か月目でかなりつらそうです。結果的にはうまく行きそうなのですが、うんと休息をとり、辛抱が第一です。小生については何も言わぬほうがましでしょう。仕事ができるときはまあまあです。というのも、四、五時間、午前中に仕事ができると適度に疲労して、そのあとはものを考えずにいられるからです。しかし、すこし以前から一日ぶらぶらしていることがしばしばあります。まったく頭を使うことができない日があるのです。そのような日はかなり憂鬱です。身をかがめてあらしの過ぎるのを待つ以外ありません。ところが、あらし以前にわれわれが参ってしまうこともあるのですね。とにかく、このような〈不吉な〉日には、本を手にとり、二ページほど読んでは、また次の一冊を手にとり、その本も前のと同じ運命をたどります……親愛なるフォリエル、この次はいつお目にかかれるでしょう。ではさらば。もし手紙をいただけるなら、どれほど慰めになるでしょう。」〈不吉な〉という言葉には傍線が引かれている。暗黙のうちに政治状況を指していることは確実である。

その年の四月、マンゾーニは小説を書きはじめた。題は『フェルモとルチア』。しかし、まもなく、ロンゴバルド王国の末路を描いた悲劇『アデルキ』の続きを書くために、この小説は中断された。そのかたわら、彼は歴史小説を読んでいた。友人で古書店をいとなむガエターノ・カッタネオに依頼して探してもらった。「『僧院長』でも『僧院』でも『星占い』のどれでもよいから、なにか探してほしい。たのむ」と書いている。三つともウォルター・スコットの作品である。マンゾーニはカッタネオに次から次へと本の注文をして、困らせた。「また本が欲しい。パンをもとめてパン屋にいくように、小生は本を必要とする。今度はアカデミー・フランセーズの辞書だ……また、お願いだ。ミショーの『十字軍』が欲しい。原書でも訳書でもいい。」一度も店を訪ねずに、自分はひとところにじっとしていることを詫びている。「あわれな痙攣持ちにとって、思ったときに友人を訪ねるぜいたくは許されないことを解ってくれ。そして感謝の念に耐えない君の友人を愛しつづけてくれないか。」

同じ一八二一年の七月に『ガッゼッタ・ディ・ミラノ』紙上にナポレオンの訃報が載った。ふた月前の五月五日に死んだのだった。マンゾーニは三日かけて、のちに有名になった頌歌を書く。"Ei fu. Siccome immobile,/dato il mortal sospiro..."《人、在りき。不動にして、息絶えき》この詩はエンリケッタがピアノで手あたり次第、様々な曲を弾いているかたわらで書かれた。そう頼んだのは彼だった。八月に女の子が生れた。クララと名づけられた。エンリケッタは重い産褥熱にかかった。もうすこしで死ぬところだったが、あぶないところで命をとりとめた。

「小生の『アデルキ』が、まだ手を入れるつもりではありますが、一応終ったことは申しました。この作品について少しも満足していないことも申し添えておきます。これほど短い人生で悲劇を無視するのなら、この小生の作品などはかならず廃棄さるべきものです」とマンゾーニはフォリエルに書いている。ついに返事が来た。フォリエルの手紙は短く、とくに「貴君の御意見をもっと伺いたいと思っている点について」、すなわち遅筆で自分にきびしいフォリエルは自分が執筆中の作品について、ほとんどなにも書いてなかった。マンゾーニの手紙は何ページにもわたるものだった。「何度、ことにこの度は、貴君が遠いところにおいでなのを呪ったことでしょう……」「近くにいたときに、どうしてもっとお話を伺っておかなかったかと、どうして厚顔な税関吏のようにあなたの紙入れのなかをもっと探っておかなかったのかと、口惜しくてたまりません。」「われわれを憂鬱にした話題について一言もふれずに手紙を終えることはできません。この記憶は今でも遠ざけようと努めています。妻のエンリケッタがわずらって、心配な状態にあったことはド・コンドルセ夫人からお聞きおよびのことと存じます。いまはゆっくりながら、確実に回復しております。あのときほど、もっとも平穏な幸福というものがいかに頼りないか、いかに危険なものか、いや、どれほど怖しいかということを身にしみて感じたことはありませんでした。小生はこの前お便りしたときより余程元気になりました。仕事ができるので、神経もやや静まっていてくれます。」

翌年、エンリケッタはまた妊娠した。ブルスリオにフォリエルの紹介で若いスコットランド人がやってきて、家庭教師として雇われた。その夏、ブルスリオではげしい雹《ひょう》が降り、畑や葡萄や桑に大きな被害を与えた。「今度の災害はあまりにも直接天から降ってきたので」とジュリアがソフィー・ド・コンドルセに書きおくっている。「わたくしたちは不平を言うわけにまいりません。同じ理由のためにわたくしたちはすべてを神のご意志とあきらめねばなりません。でもすべてがそうはまいりません。たとえばあなたの友情は力強い寛大なものですが、わたくしのは涙っぽい友情です。ですからあなたはわたくしを支え、なぐさめてくださらなくては。」ソフィー・ド・コンドルセは重病だったのだが、マンゾーニ家ではそのことを知らなかった。ソフィーから支えも慰めもふたたび来ることはなかった。子供たちが猩紅熱にかかった。ジュリアはヒョウソウになって痛い目をした。「妻のエンリケッタは」とマンゾーニはフォリエルに書いている。「病床にあるというのではありませんが、たえず調子が悪く、視力は衰える一方で、私たちを悲しませます。しかし、これは妊娠によるものだと希望をもたされ、というよりは確実なことのようで、お産がすめば良くなるとのことです。」小説については、第二巻に入ったと書いている。『アデルキ』は印刷にまわしたという。フォリエルは『アデルキ』をフランス語に訳していた。彼はマンゾーニと語らって、フランス語版はイタリア語版と同時に上梓されるはずだった。そのためイタリアの出版社はフランス語版の準備が完了するまで待たされていた。「この面倒な『アデルキ』抜きで交信できるすばらしい日のくるのを首を長くして待っています。」

ソフィー・ド・コンドルセの病気の報が入った。しかしすでに快方にむかっているとのことだった。九月十二日、マンゾーニは回復を祝ってフォリエルに手紙を書いた。しかし、彼女は四日前に亡くなっていた。

九月十七日、また女児が生れた。名はヴィットリアとつけられた。エンリケッタの眼はお産のあともよくならず、希望は泡と消えた。医師たちは転地を勧めた。トスカーナへの旅行が計画された。その間、ソフィー・ド・コンドルセの訃報がもたらされ、フォリエルも彼らといっしょにトスカーナへ来るようにしてはどうか、マンゾーニ家ではそう考えた。しかしアレッサンドロが執筆中の小説を中断するわけにいかなかったので、この計画は立ち消えになった。彼らはすぐにはフォリエルに手紙を書かなかった。そのかわりにヴィスコンティが十月にこう書いている。「グロッシ君とマンゾーニ家の人々が小生にお悔みを書くように申しています。マンゾーニが書くはずのところですが、ド・コンドルセ夫人の御不幸に際し、貴殿と同様、彼にとっても余りにも深い悲しみゆえ、彼自身も家族の人たちもどうしても書けないとのことなので、小生がお便りさしあげることになりました。心からのお悔みを申上げるとともに、この悲報に接した今、もはやマンゾーニは『アデルキ』出版にかんしてお約束通り今月二十日に間にあわせることは不可能とのことです。しかし最終的な御指示をお待ちするとのことです。」

『アデルキ』は、イタリアでは十一月に上梓された。エンリケッタに献じられていた。その献詞のなかには、そこはかとない、死者を記念し、とむらうような調子がある。

「夫婦の愛と母性の英知とともに処女の魂を持ち続けた敬愛する妻エンリケッタ・ルイジャ・ブロンデルに／これ以上に美しく永劫の記念碑として／その名と大いなる徳の名声を／托し得ぬを悲しみつつ、『アデルキ』の著者ここにこれを捧ぐ。」

# フォリエル

「ジュリエッタはあなたたちにあげるのだといって、ちいさい顔を描いています。」ジュリアは、このように孫のことをド・コンドルセ夫人に書いている。一八二二年の夏、ソフィー・ド・コンドルセが死んだのはこの数週間後である。「ピエトロはフランス語を勉強しています。一同元気で、いまエイプリル・フールのときにいただいた〔ソフィー・ド・コンドルセの贈り物だったのだろう〕紅茶茶碗でお茶を飲んでいるところです。やっとお手紙がつきました。親愛なるソフィー、たいせつな、たいせつなソフィー……」これはジュリアがソフィーに書いた最後の手紙になった。ジュリエッタの描いた絵はソフィーに送られた。何年も経ってから、フォリエルの死後、彼の書類のなかからこの絵は、ジュル・モールとカバニスの娘によって発見された。その中には、小さな女の子の肖像のミニアチュールもあった。カバニスの娘はそれがジュリエッタの肖像にちがいないと判断した。その肖像画と絵はマンゾーニのところに返された。

一八二二年、ジュリエッタは十四歳になった。母親のエンリケッタが結婚した年齢ともうそれほど違わないという自覚が、彼女をしっかりさせ、おとなびさせた。弟妹たちにたいしてもおちついた、分別のある態度をとるようになっていた。生来、ものごとをよくわきまえる、まじめで、かしこい性格の子だった。マンゾーニ家の規律正しい、万事控えめで、これといった気晴らしもない暮しのなかでは、同年配の友人はいなかった。学校には行かずに、家で女の家庭教師について勉強した。そのペリエール嬢がミラノの気候がからだに合わないとの理由でフランスに帰ったあと、ビリエ神父がよこしてくれた、あたらしい家庭教師のブルデ嬢がいた。ブルスリオの長い夏、そしてミラノの霧深い、長い冬。ブルスリオの家でも、ミラノでも、父親をたずねてくる友人が絶えず家に泊まっていた。このような客の出入りがなかったら、さわがしい弟や妹たちがいなかったら、そしてせわしなく働く召使たちがいなかったら、ジュリエッタの毎日はおそらく退屈きわまるものだったに違いない。母親のたびかさなる病気や、父親の神経症、ちいさい弟妹たちの病気がなかったら、それはまったく静穏な毎日だったに違いない。

一八二二年のその夏、トンマーソ・グロッシは『第一次十字軍のロンバルディア人』という詩を書いていた。マンゾーニは小説の第二巻を執筆中だった。エルメス・ヴィスコンティは『美について』という評論の分厚い下書きを終えたばかりだった。彼はそれをフォリエルに送っている。「フォリエル先生、美についての原稿をお送りするにあたって、一筆加えさせていただきます。原稿は定期便で今さっきお送りしたところです。」『美について』の原稿を納めた「ちいさな小包」は無事到着はしたのだが、フォリエルはそれどころではなかった。ソフィー・ド・コンドルセが死んだからである。この論文が到着するのを前もって知らされていたフォリエルは、これを“cette angélique créature que nous n'avons plus”《もういなくなってしまったあの天使のようなひと》、すなわちソフィーに、フランス語に訳させるつもりをしていた。少し時がたってから、彼はその嵩張った原稿に目を通し、クウザンに相談したうえで、二人は他の翻訳者をさがしはじめた。フォリエルは寛大で、忍耐ぶかい人だった。いつもよろこんで人の話に耳を傾け、それは自分に心配ごとのあるときでも変らなかった。彼は自分の知性、時間、協力を人に提供するのを決してためらうことがなかったのである。

「小生を襲った不幸のためお返事が遅れてしまいました」とフォリエルは手紙に書いている。不幸がおきてから三か月目のことだった。やっとその頃になって手紙をよこしたマンゾーニへの返事であった。「不幸にみまわれて、自分が女々しかったとは考えていません。少なくもできるだけ弱音を吐かないように努力はしたつもりです。自分の不幸を過大評価せぬように努力しました。とはいっても、私の失ったものはこの地上では名状しがたいものであり、捜して見つけられる種類のものでないことも、残念ながら知っています。ゆえに小生はただ徒らに悲しみに身をゆだねることのないよう、できるだけのことはしました。もっと表現しやすい、より次元のひくい悲しみなら、これほど気をつかわなかったでしょう。現に、小生の悲しみは、純粋で天に近いものを失った悲しみなのですから……小生の心にある生への関心、人間への愛着が死に絶えたわけではありません。しかし、ああ、小生の残りの人生でなにほどかの幸福を（幸福の残りとでもいうべきなのか）得ることがあったとしたら、かつて天が（無論それは小生の値しない、それを望む資格さえないものだったとはいえ）より大きな宝を自分から取り上げてしまったことを、思い出さずにはいないでしょう。親愛なる友よ、親愛なる君たち、こんなふうに書くのをどうぞゆるしてください。私は君たちのひとりひとりに向かってこれを書いているのです。涙を流すとき、小生は君たちといっしょです。このような、とても表現しきれない心痛を、これほど安易に、これほど軽々しく打ち明けることを、どうぞ勘弁してください。小生の言い足りないところは、必ずや君たちが推量してくださるものと信じています。この悲しみは君たちにならし、必ずや理解していただけるでしょう。人々が批判するあの浅薄なセンチメンタリスムとはなんの関係もないものです。その証人として、あの最高無比の権力である死を、小生は敢えて引きあいに出します……小生の現状を理解していただくために、ほんとうにいろいろとお話したいことがあります。手紙ではほんの少ししかお伝えできませんし、この種のことはとくにそうです。ただ申しあげておきたいのは、私を置き去りにしたあの〈天使〉の家族が、小生の考えもしなかったほど大きな慰めとなり、こまやかな心づかいを示してくれたことでした。〈ある人ひとりだけ〉が心痛の種になったのはたしかですが、それとても個人的な恨みその他の理由からでなかったことは、はっきり申しておきます。そのほかの友人たちも、友としてできる限りのことをしてくれました。ティエリ〔歴史家のオーギュスタン・ティエリで、当時二十七歳、フォリエルと親交があった〕とくにクウザンは、小生が不幸にみまわれた後の八日間、田舎の家に一緒にいてくれました。そうです。友情も、慰藉も、心づかいも、いま小生にはすべてが与えられています。人の世話にならないで静かに暮そうと思えば、だれも邪魔しないはずです。にもかかわらず、実際は、様々厄介な事情が重なり、その上に不測の出来事がつぎつぎに発生して、小生の生活は、日に日に静穏と安心を増すどころか、苦悩と心労がつのるばかりです……小生をおそった破局は、その細部にひそむにがさゆえに、身を切られる思いをすることがあります。今のところ、真剣に仕事に打ち込むことで気を紛らせることはまず不可能ですし、常日頃の習慣以外に気晴らしを見つけるのがいかに下手かをつくづく感じています。自分の失ったものと、未だ失わずにいるものすべてに、以上の状況を考えあわせてみると、ただなにもかも思い出と後悔に満ちているので、現在自分が置かれた状況を一時的なものだからと辛抱するためには、これを、やがては、それも近い将来に変え得るものとして、将来の計画もたてなければなりません。さもなくば、落胆と絶望の餌食と成りはてること必定です。精神的にも、肉体的にも錯乱状態にある自分を、今こそ古くからの友人たちにたすけられて、新しい事物と、新しい環境の中で自分を鍛えなおす必要を苦しいほど感じています。どこでそんなことができるかと思われるでしょう。無論、君たちのところです。君たちのところに行き、しばらく共に時を過し、昔変らぬ君たちに接し、いっそう君たちを愛し、わが親愛なるアレッサンドロといっしょに、彼のそばにいて、彼に負けない傑作を生みだすべく仕事をする。これこそは、三か月このかた小生のいつくしんできた夢であり、いま小生の心を満たせてくれる唯一の事柄です。さて以上が、小生の希望をわずかに繋ぎとめてくれる計画のあらましです。親愛なる友人たち、この計画を受け入れてくださいますか。なにか、お気に召さぬ点があるでしょうか。それとも、まったく駄目ですか……いずれにせよ、早急にお返事を待ちます。早いのが肝心。というのも、現在の小生の状態では、何か確実な希望を持たせることが心を安らかにしてくれる唯一の方法のようです。心も精神も病みほうけているのです。お返事をいただき次第、このすばらしい計画を今回のようにあらましだけでなく、もっと細部にわたってお知らせしましょう。」

「ある人ひとりだけが心痛の種になった」というのは、ソフィー・ド・コンドルセの娘のエリザ、あるいはその夫のオコンナー将軍のことかと思われる。彼らがフォリエルにたいして、冷たかったのではないか、さもなくば何らかの心痛の種になるようなことを言ったのではないだろうか。エリザはもともと母親がフォリエルと同棲していることを快く思っていなかった。その母親が死んだ今、古くからの不満が噴出したのかも知れない。ソフィーの家族とフォリエルの関係はその後ますます悪化した。「慰藉」も「心づかい」も長続きはしなかった。ソフィーの死によってフォリエルが置かれた状況が、ひじょうにデリケートで困難なものになったことは確かである。そのうえ彼が裕福でないという事実が、状況をさらに困難にした。それらすべてに、彼の細やかな感受性は傷ついた。彼はただちに〈ラ・メゾネット〉を出て、パリのヴィエイユ・テュイルリー街の小さなアパルトマンに越した。さきの手紙はここから書いたものである。

マンゾーニはすぐに来るようにと返事を書き、家族一同、彼の到着を待った。モローネ街の家は当時あちこち修繕していたので、いろいろと不便なことがあった。しかし、フォリエルなら、それも我慢してくれるだろう。そのうえ、春になったら家族でトスカーナに旅行する計画もあった。トスカーナのほうが気候がよいという理由で、医者たちがエンリケッタのために是非といって勧めたのだった。フォリエルもいっしょに来ればよい。しかし、一年過ぎてもフォリエルはパリを離れようとしなかったし、マンゾーニ一家もトスカーナ行きを延期した。その理由のひとつは、フォリエルを待っていたからで、もうひとつはマンゾーニ言うところの mon ennuyeux fatras《面倒な書きちらし》すなわち執筆中の小説のため心労が多く、それを置いて行く気にもならず、かといって、旅行に持って行くのも気が進まぬというわけだった。

一八二三年の夏、マンゾーニ家の召使だったファニーが暇をとってパリに帰った。母親が病気で、看病するためだったが、フォリエルあての手紙を持っていってくれた。「親愛なる、まことに親愛なる友よ、思いがけぬ使者を送ります。退屈をまぎらわせるために旅行をする人間もたくさんいますが、それとほとんど同じほど、災難のために旅を余儀なくされる人間も多い」とマンゾーニは書いている。その間、フランスで戯曲『アデルキ』が出版された。訳者はフォリエルで、前書きも彼が書いた。「ああ友よ、なにをなさったのですか。なんということを書かれたのですか」とマンゾーニは書いている。「どうお礼を申してよいのかただ困惑しています。自分の考えをこれほどうまく纏めていただいて、それどころか、貴君の文体を通してそれを発展させ、完成にまでもっていって下さったことに対して、どれほど小生が感激したか、とても言いあらわせません。当然、貴君ならと期待はしていました。しかし、貴君が小生ごとき取るに足らぬ作者について書いてくださったことについては、なんと申せばよいのでしょう。読むだけで、思わず赤面し、うなだれてしまいます。話題を変えましょう。あれほど楽しみにしていたのにまだ実現していない例の旅行の計画についていうと、次から次へと障りができて、残念ながら冬まではとても実行不可能なようです。ミラノの家を修復するについて山のような問題が続出し、大家族の出発に必要な準備を整える時間が無くなってしまったからです……〈それに加えて、あらゆる災難が折り重なるようにして起ったのです〉。」下から二番目の娘のクララが死んだのだった。「ピエトロとクリスティーナとソフィアが麻疹にかかりました。ひとりずつ期間も違い、重さもそれぞれでしたが、幸いにもみな元気になりました。かわいそうに、小さいクララだけは残念ながら、同様の結果には終らず、ながく苦しんだあげくに、あの子は二歳になったばかりで死にました。それがちょうど、あの楽しみにしていた旅行がいよいよ実現できるかと考えていた矢先だったので、この計画はどうみても来春まではは実現できぬようです。それとても現在予見可能な障害だけでも山のようにあり、とても断言するわけにはまいりません。私共がいかにも弱虫であることも、当然理由のひとつではあるのですが。」このあと、マンゾーニは自分のfatras《ファトラ》すなわち小説について述べている。「小生は物語の背景となる、時代と国情を正確に把握し、これを誠実に描くよう努力しました。現在貴君に申しあげられることは、正直言ってこれだけです。材料は豊富です。ある種の人間どもが自らをかえりみて恥じるだけの材料は揃っています。無智蒙昧のくせに威張る連中、愚かさをものともせぬ傲慢、どっぷりと腐敗に浸かった厚かましさ等々、恐ろしいことに、あの時代のもっとも顕著な特徴は、以上のようなものであります。幸いなことには、人類にとって誇りと思えるような人物も性格も確かにあります。高潔な人格、ときには一般的なものの考え方に唯々として従うのを嫌って、障害や反対にたいして敢然と闘い、抵抗した人々がいます。この作品には農民から、貴族、修道士、尼、司祭、役人、学者、戦争、飢饉に至るまで、あらゆるものをほうりこんでみました……〔この部分、紙が破損していて読解不可能〕これで本を書いた理由が成立するはずです。」

一八二三年に、大聖堂参事トージ神父はパヴィアの司教に任命され、ミラノを去った。マンゾーニは次のように書いている。「私共家族一同、どれほどお慕い申しているか、申すのもおこがましいほどでありあります。今後御多忙になられますこととは重々承知致しながらも、時には御手紙いただけるのではと、お願い申した次第です。御約束頂けました今、改めて深く御礼申します。またお目にかかることができると考えますと、たとえそれがごくたまのことでありましても、私の身体と精神が深く静かな慰めを必要とする時など、どのように貴重かと今から楽しみにしております。」司教になった大聖堂付参事トージ神父は、マンゾーニが執筆中の作品に関しての危惧を、つぎのように書き送った。「貴殿が心に浮ぶままを書き進めておいでなのを見て、少しは心の手綱を引き締めていただきたいと存じ、御手紙さしあげずにはいられずに筆を執ります。貴殿は根をつめて御仕事をされるあまり、健康を害されることがしばしばと承ります。このような作品は、世間も長くは関心を持たぬものでありますから、たいした成果が期待できるものとは考えられませぬ。そのうえ、意見の相違、文人たちの悪意や嫉妬心を引き起すもとにもなりかねませぬ。親愛なるマンゾーニ君、どうせ全身全霊を傾けられるのなら、もうすこし将来性のあることで苦労されてはどうでしょう。さて将来性の確実なものが何かといえば、それは言うまでもなく、主に頂く報いなのであります。」トージ司教はマンゾーニに『カトリック倫理』の続きを書いて欲しかったのである。マンゾーニはこう返事した。「小生が現在関わっております仕事が、小生の健康に害を及ぼし、魂の平和を乱すやとの御言葉をいただき、お返事申しあげます。事実、小生が耽溺致しておりますこの研究は、肉体的にもかなりな負担になっております。それでも小生は身体にひどく障らぬよう、仕事と休養をうまく交差させるよう努力いたし、実際、時には不快な日も無きにしも非ずとはいえ、大方はほぼ元気に暮しております。さらに、文学者仲間の誹謗について申しますと、執筆中の拙作は、たとえ上梓されましても、敵をこしらえるようなことは決して無きものと、少々の自信は持っております。物事を精魂込めて考えつめ、その通りに紙上に書きますと、多くの人と必ずしも一致せぬ考えが目につくことは確かにあります。しかし、小生はどの党派にも属しておりません……独自に公平な立場から書いた小生の意見は、気紛れとも無味乾燥とも人には映るかも知れませんが、敵意とはだれも思わぬ筈です。小生をただ軽蔑して憐れな奴と思われる向きはありましても、これを読んで立腹する人は、恐らくはいないと考えてよいでしょう。」

「今のところ、どんな旅行になるのやら、さっぱり分かりません」とフォリエルは十月に書いている。「一面識もないロシア人の大金持の紳士と一緒に旅行しないかという話があります。よかったら小生を連れて行ってもよいと、その人が言っているそうです。まだはっきりしたことは分かりませんが、この種の旅行はまずは断るつもりです。ある意味で楽かも知れませんが、実はすでに二人のイギリス婦人と約束をしてしまったのです。ふたりとも現在スイスにいて、イタリアに行ってもよいとのことなので、小生が同じ道を通るのなら、途中で拾ってほしいというのです。この約束をまもるとすれば、どこでどのような寄り道をさせられるか、どこで宿泊することになるか、かいもく見当がつきません。すなわち、ハンニバルの故事にならってモンスニ峠から降りるか、もっと平凡にセンピオーネ経由にするか、どちらとも言えないのです。ロシア人をやめるとすれば、ファニーと一緒に出発する可能性がもっとも大きいようです。」

フォリエルがミラノのモローネ街に着いたのは翌月だった。彼は二人のイギリス婦人と一緒だった。

ということは、彼はスイスに寄ったということで、もともとそれ以外のつもりはなかったらしい。二人のイギリス人は、パンション・スイスという宿屋に泊った。母親と娘で、クラークという名字だった。娘のメァリ・クラークはフォリエルと関係していて、それはソフィーの死の数か月以前から続いていたのだった。

メァリ・クラークは、当時二十九歳だった。彼女はロンドンの生れだったが、スコットランド出の母親は未亡人で、大尉だった夫の死後、二人の娘を連れてフランスに移り住んだ。メァリ・クラークはブルネットで髪は縮れていて、背が低く、華奢で背中が少しこごんでいた。美人ではなかったが、魅力的な女性だった。自分も絵を描く一方、絵画と音楽が好きで、芸術家と交際したり、旅行するのが趣味だった。

メァリ・クラークとフォリエルの関係は、メァリがフォリエルに、自分の絵のモデルになって欲しいと手紙を書いたことから始まった。彼女は肖像を描いて、オーギュスタン・ティエリに贈るつもりだった。「ティエリ様はあなたを誰よりも大切にお思いですので、肖像画をさしあげればこのうえなく喜んでいただけるものとぞんじております。」彼女はかつてオーギュスタン・ティエリと関係をもっていたが、それをもうやめようと考えていた。フォリエルは承諾の返事を書いた。肖像画の話は彼にとってそれほど愉快なことではなかった。自分の肖像が、あわれにもティエリにとっては別れの贈り物になることに、気が進まなかったのである。「あなたの仰せに従うのが、一生一度のことなのでしたら、仕方ありません。仰せには喜んで、しかし心には悲しみを抱いて、従うことにいたしましょう。」

フォリエルはメァリ・クラークのモデルになり、肖像画は完成した。その後、メァリはイギリスに帰り、二人のあいだには頻繁な手紙の往き来があった。Mon ange 私の天使、と彼女は彼に書き、ma chére douce amie ぼくのやさしい、たいせつなともだち、と彼は書いた。ソフィーのことを、最初彼はなにもメァリに言ってなかった。まるでまったく存在していないかのように。八月になって、ようよう彼女について触れている。何週間も彼女に手紙を書かず、そのあげくに次のように宥しを乞うている。「Chére douce amie たいせつな、やさしいともだち、この前の手紙では、これから毎日、少なくとも数行は書くと約束した……その時は、心からそうしたいと思って約束したのだけれど、それは約束を果すたびに、少なくともそのあいだは、きみがぼくを愛してくれるだろうと思い、そのことがぼく自身にとって、すばらしい喜びだったからだ。それなのに、ぼくは一通も手紙を書かなかった。親愛なる友よ、実はわざと書かなかったのだ。もしあの時に書いていたら、ひとつには、ほんとうに心に思っていたことを絶対に打明けないと判っていたからだ。ところが、あの頃、ぼくが直面していたことをきみにはどうしても打明けるわけにはゆかなかったし、もし正直に打明けたら、きみを悲しませ、心配させることは瞭然だった。それだけはどうしても避けたかったのだ。実をいうと、このひと月は、ぼくの生涯でこれまで考えてみたこともないほど、つらい時だった。ド・コンドルセ夫人が重病で、たいへん危険な容態だった。彼女の家の人々も、友人たちも、そして当然のことながら、ぼくにとって大きな心労の日々だった。その心労のため、ぼくは誰にも言わなかったし、誰もそのことに気付かなかったが、ぼくは気が転倒し、事実肉体的にも苦しんだ。この期間にあらゆる苦悩がぼくに降りかかった。きみのことを想い出し、きみの手紙を待つのが、ぼくにとっての唯一の慰めだった。今朝ここまで書いたのを、もう一度続ける。今夕方の散歩から戻ったばかりだ。いつも一人で散歩に行く。絶対に一人で行く。その時だけ、きみのことをゆっくり嚙みしめるように考え、きみがフランスにいた頃の想い出にふけり、再会の時を心に描いて、夢をみる。この頃はよく考えごとをする。だが過去も、ここにいるべききみの不在も、まだあまりにも生々しい。ぼくはむだな抵抗はしたくない。過ぎ去ったこと、きみの不在ゆえの悲しみはたしかだし、顔や態度に表れるのと同様、手紙にも滲み出ているかも知れない。断っておくが、この悲しみは苦々しいものではない。ぼくの思いを一つの考えが、感情が、支配しているからだ。すなわち、きみに愛されているということ。ただ少々心がかりなのは、ぼくにとってきみがどれほど大切かということを、どうもきみがはっきり自覚してくれていないのではないかということで、ぼくは気をもんでいる。きみをじゅうぶん愛していないときみがぼやくとき、ぼくははっとすることがある。きみを幸福にしてあげる能力がぼくには充分備わってないのではないかと思ってね。きみがぼくの心に働きかけた魅惑に比べられるものはこの世に存在しないと、どうしたらきみにわからせることができるだろう。ここまで書いて、続けられぬまま、また日が経った。この数日ぼくは具合が悪かった。前にきみに話した女ともだちの病気のことで、心配がまた深刻になった……だが、きみに書く手紙が頻繁だろうと、そうでなかろうと、長かろうと、短かろうと、一つのことだけは覚えていてほしい。いとしいひと、ぼくにはきみがいつも目の前にいるように思え、ぼくはきみに絶え間なく話しかけている。そしてきみの言葉ときみの姿を心のなかで絶え間なく追いかけている……今日はこれまでにしておく。さようなら、my sweet hope さようなら、すこしだけでいいから、ぼくのそばにいてください。そばにいると、ぼくに言ってください。」メァリ・クラークの返事は怒りに満ちていた。「ド・コンドルセ夫人っていったいどういうすじあいの方でしょう。どこかの奥方がご病気だからといって、あなたまでお加減が悪くおなりとは、ほんとうにあきれます。その方のご家族と同じくらいとりみだしておしまいになるなんて、いったいあなたにとってどういう方なんでしょう。そのためにお手紙さえお書きになれないなんて……おたよりをいただいた同じ日に、お返事を書きました。思わずかっとなって、いやなことを書きつらねました。ただ、さいわいなことに、その日は出さないでおいて翌日、投函するまえにもういちど読んでみて、お出ししなくてよかったと思いました。できるだけ平静をつとめることはできても、真実でないこと申しあげられません……もし、わたくしが手紙のなかで、あなたのお聞きになったこともない男の人の名を書いて、その人のことをお話ししたとしたら、あなたはどうお思いになったかしら……ド・コンドルセ夫人という方について、わたくしはなにか複雑な気持でいます。つらくて。そのうえどういう方なのか、思い出そうとしても、どうもはっきりしません。どういうわけで、いままでその方について一度も何もおっしゃってくださらなかったのでしょう。それでも、なんとなく、誰かに聞いたことがあるようにも思えるのです。アメデエ［アメデエ・ティエリはオーギュスタン・ティエリの弟］ではなかったかしら……わたくしは、このことについて、なにも申しあげないほうがいいのかしらとも思いました。小さなあなたをお悲しませしたくなかったから。でもがまんできなくて、申しあげてしまいました。あたしのほうが、永遠の曇り空よりましですもの。」この手紙の日付は九月三日になっている。ソフィー・

ド・コンドルセが死んだのはその翌日だった。

一年が過ぎた。その間メァリ・クラークはしばしばパリを離れた。彼女とフォリエルは頻繁に文通している。そしてイタリアへの旅行を計画し、あげくに二人一緒に、ミラノに現れた。

メァリ・クラークはマンゾーニ家の人々とたいそう親しくなった。一八二四年の冬中、彼女と母親はミラノに滞在し、夕食後の時間はほとんどいつもマンゾーニ家ですごした。ずっと後になってからも、メァリ・クラークは、そのころのことをよく憶えていた。それについて質問した人(マンゾーニとフォリエルの関係について研究したアンジェロ・デ・グベルナーティス)への返事に、彼女はマンゾーニ家の夕べの集まりについて語っている。それによると、マンゾーニ家の夜の時間はたのしかった。子供たちは鬼ごっこをして遊んだ。エンリケッタとメァリ・クラークがそれに入ることもあった。ジュリアとメァリの母親のクラーク夫人は、マンゾーニやフォリエル、そして毎晩のようにやってくる友人たちを交えて、暖炉のまえで話した。友人のなかには、グロッシ、ヴィスコンティ、カッタネオら文人たち、そしてジョヴァンニ・トルティという名の詩人、イタリア語の教師をしていたルイジ・ロッサーリという人物などがいた。メァリ・クラークのこの手紙を読むと、エンリケッタの新しい像が浮び上がる。それは常になく若々しい姿である。「上の子供たちのお姉さんみたいでした」と彼女は書いている。「遊びたいだけ遊んだかい、奥さん。」あるとき、マンゾーニはこういって、鬼ごっこをして、真っ赤に上気した顔のエンリケッタの腰に手をまわした。すると彼女は首をたてに振ってうなずいた。それにしても、子供たちを相手に家中を走り回って鬼ごっことは、まことに素朴な楽しみではある。マンゾーニ家の人々は、社交界のつきあいはしていなかった。夜出かけることはほとんどなくて、ミラノでは、人づきあいの悪いことで通っていた。

フォリエルとマンゾーニの関係は、この時期に変った。それ以前にくらべて、よりざっくばらんで、自然なものになった。フォリエルはながいことジュリアやエンリケッタとしゃべったり、子供たちと遊んだりした。子供たちとフォリエルのあいだに、ふかい愛情が生れた。その愛情の延長線上で、エンリケッタも、これまでになくフォリエルと親しくなった。子供たちは幼い弟妹の口調を真似して、フォリエルのことをトーラと呼んだ。

春がきて、クラーク家の母と娘はヴェネツィアに向けて出発した。フォリエルも一緒だった。ヴェネツィアからマンゾーニにこう書いている。「ヴェネツィアに到着、一同風邪気味で疲れてはいますが、元気です。由緒ある宮殿は破損のあと著しく、寒気と雨にさいなまれるひどい天候ですが、千一夜物語を彷彿させるこの都は小生の気に入りました……さようなら、みんなをひとりひとり千回抱きしめます。母君、そしてエンリケッタのことをいつも思い出しています。小さなジュリアに、ビー玉であそぶ相手がいなくて淋しいと伝えてください。肩に飛びついてくれる子もいないし、だれももうトーラと呼んでくれません。クラーク夫人もお嬢さんも、貴君のこと、ご家族のことばかり話しています……。」フォリエルは当時、ギリシャ民謡集を編纂中で、ヴェネツィアにはギリシャ系の住民がたくさんいた。ギリシャ人で、マンゾーニと彼の共通の友人であったムストクシディという人物と一緒に、彼はトリエステまで足をのばした。そこにもギリシャ人の居住地があったからである。クラーク家の二人は、イタリア全国をまわる予定だったので、彼はここで別れた。トリエステ発、フォリエルよりメァリ・クラークへ。「ここに来たことにまず満足している。ムストクシディは実に知人が多いし、みなに好かれていて、そのおかげでぼくも歓待された……毎日夜は芝居に行く。喜劇も悲劇もまあまあの出来で、ミラノよりひどいということもない。ただぼくはひたすら楽しんでいる訳ではない。分かってくれるでしょう。芝居ならよそにいるよりはましな夜の時間がすごせるというだけです。それに人と会っても、ここなら話さなくてもよいというわけです。ぼくの使える桟敷が三つ四つあって、一人で行ってもよいし、人を招待することもできます……一人でこの地を離れるか、ムストクシディがぼくと一緒に来るのか、まだ決めていない。彼はあいかわらず、世界一の善人だ。ただ、ほんの十分間でいいから、一つのことに集中して物を考えてくれたらどんなに素敵だろうとおもう。それと、もう少し、パイプを吸う度合を減らしてくれれば。さようなら、たいせつなぼくのいのち、もう出かける時間だ。大急ぎで出発の手筈を調えねばならないので、もうきみとおしゃべりしている暇がない。さようなら、ぼくのことを忘れないと言ってください。どんな素晴らしいものを見ているときでも。ぼくは相変らずきみを愛している。」

フォリエルからメァリ・クラークへ。ヴェネツィア発。彼はミラノに戻る道でもう一度ヴェネツィアに寄った。（メァリと母親はローマにいた。）「見るものすべて、一歩あるく毎に、きみと一緒だったことを思い出させるなにかに行きあたる。必死で涙をこらえねばならぬくらいだ。ひとりで部屋にいると、我慢できない時もある。どういうわけか、ぼくはふたたび例のホテルに泊まってしまった。ただぼくたちがあの時泊まった部屋には入らぬよう、それだけは用心した。たいして役にもたたぬ用心だったようだ。いつもうっかりして昔の部屋の方に行ってしまい、息がとまりそうになって、後戻りする。きみがいないということの痛みに、押しつぶされそうになって。昨日、思い出さないための普段の努力をちょっと忘れたとたんに、ぼくはあの部屋の真ん中につったっている自分を見いだした。男が一人、机に向かって一心にものを書いていて、ぼくを見て、ひどく驚いた様子だったので、ぼくは必死になって、記憶違いをしたのでとかなんとか言訳をした……ぼくたちがいつか一緒にあの凄いほど美しい海を見た、あのリドの海岸にはまだ行く勇気がない。さようなら、ぼくのいとしいいのち、もうこの手紙を終らなければならない。終りにあたって、もう一度言わせておくれ。ぼくはきみが望むだけ、きみを愛そう。きみが愛してくれなくとも、ぼくは愛しつづけよう。もう一度　さようなら、いとしいともだち、やさしいきみ。イタリア語できみを愛していると書くと、なにか不まじめなような気がする。だからもう一度、ぼくが最初にきみに愛を打明けた言葉で言う。いつまでも愛している。」

メァリ・クラークからフォリエルへ。ローマ発。彼はブルスリオのマンゾーニ家の別荘で夏をすごしている。（フォリエルもメァリも、この地名をブルツリオと書いている。）「ブルツリオにおいでの由、それにこの前よりもご気分が晴れたようで、喜んでいます。あまりお心に染まぬ人々とご一緒の時は、わたくしのことをたくさん思って下さるご様子なので、マンゾーニもクウザンも、わたくしにとっては貧乏神です。その反対に、ムスキー〔ムストクシディ〕はどうやらあなたを憂鬱にしたみたいですね……さようなら、たいせつなディッキー〔彼女はフォリエルをしばしばこう呼んでいた〕、ときどき私書函あてにお手紙さしあげましょう。わたくしがあまりしげしげとお手紙さしあげると、マンゾーニ家の方たちに変に思われるかも知れませんし、あまり疑われないほうがよいと思うので。マンゾーニ夫人にわたくしたちの関係を何もうちあけなかったのは感じがわるいと思われるかも知れないし、あなたの口からおっしゃってはほしくないの。この秋、またお目にかかったときにわたくしから申しあげましょう。さようなら、わたくしの天使、お手紙お待ちしています。おりこうになさって、傑作をお書きください。よい仕事をしたとご自分に言い聞かせておやりになって、もっと人とおしゃべりなさってくださいい。そのほうが健康のためです。わたくしはミラノにいた四か月のあいだ、マンゾーニ家の方たちにわたくしたちのことを話せなかったので、想像もできぬくらいつらい気持でした。さようなら、わたくしの天使。」これによると、彼女とフォリエルの特別な関係についてまったくなにも知らないマンゾーニ家の人々と共にすごしたミラノ滞在中、彼女は非常に居心地のわるい思いをしたのだった。それにしても、マンゾーニ家の人々が、なにも気づかなかったなど、不可能なようにも思える。

ブルスリオ発。フォリエルからメァリ・クラークへ。「ぼくを泊めてくれている友人たちをきみは知っているから、ぼくがどんなもてなしを受けているか説明するまでもないだろう。友人と言うよりは、なにかもっと優しい人たちだ。ぼくのいない間、子供たちはずっとぼくのことを話し、ぼくの夢をみたりしていたという。馬車の音が夜半に聞えると、あ、乗合が着いたと思ったそうだ。ぼくが持って来た貝殻にみんな大喜びしてくれた。そこできみも受ける権利のある彼らの感謝をひとり占めにしないために、ぼくはあわてて、この貝殻を拾うのにきみが手伝ってくれたと打明けた。子供たちについてはこれだけにして、大人たちのことを話そう。彼らはきみの手紙をもらって非常に喜んでいた……みなできみのことを、きみについて、ながいこと話した。これほどすばらしい友人たちだが、もし仮に彼らを好きになる理由がほかにないとしても、彼らがきみを心から愛しているということのためだけにでも、すばらしい人たちだと思う。そのようなわけで、ぼくは彼らにたいして、きみとのことでもう秘密を守りきれなくなった。ぼくがきみにたいしてどういう感情を抱いているかについて、彼らがこれまでになんらかの疑いをもっていたとしたら、今はもうすべて明らかになったわけだ。ぼくは全部打明けた。ぼくがきみを愛していること、全霊をかたむけてきみを愛していること、そして、ぼくたちの将来の計画を彼らに告げた。勿論、きみを本当に幸福にしてあげられるかどうかについては、ぼくに自信がないことも隠しはしなかった。きみを幸福にすることこそ、今のぼくにとっては、何よりも大切なのだ。」おそらく、当時メァリ・クラークとフォリエルは結婚するつもりだったのだろう。だが二人はとうとう一生結婚しなかった。

ブルスリオでフォリエルはしずかな夏をすごし、『ギリシャ歌集』の前書きを書きあげた。秋になったら、メァリと母親にフィレンツェで合流する予定だった。その間、二人は長い手紙をしげしげと書きあった。クラーク母娘はナポリを訪れ、そのあとふたたびローマに行った。二人ともイタリアを心から愛していた。メァリはイタリア人が大好きだったが、貧しいイタリア人は〔"le bas peuple"〕残酷で乱暴だからといって嫌がった。馬を虐待するから、というのがその理由だった。アルフィエーリの『回想録』を読んで、すばらしいと思った。ローマは好きだったが、二人が滞在していた家の料理がひどかった〔「ブタのようなものを食べさせる」〕ので、郊外のティヴォリに移った。よい空気を吸って、おいしいものを食べたいから、というのが引越の理由だった。「胃袋が少々ごきげんななめですので、可愛がってやることにいたしました。でも八日間なにもしないでいたら、だいぶ調子はよくなりました。そのあいだ、わたくしは絵を描いてすごし、それがちょうど、小さい子にとっての母乳のようなはたらきをしてくれました。」子供といえば、ナポリの近くで、土地の習慣通りに赤ん坊のからだにしっかりと巻いてあった布を、彼女はほどいてしまった。「かわいそうな子！　息がつまるかと思うほど泣き叫んでいて、どうしようかと思いました。まだ生れてたった十五日なのに。そのうえひどい暑さの日でした。わたくしたち大人のゆったりした服でさえ、暑くてたまらなかったのに、かわいそうな赤ちゃんは、巻布にきっちりと締めつけられて、身をよじって泣いていました。ほどいてあげたとたんに笑いだし、機嫌がなおりました。若いイギリス人の画家に聞いたのですが、その人は三年まえイタリアに来て以来、すくなくとも百人の赤ちゃんを、巻布の責苦から解放してやったのですって。」あるとき、クラーク母娘は一文無しになってしまった。すっかりあわてた二人はフォリエルに手紙を書いて、フォリエル自身のお金か、さもなければマンゾーニにすぐに借りて送ってほしいと言ってきた。しかしまもなくイギリスからの送金が届いた。「お金ばんざい！」とメァリは書いてきた。「お金こそはすべてを開く鍵です。だからわたくしは自分でお金をかせげるようになりたいし、だからわたくしはこんなに、けちんぼうなのです。」ティヴォリで、ローマの夏の暑さでよわった健康を取りもどした。「こちらは少しも暑くはありません。それどころか、夜などほとんど寒いくらいです。でも日陰がまったくないところです。さいわいなことに母は、ある画家の奥さんと知合いになりました。そのかたも退屈していたので、二人でいいお仲間になったようです。さもなくばもう一日も早く出発しなければと気がせいて、自分の生活を、とくに神様がわたくしを母と一緒に閉めこんでしまわれた、この箱のようにせまくるしい生活を呪っていたところでした。というのも、もしわたくしが男であったなら、こんなにいつもいつも母と一緒にいなければならなかったでしょうか。ああ、だれかがわたくしに聞いてくれないかしら。おまえは女になりたいか、囚人になりたいかって。そしたらわたくしはたちまちこう言ったでしょう。牢獄ばんざい！……わたくしは、ちいさな檻にとじこめられた美しい鷹みたいです。もうやめましょう。あきらめが大切です。」彼女は何度もマンゾーニの小説がどうなっているか訊ね、自分がそれをフランス語に訳したいと言っている。フォリエルがパリにいたとき、この本の訳について話したことがあり、そのときはトロニョンという人が訳すと小耳にはさんだからであった。本の印刷ができたらすぐに送ってほしい、わたくしが大急ぎで訳せば、トロニョンなどに渡さなくて済むでしょう、というのだった。「もしマンゾーニ氏の御本の第一巻の印刷ができたらすぐに持ってきてくださいい。Possession is nine points in the law.《法律では所有すれば九分九厘勝ちです。》もしわたくしがそのフランス人のやつより先に手に入れれば、わたくしの訳が先に済みます。あとはすべておまかせください。用心なさるように、たいせつなディッキー、わたくしはお金がだいすきで、御本を訳したいのは、お金がほしいからです。訳が上手か下手かそれは二の次です。my own dear sweetie, do write to me, pray do.《わたくしだけの恋人さま。お願いですからお手紙くださいませ、お願いです。》」結論を言えば、作品を訳したのは、彼女でもなければ、トロニョンでもなかった。

秋、フォリエルはクラーク母娘の待っているフィレンツェに行った。出発に際して、彼はマンゾーニ家の人々に後から来てほしいとたのんだ。さもなくばすぐに帰って来ると。しかしマンゾーニ一家は、もとは彼らが言いだしたトスカーナ旅行を、一日のばしにのばし続けた。フォリエルもすぐに帰っては来ず、それどころか十二月に短い手紙を寄越したあとは、数か月にわたって便りがとだえた。その短い手紙に返事を書いたのはピエトロである。「一同元気です。御安心ください。母はときどき散歩をします。からだにとてもよいと言いながら。ジュリア姉さんと、妹のクリスティーナとソフィア、弟のエンリコからも心からよろしくとのことです。ヴィットリアは、トーラ、とおじさまのことを呼んでおいて、すぐに自分で、フィレンツェへイッチャヤッタノヨと答えています。日に日にかわいくなり、いろんな動物のなきごえのまねをしたり、歌ったり、大きい子のように家中をかけまわります。」エンリケッタがそのあとを書いている。「ここにおいでにならないことが、一同淋しく、どうしてもあきらめられません……春になったら今度こそ支障がなければ、そちらに参る計画を、みな本気で考えております。」

「わたくしたちの大切なトーラさま、どうしてわたくしたちを置き去りにしておしまいになったのでしょう。」これはエンリケッタがふた月後に書いた手紙である。「子供たちはあなたがおいでにならなくて淋しいと言いつづけていますし、あなたがお優しかったことを、感謝にみちて思い出しております。そしてここにあなたがおいでになって、あなたをうるさがらせられないのを、残念がっております……わたくしは、よほどクラーク嬢にお手紙を差し上げて、あなたはあの方に夢中でいらっしゃるあまり、ひょっとしたらミラノの友人たちを忘れておしまいになったのかどうか、うかがいたいと思ったくらいでした。ほんとうをいうと、あなたをわたくしたちから盗んでしまわれたあの方を、お許ししたくない気持でございます……もちろんわるいことをなさったわけではありませんし……そうかといって、わたくしたちだって、あなたを恋しがっていけない理由もございませんでしょう。ほんとうはジュリアがお手紙を書くはずでしたが、書く勇気がないと言い、ピエトロはぼんやりですし、アレッサンドロも、(たぶんあなたもそうなのだと思いますけれど) 今日こそ書くといいながら一日のばしにのばしていいます。おかあさまは、朝から晩まで計画ばかりたてておいでですし……そのようなわけで、やっと書く決心をして実行にうつしたわたくしが、いちばん思いきりがよいのかもしれません。」「エンリケッタに言わせると、わたくしは計画だおれのにんげんみたいでございますね。」これは祖母のジュリアが書きたした追伸である。「彼女の言うとおり、わたくしは二十五年このかた、あなたをお愛し申そうと、一生あなたのことを想いつづけようと、計画をたててまいりました。この計画は現在も刻々と実現し続けているわけでございますけれど、あなたもずいぶんと人に苦労をおかけさせになりますのね。心配ばかり下さって。家族ぐるみであなたを心からお愛し申し上げ、お便りがないとほんとうに心を痛めているというのに……わたくしどものたいせつなたいせつなお友だち、いったいどうお過しなのでしょう。どこにおいでなのでしょう。わたくしどものことをお忘れなんてことは、ございませんでしょうね。まさかと存じますけれど。トーラさま。ちいさいヴィットリアさえ、あなたのことを憶えておりますよ……おねがいでございます、どうぞお便りくださいませ……さようなら、大切なおともだち、あなたのお部屋はそのままにしてございますが、いらっしゃらないので淋しがっておりますよ。」

のびのびになっていたトスカーナへの旅であるが、マンゾーニの計画の真の目的は、その土地で自分の文体を練ることだった。というのも、彼によると、ほんとうのイタリア語は、トスカーナの言葉だったからである。それでも、いざ出発しようとすると、なかなか実現しなかった。小説の形が整わぬうちに行っては、異質な言語にぶつかって、衝撃がつよすぎると、作品自体が執筆の過程で萎縮してしまうのをおそれたのではなかったろうか。たしかに彼はしばしば、あの言葉が話されている、そして今、フォリエルが歩いているフィレンツェの町並みを心に描いていた。「アレッサンドロの仕事は、たいそうおくれています。まだ第二巻を終っていなくて、書いては直し、直しては書きしています」と、これはふたたび、祖母ジュリアから、春、フォリエルあての手紙である。「夏じゅう、この調子でブルスリオの静寂のなかで、全部を書き終えてくれるよう、心からいのっています。どこにいてもフィレンツェの〈旧市場〉のことを考えない日はなく……とにかく何か月かをトスカーナ地方で過すことができれば充分と思います。いずれにしても、またゆっくりおはなしできると存じます。いまのところ、トスカーナ弁をまねして使うので、わたくしども、鼓膜が破裂しそうでございます。」

「親愛なるおともだち、アレッサンドロがどれほど満足しておりますことか、このところうまく書けるようです……クラーク家のご婦人たちがフランスにお帰りの節は、ミラノを通っておいでのことばかり思っていましたので、なんとなくお会いできるような気になっておりました。でもだめなのでございますね。」これもまた、祖母ジュリアからフォリエルへの手紙である。フォリエルから遂に、まもなく到着するとの便りがあった。「……わたくしどもの手紙がまもなく着くことと存じますが、今夏フィレンツェにはまいれませんので、やはりブルスリオでお待ちしております……わたくしどもの人里離れたブルスリオの隠れ家にずっといることになりました。フィレンツェであらゆるお芝居、舞踏会、仮面舞踏会にお出かけになったのですから、もう、こちらの、あなたさまの、と申してしまいましょうか、あなたさまの小部屋を懐かしくお思いになってもよろしゅうございましょう。アレッサンドロは、あなたがたが家においでになって、朝食をとりながらたのしいおしゃべりをできることを、ただ喜ぶというのではなく、からだじゅうで喜びを味わっております。エンリケッタなどはもう……わたくしについては申しあげなくともおわかりでしょう。あなたの名付け子はあなたを心からお慕いしていますのに、自分は愛されていないと信じておいでになる……アレッサンドロに旧市場について話してやってくださいまし。あの人にとって、あの市場はトスカーナそのものなのですから。」


「小生のインキ壺から出てくるようなくだらぬ話に興味をもってくださるとは、感激のいたりです。」

これはマンゾーニからデゴラ神父への手紙である。ながい沈黙のあと、神父から便りがあったのである。

「小生が、まるで重要な任務かなにかのように苦労を重ねている作品が、どのような種類のものであるか、ご存じなのでしょうか。貴師と小生にとって親愛なるニコルが、この種の作品の著者に、臆することもなくempoisonneurs publics《アンプワゾヌール・ピュブリック》《社会に害毒を流す輩》という称号を呈しました。無論、小生、そのようなことにならぬよう、あらゆる努力を致したつもりです。しかし、はたして小生の努力は実ったのでしょうか。」十七世紀のジャンセニスト、ピエール・ニコルは*Les imaginaires et Les visionnaires*『空想者と幻視者たち』という著作の中で、デマレ・ド・サンソルランが書いた*Les visionnaires*『幻視者たち』という風刺喜劇に辛辣な批判をくだしている。それはジャンセニストの厳格さにとっては断じて許容できない作品なのであった。マンゾーニは、自分の小説が同様に、ジャンセニストの厳格さに反するものかもしれないと、恐れていたに違いない。「拙作を御高覧いただきました節は、是非ご意見をお聞かせくださいさい。少々恐ろしい気もいたしますが。とは申しましても、小生も一応の作家として、お考えになり得る限りの反論への応答は準備致しておりますし、有害なる悪評には抵抗するのみならず、これを無益な作品とする糾弾に対しても、自分の作品を弁護する心づもりはしています。おわかりいただけますでしょうか。冗談はさておき、小生が惨めな錯覚を抱かぬよう、錯覚を超えた御方、すなわち神にお祈り下されば幸いと存じます。仕事がどの辺りまで出来たかとのお尋ねですが、只今第二巻を印刷に出したところで、三、四か月のうちには、最終巻である第三巻も印刷の予定と、希望しております。」

フォリエルは一八二五年の夏はずっとブルスリオに滞在したが、十月になって突然ミラノに戻り、イタリアを離れた。人目を忍ぶような出発で、ジュリアへの贈り物として本を一冊、それと滞在中にかかった医者へのなにがしかの礼金と、簡単な暇乞いの挨拶状を残しただけだった。この夜逃げのように唐突で性急な出発の理由は言わず、友人たちも後々までそのわけを知ることがなかった。ことによると、金銭的な問題があったのではないか。さもなくば、単に別離の感動や涙に耐えられなかったからなのか。

夏のあいだ、短期間イタリアを離れ、また戻ってくるとは言っていた。しかし、その後帰っては来なかったし、マンゾーニ家の人々はついにフォリエルに会うことがなかった。十一月にマルセイユから便りがあった。「みなさんとお別れする悲しみ、そしてお別れした後の悲しみのほかに、まだ申し上げたいことがあるとすれば、それは旅行中にこうむった数々の支障や遅滞ゆえの苦痛でした。三日間トリノにどうしてもいなければならぬことになり、あの町の重厚な美しさをどうやら我慢できるようになりましたが、相棒としては、ほらふき屋のポーランド人とミラノから来た煉瓦積み職人の二人だけという有様でした。この職人は、昨冬、何人だったかが生き埋めになった、あのおそろしい掘割の工事に携わった本人でした。同様に、小生はニースでも足止めをくらい、トリノでよりももっと退屈する羽目になりました。海岸通りを散歩したり、田舎に遠出をしたりしたのですが。あの辺の田舎は、プロヴァンス地方のどこにいってもそうですが、岩のなかに嵌めこまれた庭園といった趣があります……マルセイユについていうと、いったい小生はあの都会で楽しかったのか、それともあの商業都市の騒音と住人たちの絶え間ない興奮状態や活気に、ただ度肝を抜かれただけなのか、そのところが判然としません……数日以来、小生が目にするもの、耳にするものすべてからいって、自分がフランスにいるのは間違いないのではありますが、まだすっかり帰国したという気がせず、イタリアが何かと懐かしく、とくに君たちと君たちを取り囲むすべてが恋しくてたまりません……自分にとって大切なものがパリには多くあるのに、ここにいる今からすでに、パリにはもう満足できないだろうと感じています……お宅を出て以来、旅を続ければ続けるほど、パリに帰りたいという気持は増すばかりです。もう街道も旅館もすっかり飽きました。……さようなら、君たちを力いっぱい抱擁します。大人も子供たちも、いまでも小生のまわりにいて、声が聞えるような、そばで騒いでいるのが聞えるような、可愛い子供たちのすがたが見えるようです……君たちのこと、子供たちのことをあまり思い出すと泣きたくなります……」

研究のため、彼はトゥールーズにも何日か滞在し、そこからメァリ・クラークにこう書いている。

「ナルボンヌを過ぎてからというものは、ひどい村ばかり通った。連れといっては、ガイドたちだけで、アルプスのもっとも未開の地方でも見たこともないようなひどい道を歩きづめで疲労困憊の極みだった。……さようなら、心の友よ。まもなく会えるのだね。それがこの上ない慰めだ。」彼女に再会するのがこの上ない慰めであったにもかかわらず、そして彼女も手紙では、近くに行きたいと言い続けながら、二人とも一緒になるためになに一つ行動しなかった。彼女は人々に自分たちの関係が知られぬようにとひたすら隠し、情熱的ではあったが、悩み多く、複雑で、二人一緒にいたかと思うと、すぐに別れた。このようにして、ながい別離とながい手紙のやりとりを何年も重ね続けるうちに、彼が死んだ。

# ジュリエッタ

「わたくしたち一同にとって、かけがえのないお友だちのフォリエルさま……とうとう行っておしまいになりましたのね」と祖母ジュリアがフォリエルにあてて書いている。「あなたの家族をお見捨てになって……みんなどれほど涙を流してご出発を悲しみましたことか。子供たちも手がつけられぬほどの悲しみようで、エンリコなどは、あなたのお名前をだれかが口にすると怒りだします……ましてジュリエッタやピエトロは……内省的で感受性のつよいあの子たちがなにも口に出さぬこと自体、どう思っているかを雄弁に物語っているようです。クリスティーナはひどく泣きじゃくって、どうすれば泣きやむかと、ひと苦労いたしました。アレッサンドロは、わたくしの、そしてあなたのアレッサンドロは、とてもわかってはいただけぬほど、あなたのご不在を悲しんでおります。ほんとうでございます。大げさではなく。エンリケッタはあなたのことをわが家族の一員と本気で考えていて、このように別離を強いられるのが、どうにも我慢できないようです。せっかく結わえてあった花束を、あなたはばらばらにしておしまいになったのですもの。最後に、こうしてお便りをしているわたくしは、わたくしはもちろんほかの誰よりもつらい思いをしております。」

「親愛なる友よ」とマンゾーニは書いている。「貴君の御出発後の我々の気持はまさに筆舌に尽くし難く、口にするのもおぞましいくらいです。母のことば以外に、小生の追加すべきことはありません。貴君からのお便りを一行なりとも、一同待ちわびておりますので、御忖度《そんたく》いただければ幸いです。」

「たいせつなたいせつな名づけ親さま。」これはジュリエッタの最初の手紙である。“Mon bien cher parrain; mon cher parrain.”《心からおなつかしい名づけ親さま、おなつかしい名づけ親さま。》これ以後、フォリエルに手紙を書くのが、彼女のたいせつな習慣となり、心からの歓びとなった。いつも忙しい父親の代りに彼女が書くようになる。しかし、このはじめての手紙はまだ、ためらいがちである。「わたくしがはずかしがり屋で、お便りしたいのに書かないのは、まったく馬鹿げているといって、みんなにしかられます。でも、みんなが、あした、あしたといって書かないので、おとうさまにしかられます。わたくしはいちばんいい子になって、ほめられたいから書こうと思いますが、ほんとうは好きで書くのです。うちにおいでになった頃、いつもおしゃべりして、うるさい思いをおさせしたのが、もうずいぶん前（すくなくともわたくしにとっては）になってしまいましたけれど、おじさまとこうしてお話しできるのはほんとうに嬉しゅうございます。ひと月、待って待って心配したあげく、とうとう待ち遠しかったお便りをいただきました。どうしていつも、わたくしたちをやきもきおさせになるのですか。この次のお手紙はいつのことになりますでしょう。わたくしたち一同、おじさまが大好きだということを、そしてわたくしたち（とくに女は）はなんでもすぐに不安になり、なにか事故がおこったのかと、わるいふうに考えてしまうのを、どうぞお忘れにならないでくださいませ。ですから世にもあらぬことを想像して、あれこれと推しはからせるようなことは、どうぞなさらないでくださいませ。幸運にも、そんな時にお便りがとどいて、お元気で、お便りが遅れたのは、べつにこれといった不都合があったわけではないとわかり、ほっとするのですけれど、その時はもう心配してしまった後でございます……母がくれぐれもよろしくと申しております。このところ少し具合がよくないのですけれど、よくあることなので、だれもとくべつ心配していません。それで母は、自分がつらいだけでなくて、人にまでどうせいつものことだ、なんでもない、などと言われて、くやしいそうです。かわいそうに。でも、こんどは早く楽になれそうだと、母は申しております。」エンリケッタは妊娠していた。あまり具合がわるかったので、お産で死ぬだろうと考え、お産が近づいたとき、遺言書として、夫に隠れて手紙を書いた。「愛するアレッサンドロに、神が聖なる思召によって私をこの世から召し給うのを予期してへりくだり、遺言をしたためます。」「財産とてほとんどありませんが、私が死にましたら、私の愛する人たちに、ささやかな遺品を残したいと思います。」そのあとに、自分の持ち物の細かいリストが書きこまれている。金子、僅かな宝石類、肩掛けなどで、夫、姑、子供たち、召使らと貧しい人々に、とあった。

フォリエルは手紙のなかで「ブロンデル氏と夫人」の消息を訊ねていた。ブロンデル氏とはエンリケッタの兄のエンリコ・ブロンデルのことである。彼はエンリケッタの改宗以来交際のとだえていたアレッサンドロと、数年前からふたたびつきあうようになっていた。両家の夫婦はよく往き来して、本を貸しあったり、考えを述べあったり、愛情のこもった手紙をしばしば交わした。両家のつきあいがもとどおりになって間もないころ、マンゾーニはエンリコへの手紙にこう書いている。「意見の相違、特に信仰の相違が人間どうしの好意を冷却してしまうことがよくあるようです。我々の間にも、この種の相違があったことは確かです。しかし、それについて話し合ったことはありませんでした。そのことを表に出すような話題は、どちら側もこれを極力避けてきました。状況が好転した今、君たちがこれまでに小生に示してくださった、小生にとって非常に大切な君たちの友情が、これらの相違のために傷つかなかったとの確信を得なければ気が済まなくなりました。小生の側からいうと、すべての人にと同様、君たちと小生をつなぐ普遍的な愛情も、君たちに誓った尊敬と友情の念も、貴家から当家に来てくれて、我々の慰めと手本になった妻のおかげで生れた祝福すべき両家の関係も、これまで少しも変っていません。」数年前からエンリコ・ブロンデルは重い病の床にあった。若い妻が彼をみとっていた。ルイーズ・モォマリイは彼の姉の娘、すなわち彼の姪にあたった。このルイーズは、後にルイーズをばさまと呼ばれて、マンゾーニ家にとって重要な人物になる。

一八二六年の一月、ジェノワからデゴラ神父の訃報が届いた。神父の甥にあたるプロスペロ・イニャツィオからの便りがそれを伝えた。「故エウスタキオ・デゴラは、数年来二、三度にわたり気管支炎様の病を患っておりましたが、漸次悪化いたし、ついには膿を吐くようになりました。病に火を注いではと、食餌に細心の注意を払い、刺激物を悉く避けておりましたところ、療養の甲斐あって、夏より秋にかけては比較的落着いておりました。しかし、病を根絶するには到らず、昨十二月初旬に再発し、十五日間の懸命なる治療も効なく、強烈な頭痛に苦しみ、それが最後まで続きました……病人は日々衰弱し、不機嫌になり、もっとも心を許した友人たちにさえ、まったく関心を示さなくなりました。遂には誰にもわかるほど判断力の著しい衰退を見せ、しばしば同じことを訊ねるようになり、話に脈絡がなくなりました。しかし、真に叔父の命運を気遣うようになりましたのは、先週の金曜日、十三日のことであります。その日、叔父は深い昏睡状態に陥りましたが、翌土曜日朝、再び目覚め、明確な意識をもって教会の終油の秘跡の慰めを滞りなくいただき、もはや誰一人、叔父の平安を乱すことは出来ぬ状態になりました……この世への執着をすべて捨て、天の想いのみに心を馳せ居りました……劇痛のなかにも神の御旨への忍従を保ち続けたその勇気……息を引きとる四時間前に家族のことを訊ね、すでに冷たくなった唇に残るわずかな力をふりしぼって、私共に別れを告げ、小生には私を愛しておくれ、と申しますので、そのように約束致しましたところ、こうつけ加えました。もし本当に私を愛するなら、これまでお前に言ったことをすべて実行せよ、と。苦しい息の下から、しかも愛をこめて言ったこの言葉を一生忘れることは出来ないでありましょう……」

一八二六年の三月に、エンリケッタに男の子が生れ、フィリッポと名付けられた。エンリケッタが授乳できなかったので、乳母が雇われた。

「親愛なる友よ」フォリエルからマンゾーニへの手紙である。「御消息を頂いて小生にとっては二重のよろこびでした。一つは手紙を携えてきてくれた愛すべき飛脚ゆえ、もう一つは言うまでもなく、彼がもたらした君たちの消息のためです。」「愛すべき飛脚」とは、マンゾーニのいとこのジャコモ・ベッカリアである。「とくに小生は、われわれの大切な、いや大切以上なエンリケッタの消息を待ち焦がれていたからです。大きくて可愛らしいフィリッポ君が無事生れたと聞いて、実に安心しました。エンリコのかわりに、フィリッポを肩車に乗せる日も遠くないでしょう……以前御便りした時ほどではありませんが、小生今もやはり憂鬱であることに変りありません。多分それが原因で、小生の体調はブルスリオやピレネーの旅から帰った頃とは比較になりません。パリがよいと思うのは着いて何日間だけで、ここに夏中閉じこもるなど思いも及びません……自分の希望、感情、欲求だけに従うことが許されるのなら、あのころ小生を取りまいていた居心地の良さと静穏とをもう一度手にいれるために、君たちと一緒に暮したく、あれほど心暖まる幸福を永遠に諦める勇気はとてもありません。しかし実際には、仕事上のことで、期限つきの重任を引受けてしまい、そのためには時間を節約するために、自分のしたいこともすべて出来るというわけには行かなくなってしまいました。したがって、パリを離れることもままならず、離れるとしてもあまり遠くへは行けない状態です……この重責を果そうとすると、どれほど自分の自由な時間が残るかまったく恐ろしいくらいです。ただ、本気で考えると恐ろしいので、なるたけそのことを考えぬようにしています。こんな中で、小生に決定可能なことが一つだけあります。すなわち時間を無駄にせぬこと、出来るだけ時間の浪費を避けること、です。」この書簡は、他にジュリエッタに宛てられた数通と、エルメス・ヴィスコンティ宛のものと共に、マンゾーニの友人で、しばしばパリとイタリアの間を往復していた、トロッティ侯爵夫妻が預かって持ってきてくれたものだった。ジュリエッタはこう返事を書いている。「父はごぶさたをほんとうに申しわけないと言っていますが、嵐がくるまえにはひどく気分がすぐれず（嵐のまえに気分が悪くなる父のからだのこと、ご存じと思います）どうしても書く気になれないそうです。トロッティ侯爵さまがお持ち帰りくださったお手紙のお返事を書くつもりだったのでございますが、お手紙に感激して、そのことばかり話しております……ブルスリオにおいでにならないのが父は残念で、そのためブルスリオに行っても少しも楽しくないと申します。父はパリの初めての解放の成立を一刻も早く見たいものだと言っています。これが無事成立すれば、フォリエルさまがこちらにお出でくださるだろうし、それは一種の旅券のようなものだから二重に嬉しいと、解放の成立を熱烈に望んでおります。さあ、これで父に書くように言われたことは全部書きました。でもあまり熱をこめて言い、その反面、わたくしの才能をちっとも信用してくれないので、とても下手な手紙になってしまいました……フィリッポは乳母を代えてからたいそう元気になりました。とても順調に育って、話しかけると笑うようになりました。明るい性格の乳母に似たら、だれよりも快活な子になるでしょう……カヴァリエーレ・ヤコペッティとよくおじさまのおうわさをします。週に二度、夜、うちにおいでになりますが、ピエトラサンタ公女とごいっしょで、ヤコペッティさまは、わたくしをよろこばせようとして、フォリエルおじさまのことをお話しになります。これはヤコペッティさまにかぎったことではございません。」

ブルスリオ発、夏、マンゾーニよりフォリエルへ。「この便りの冒頭に書いたブルスリオという地名(小生自身、この言葉には少々こだわりがあるのですが)を、小生がどれほどの感慨を秘めて書いているか理解していただけるでしょうか。貴君のおかげでこの場所はまったく住みにくいところになりました。家の中どこに行っても貴君がおいでにならぬのを改めて感じ、一同、お懐かしく思い暮しております。」

コプレーノ発。秋、ジュリエッタよりフォリエルへ。（家族全員、休養のため、この地に家を借りていた。親類のベッカリア家の人々も来ていた。）「小さいけれど、感じのよいこの家を一同気にいっています……ときどき、みなで散歩をします。近くの広壮な別荘を見にいったり……わたくしは絵を描いたり、勉強したり、本を読んだりして時間を過しています。いま、『ウッドストック』を読んでいます。もうお読みになりましたかしら。どうお思いになりますか。いかにもウォルター・スコットらしい作品だと思います……ヴィットリーナがやってきましたので、なにかフォリエルおじさまに申し上げたいことはないのと言いましたら、ミラノ弁で Nient perché una volta l'a dit porco a Enrico, dunca l'è un cattiv.《なにもないわよ。いつかエンリコのこと、コンチクショウってよんだから、あのオジチャマいけないひとよ》だそうです。ずいぶん執念深いでしょう。かわいい子ですけれど、とてもわがままです。エンリコは読み書きとも、おじさまがお発ちになった頃からまったく進歩しておりません……先週の月曜日、父はグロッシさまと、カッタネオさまと、カプレッティさまの若様と、ピエトロとで、コモに参りました。ガッリーナが皆の荷物を馬に積んでお供して行きました……帰りがいつになるのか、まだ存じません……父たちが留守だと大きな穴があいたようです。ここだから我慢できるので、よそにいたらもっとたいへんだったと思います……今度こそお返事いただけるでしょうか。わたくしたちにこんな思いをおさせになるのは、とてもひどいとお思いになりません？　……手紙がまだ投函されていなかったので、もう一度あけて、書き足します。父が帰宅いたしました。昨日はひどい雨で、徒歩の旅行はあまり楽ではなかったので、メラーテで馬車をやとってここまで帰ってまいりました……皆さん、今朝、ごじぶんたちの冒険談をそれは楽しそうにおはなしになっていましたが、ちょっとだけお伝えすると、やりたいことは全部なさったそうですが、ただ、ベッラージョでめしあがったお魚がたいへんおいしくて、そのおかわりをしなかったことだけが残念だとおっしゃってました。惜しかったなあ、ですって。カッタネオさまときたら、もう一度食べに帰っても充分値うちがあるなんておっしゃって。もっと早く考えつかなかったのは大失敗だった、とグロッシさま。するとカッタネオさまは、もしもう一度行くとしたら、かならず貴様も一緒に来ると約束しろとおっしゃって、とどのつまり、明日四時にここをお発ちになって、コモに行き、そこから舟で湖をわたって、ベッラージョでまたお魚をめしあがり、折り返しこちらにお帰りだそうです。お魚をすこしばかり食べるのに、六十マイルもの道のりをなさるなんて！ ピエトロは面白がってお供するそうですが、父は行かないと言っています。

マンゾーニからフォリエルへ。晩秋、ミラノ発。「少し以前より、正確には約二か月あまり前から、小生は例の気の病か現実の病気か判然とせぬ状態で、とはいっても小生にとっては、いずれにしても、まさに現実の苦しみなのでありますが、それがいつもよりひどくて弱っています。実をいうと、はっきりと感じられる兆候（例えばほとんど継続的にくる胃の痛み）の方が、憂鬱になったり衰弱したりする正当な理由があるので楽なくらいです。肉体的な原因がまったくないというのは、耐えがたいものです。仕事は遅々として進まず、しばしば長期にわたって中断を強いられます。作品についてはもういかなる幻想も抱いていません。小生を力づけてくれるのは、一刻も早くこの作品から解放されたいという望みだけです。このような状態で、どれほどのインスピレーションが湧くか、よくおわかり頂けるでしょう。

ベルジョイオーソ夫人から第三巻の前半をすでにお受取りいただけたと思います。それ以後は後半の約三分の一しかまとまっていません。いずれにしても、冬の終りまでにはすべてを終えたいと考えています。」

小説が進展するに従って、マンゾーニはそれをフォリエルに送っていった。少しずつまとめては、パリに行く人たちにことづけた。フォリエルは原稿が着くと、すぐにそれを知人のオーギュスト・トロニョンに渡し、彼がフランス語に訳した。トロニョンは歴史の教授で、ウォルター・スコットを模倣した歴史小説を一篇書いたほか、ずっと以前、すなわち一八一九年に、ウーゴ・フォスコロの『ヤコポ・オルティスの晩年の手紙』を訳している。かなり前からフォリエルにマンゾーニの作品を訳したいと打明けていた。マンゾーニは異論はなかった。メァリ・クラークもフォリエルに、自分が訳したいと言っていた。しかしフォリエルは彼女よりトロニョンが適当な翻訳者と考えたようである。

ジュリエッタよりフォリエルへ。「エルメスさまは、お兄さまがご結婚なさってから、あまり夜お出でにならなくなりました。話す相手さえあれば、おうちの暖炉のそばが一番とおっしゃって。ほんとうにヴィスコンティ家の方のおっしゃりそうなことですわ。たった今、ブルスリオからすみれがどっさり届きました。一本だけお送りします。おじさまに忘れられたかわいそうなブルスリオのことを、たまには思い出してあげてくださいね。思い出すだけでなく、思い出に実を結ばせてくださらなくては！　どんなに皆でおじさまのことをおうわさし、昔のことを言っては、未来の夢をえがくのですけれど……ヴィットリアは、フォリエルおじさまがあたしのことを書いてくださったと、三日間も会う人ごとに言って歩いてました。どう言ってよいのかわからなくて、わたくしのところに走ってきては、ね、どういえばいいの？　とたずねるくせに、聞いたそばからもう忘れてしまって……エンリコが、フォリエルおじさまの夢を見たと伝えてほしいとのこと、ただ、どんな夢だったかは忘れたそうです。エンリコは家庭教師の先生について勉強をしていますが、忍耐ぶかくこまごまとしたことを教えてくださり、散歩にも連れて行ってくださいます。妹たちは音楽の勉強がすすんで、ピエトロもいっしょにフランス語と歴史と地理の先生についています。ピエトロは他にもたくさん勉強していて、物理と倫理の勉強がどんどん進んでいます。馬の調教場にも通っていて、氷のある間はスケートをしていました。もっと凍るといいのにと言っていますが、わたくしは今年はこれでもうおしまいと思います。今年は雪が多くて、二週間くらいは、ぬかるみと悪天候でひどい目にあいました。そうそう、アチェルビさまのことを書くのをわすれていました。アチェルビさまはずっとコモ湖においでですが、もう今は危険な状態は脱出なさったと思います。（エンリコ・アチェルビは家族の友人で医師だったが、肺を病んで重態だった。彼は自分の健康状態についてジュリアに微に入り細にわたって報告する習慣があり、彼女のことを『わが第二の母上』と呼んでいた。ジュリアのほうも彼にしばしば便りを出し、キャンディーを籠にいれて贈ったりしていた）……。ヴィットリアは部屋のすみのほうにいて、ひとりでおしゃべりをしています。そしてフォリエルおじちゃまのほうが、アチェルビおじちゃまよりカワイソウだそうです。アチェルビおじちゃまはおうちが近いけど、フォリエルおじちゃまはパリで遠いからかわいそうなんですって。遠くに、たったお一人で！　もうひとつ、〔召使の〕ジュゼッペにパリまでお手紙をもって行かせるのなら、きっとずいぶんくたびれるのに、わたくしたちはそんなことをさせてひどいと言います……」

　ジュリエッタからフォリエルへ。一八二七年、春。「父がくれぐれも宜しくと申しております。ずっと書いていて、とうとうあの永遠に終らないかと思えた仕事の終りが見えてきたと申しあげるようにとのことです。たった一章書くのに何週間もかかることがあって、それは例によって具合のよくない父の健康状態のせいです。ほとんど終ったとは申していますが、本当に終るのはいったいいつのことやら……わたくしの健康についておたずねいただき、ほんとうに感謝しております……どんどん痩せてしまうのですけれど、ぜんたいの調子はすこしよくなりました。ピエトロはわたくしと違って健康そのもので弟や妹たちもフィリッポ以外は、一同元気です。フィリッポは歯の生えはじめで少し具合がわるかったようです。もうお誕生を過ぎたというのに、まだ乳母のお乳しか飲みません。母はこのところ少々歯が痛むようです……それと、ふた月ほど前から吹出物ができてこまっています。ボンヌ・ママンおばあ様はいつものようにお元気で、わたくしたちにとって、これ以上の喜びはありません。それはそうと、このお便りにもすみれの花をひとつ同封いたします。昨日わたくしが自分でブルスリオにいって摘んできたものです。この前のお手紙に二本のすみれが入ってなかったとのこと、いったいどうしたのでしょう。八日前、家にオルランディ氏という方がおみえでした。風船と翼をからだにつけて空を飛ばれた方です。ちゃんと方角が決められるって宣言なさってたのですが、ほんとうはよく飛んだというだけで、ただまっすぐ、まっすぐ飛んで、計画通りというよりは、降りられるところにただ降りたという感じらしいです。すばらしいお天気の日だったので、最初出発した競技場のすぐそばに着陸されたにすぎません……お願いですから、お便りくださいませ。ほんとうに早くお会いしたいです。ご旅行は長いのでしょうか。そのあとのご予定は？　ミラノには、それではもうずっとお出でにならないのですね。こんなにお待たせになっておいて、もしもお出でにならなかったら、ほんとうにひどいお仕打ちですよ。家族一同そう申しておりますし、お友達の方々も皆さまそう言い続けておいでですよ……クラークさまたちがパリにおいででしたら、ごいっしょした楽しかった頃のことをいつも、いつも思い出しておりますとお伝えくださいませ。」

エルメス・ヴィスコンティよりフォリエル宛。「美についての拙文の原稿を、我が政府の検閲済の形で、当方の間違いでなければ数年前御送付申しあげたように存じますが、未だその翻訳が印刷された旨伺っておりません。間違いないと信じておりますが、いかがでしょう。現在、この著作についてはこれを永遠に未刊にしておきたいと、切実に願っております。本質的な、しかも非常に重大な誤謬がいくつかあるのです。多くの問題が、唯一の、もっとも重要と考えられる点について検討されておりません。また、いくつかの概念が究明不足のままで、そのため議論に根拠が乏しいのです。他日この論文に手を入れ、これまでに気づいた数多の欠点を正すことも可能かと存じます……その間、寛大なる友よ、もしまだ間にあうようでしたら、既に運よく遅延している拙論の上梓を阻止して頂ければ幸いでありますが……早急上記についての確認と御返事を頂きたく存じます。さらに御都合がつけば、これは全く御都合に叶えばのことですが、シナ語についてのレミュサ氏の御説明をお願い出来れば幸甚です。アレッサンドロは、間もなく例の小説の最後の数章を印刷に出すところまでいっています。五月には完成する予定です。マンゾーニ家も、カッタネオ家もグロッシ家も、一同大変元気です。敬具。」

ジュリエッタよりフォリエルへ。六月、ミラノ発。「また父のかわりにお便りさしあげます……今度も、そのうちにお手紙書くと申しています。近日中に残りの何ページかをお送りするはずです。四ページくらいとおもいます。今日お送りするのは八ページです。これだけしか印刷があがっておりませんので……エルメス侯爵さまがいま客間においでになって、くれぐれもよろしくとおっしゃっています。このあいだのお手紙のお返事をどうぞよろしくお願いするとのこと……父に話をもどしますと、例の永遠に終らなかった小説も、まもなく出版される見込みです。もうそろそろ終ってもよい頃でございますよね。あきれてしまいます。とにかく、父自身、もう書くのにあきあきしておりましたし、他の方たちはすっかり待ち飽きておいでてでしたし……父がいまここに入ってきて、来週の月曜日にはもう一回つ、、てがあるので、そのときに自分でお手紙を書いて、残りの原稿もお送りすると言っています。といっても、それがおじさまのところに到着するのは月末とのこと。持って行ってくださる方が、理由は存じませんが、なにかゆっくり旅をなさるとのことで……母の眼病はずっとなおらないままで、よくなるどころか、このところ五か月くらい前より悪くなってしまいました。具合が悪くなってもうずいぶんになりますが、母は簡単な洗眼をすすめられて始めました。まだ数回しか試してないので、効くのかどうか、はっきり言えるところまで参っておりません。お医者さま方は転地しないとなおらないとおっしゃるのですよ！

ブルスリオではミラノに近すぎるのでしょうか。それでコモ湖畔に家を借りようと話しているのですけれど、まだ何もきめていません。いずれにしても父の仕事が完全に済むまでは、ミラノを離れることはないと思います。気候はひどくて、もうそろそろ暑くなってきました。父はおじさまには申しわけなくて、お手紙をいただきたいとか、書いてくださいとか、とてもおねがいできないと言っています。ということは、ほんとうはお手紙をいただきたがっていて、首を長くして待っているのです。そして心では、おじさまが私にお手紙をくだされればそれは当然なのだけれど、もし父に書いてくださるとすれば、それはご親切からだと、そんなふうに思っているのです。」

その数日後、マンゾーニよりフォリエル宛。「Respice finem.《遂に終了。》親愛なる友よ。これからは、小生自身のみならず、十人ほどの読者もすっかり飽きてしまったこの退屈な物語についてでなく、ほかのことについて話ができるのは、なんという慰めでしょう。自分が飽きてしまったのですから、皆さんがどれほど飽きてしまわれたか想像に難くありません。これ以上このことについてお話しすることはないわけですが、その前に最終巻の最後の数ページをお送りいたします。トロニョン氏にご転送ねがえれば幸いです……貴君がお便りを下さらないことに不平を申し立てることができぬのが、まったく口惜しいかぎりです。申したいのは山々ですが、それではあまりにも恥知らずというものでしょう。そこで、長いお手紙を、本当に長いお手紙を書いてくださるよう、切にお願いするだけに致します。どうせお目にかかれないのなら、ゆっくりと貴君の近況について、それから御執筆中の『プロヴァンス人』についいて、これも読むことは出来なさそうなので〔*Le lettere provenzali*『プロヴァンスからの手紙』というのが、フォリエルがかなり以前から執筆中の作品の題だった〕お話しください……エンリケッタが目の周囲の匐行疹をわずらっていることについてはジュリエッタがお便りしたと思います。絶対に悪化する種類のものではないのですが、当人にとっては想像を絶するほどつらいもののようです。海水浴を勧められたので、試してみようと考えています。そのため多分来月ジェノワに行って、ひょっとしたらそこからトスカーナにしばらくいられるかと思っています……心をこめて御挨拶をおくり、くれぐれもお便り頂戴致したく、お願い申しあげます。草々。」

トスカーナ地方の人々の会話を聞けば、自分の小説の文体にまだ欠けている冴えと新鮮さと純粋な抑揚を持たせることができるとマンゾーニは信じていた。小説はすでに印刷中だったが、彼はそれを再読し、校正して、改訂版を出す予定だった。

六月の半ば、小説の印刷は完了した。全部で三巻だった。最初の一巻は、一度、一八二四年に印刷されたことがあった。発行は同じフェッラリオ出版社で、題は *Gli sposi promessi*『婚約した人々』となっていた。それが最終的には、*I promessi sposi*『婚約者たち』という題になった。大分以前から重病の床にあったヴィンチェンツォ・モンティには、初刷のうちの一冊が届いた。彼の住んでいたモンツァの家に、マンゾーニが手紙を添えて送ったのだった。「この〈つくり噺〉は貴君をこの上なく尊敬し、お慕いしている娘のジュリエッタが、はにかみに頰を赤らめ、言葉もなく、貴君に進呈するはずでした。御高名を慕うあまりの彼女の愛らしいはにかみを想像して、小生はこの機会をひたすら楽しみにしておりました。ところが誠に運悪く娘は二日ほど前より喉の炎症のため床につき、すでに熱はさがりましたが、まだ何日か家に籠ることになる模様です。そのような訳でこの〈つくり噺〉だけをお届けいたします。娘は、回復貴君にこれを無理やりに読ませようという気は毛頭なく、ただ受取って頂ければ光栄です。娘は、回復し、医師の許可が得られ次第、参上しお納め頂いた御礼に伺いたいと言っています。」モンティは友人たちからマンゾーニが間もなく旅に出ることを聞いていたが、彼がローマに行くものと思いこんでいた。「わが最愛の友よ……近々ローマへ御出立と伺い、日毎に終末の迫るのを切々と感じる今日この頃、もうお目にかかる喜びを再び味わえぬのではないかと存じ、やがては天でお会いするを期し、あちらでお出でをお待ちいたす旨、せめて書面にて申し上げたくこれを認めています。わがドン・アッボンディオがProficere《立ちて往かん》を歌い始める前に、貴重なる『婚約した人々』をお贈り下さったことに感謝の意を表したく存じます。これについての愚見は、御作『カルマニョーラ』について述べたところと同様です。すなわち〈小生が筆者でありたかった〉に尽きます。御小説を拝読し、心が安らかになり、貴君への感嘆がこれまでになく深まりました。親愛なるマンゾーニ君、貴君の才能にはただ感嘆しています。貴君の心は世にもやさしい感情に溢れんばかりです。このことが御作を卓抜にしています……」

ジュリエッタより、七月七日、フォリエルへ。「来週、ジェノワ、リヴォルノ経由でフィレンツェにむけて出発いたします。母の具合がはかばかしくない上に、普通の水で洗眼しただけでもかなり楽になったので、お医者さま方は両親に是が非でもリヴォルノに行って、海水療法ができるようにとお薦めになりました。母は二週間くらい海水浴をして、そのあとフィレンツェに行って、十月まで滞在する予定です……」一同はフィリッポだけを残して出発した。幼児には暑気がきつすぎるので、フィリッポは召使たちとブルスリオに残されることになった。「フィリッポは歩けるようになりましたし、いくつか言葉をはなします。皆がちゃんと面倒を見てくれるでしょう。このところ急に可愛くなって、まるでわたくしたちに、この子を残してゆくのがいやにならせようとしているみたいです。それともわたくしたちが、よけい可愛がるようになったのでしょうかしら。フィリッポの乳母は明日帰ります、少しずつ、なついていた人たちから離して行くためです。母は先日来、すこしよくなっていたのですけれど、一昨日の暑さで風にあたって、その結果、病気でいちばん弱った部分にリュウマチが出てしまい、片一方の目がすっかりはれて、赤くなっています。今日は薬を点眼しました……ボンヌ・ママンはこのところあまり具合がよくありません。ほとんど毎朝、力が抜けたようになって、失神しそうになります……子供たちは皆、あたらしい景色をみたり、戸外の生活をするのをたのしみにしています。とくにピエトロは王さまのように大満足です。わたくしもこの美しいイタリアの他の地方を見ることができ、それもこれまで知っている部分にくらべてそれほど愛してはいなくても、より美しい地方を知ることになります。それにしても、わたくしたちのロンバルディア地方より好きになるということはまずないでしょう。おじさまが頑固にお手紙をくださらないので、わたくしたちがどんなに悲しい思いをしているか、きっとおわかりにならないでしょう……わたくしはかなり長いこと、かなり重い病気でした。もう床を離れて二週間になりますが、まだすっかり気分はよくありません。十日以上も熱がたかくて、片方の頰がひどくはれたので、八日間というもの口があけられなくて飲物しかのどを通りませんでした。大きな歯が生えたのも原因だったようです……いま父のところに行ってまいりましたら、お客さまがたくさん〔いつもの友人たちと思われる〕いらっしゃる中で、小説の校正をしておりましたので忙しくて、手紙に書いてほしいことの半分も言えないと申しておりました。父らしいでしょう……父の作品が世にむかえられて、わたくしたちは大喜びです。事実わたくしたちが考えていたよりもずっと好評で、二十日も経たないうちに六百部も売れました。猛烈な勢いで、皆がそのことばかり話しています。本を買うために待つ人があるくらいです。父のところにはあらゆる種類の人が訪ねてきて、手紙もたくさんきました。新聞なども好意的な批評をのせてくれました。まだほかにも記事が出るもようです。」

家族は七月の半ばに出発した。総勢十三人、二台の馬車に分かれて乗った。パヴィアで休憩し、トージ司教と昼食を共にした。さらに旅を続けたところで雨が降りだし、その直後、事故が起きた。子供たちの乗っていた馬車が転覆したのだった。ジェノワからお祖母さんのジュリアが司教にこう書いている。「なによりもまず、わたくしどもの心からの、敬愛に満ちた感謝をお受けくださいませ。楽しい半日を司教さまとご一緒に過すことができて、ほんとうにうれしゅうございました。いつまでも、今と同じように、わたくしどもの親愛なるお父さまでいらしてくださいまし。グラヴェローネを出発して、無事ポー河を渡り、あの果てしないサッビオーニを通過すると、もう夕方ちかくなったうえ、雨が降ってきたので、カステッジョで泊まることになりました。ひどい宿屋で、よく眠れませんでした。というのも、寝心地のわるい寝台で、それればかりか、虱がわがもの顔だったのでむしろ眠らないほうがましなくらいでした。そんなわけで、翌朝五時には出発いたしましたが、あいかわらずの雨で、トルトーナに着いたときはひどい吹き降りになっていました。風のおさまるのをしばらく待たねばならず、余儀なく食事に致しました。馭者たちときたら、いったいなにを考えているのかわからない連中で、止まるたびに新規の馬十頭分の代金を要求してきました。アルクアートを過ぎて、スクリヴィア川沿いの下り坂のところで、大雨で子供たちの乗っていた馬車がすべったのです。金切声がしたのでジュリエッタが見ると、馬車が完全にくつがえっているではございませんか。わたくしどもの恐怖はご想像にまかせます。じぶんたちのすぐ目の前ですべてがひっくり返っているのをみて、ほんとうにぞっといたしました。でもおやさしい聖母マリアさま、天使たちと聖人にお救けをお願いしたおかげで、馬車は崖の途中の泥の窪みのようになったところにおっこちたのでした。馬たちは繋がれたままで前にいて、駁者もジュゼッピーノもエンリコも、皆下敷きになっていました。まずジュゼッピーノがはいだし、エンリコを引っ張って、そばの少し高くなったところにほうりあげました……それから皆が馬車から出てきましたが、怖い思いをした以外は、怪我ひとつしていませんでした。司教さま、これが神さまのお救けでなくてなんでしょう。馬車も全く破損していませんでしたが、起すのに大変な苦労でした。わたくしたちはこれこそ主イエズスの憐みぶかいおぼしめしと感謝しました。おん母マリアさまとわたくしどもがいつもお祈りする聖人方のおとりつぎなくしては考えられません。くりかえしますが、もう二歩先にころがっていたら……わたくしどものかわりに、主に感謝をお捧げくださいまし。子供たちはもう馬車に乗るのがいやだと言いだし、エンリケッタがいっしょに乗ることになるまで、たいへんでした。それからは無事に旅をつづけ、七時にはジェノワに到着いたしました。〈アルベルゴ・デッレ・クアットロ・ナツィオーニ〉という気持のよい宿で、港を見おろすテラスがついています。一昨日出発するはずでしたが、あまりの暑さに辟易したうえ、だれひとり知人とてないリヴォルノでの滞在がどのようなことになるかもわからないし、恐ろしい目にあったあと休養したくもあり、それに、わたくしは下剤を飲まなければなりませんでした。リヴォルノまで行かずとも、ここでも海水浴はできますし、知人が多くいて、皆さんがほんとうに親切にして下さる、それやこれやで、とうとう海水浴はここでよいということになり、エンリケッタははじめてゆっくりと休んでいるようです。たぶん、これでよかったと存じます。もっともリヴォルノやフィレンツェとちがって、ここの言葉は美しいトスカーナ弁ではなくてジェノワ弁ですけれど、まあしかたないでしょう。二、三週間我慢すれば、リヴォルノやフィレンツェに行くわけですから。もしよい馬車屋がみつかれば、駅馬車はやめたいとおもっております……そのほうが、ゆっくりと美しいトスカーナの町々を見られますし、アレッサンドロも、この世で比類ないと信じている、男女の農民の美しい言葉を聞くことができますもの。第一、こんどの旅行の目的はそれなのでございますから。」

馬車の話はマンゾーニも、トンマーソ・グロッシにあてて、これもジェノワから書き送っている。「子供たちの乗っていた馬車は幸運にも土手下の台地に落ちた。幸運だったと言うのは、崖の下はスクリヴィア川だったのだから。さらに幸運なことには、誰も怪我をしなかったし、すべてはただの〈おっかねえ〉で終ったことだ。〈おっかねえ〉とは、そこに駆けつけてくれた親切な人々が、あの忌わしい気持を表現するのに用いた言葉だ。その夜、いや夜になる大分まえにわれわれはジェノワに着いた。現在もまだジェノワにいる。どうしてわれわれが最初の計画を変更したのか、その訳を知りたいなら、この先を読んでくれ給え。ここで会った古くからの知人や、こんど出来た新しい知人が、われわれにリヴォルノの、滅法な暑さ、皮膚の表面がでこぼこになってしまうだけでなく、熱病まで媒介する蚊のひどさなどを話して、〈おっかねえ〉ところだと吹きこんだので、しかもこれを、いかにも親切げに、上手に言ってくれたものだから、リヴォルノのおそろしさと、ここの魅力に板ばさみになって、われわれは顔を見合わせ、それではジェノワで海水浴をしましょう、ということになったわけだ。」

ジェノワで会った古くからの知人と新しい知人とは、まず、エルメス・ヴィスコンティの義兄で、ジャン・カルロ・ディ・ネグロ侯爵である。庭のあるいい家に住んでいて、マンゾーニ家の人々は、しばしば夕食後の時間をその家で過した。そこで知りあったのが、医師のカルロ・モヨンとその妻、八十歳のサン・レアル侯爵、この人はサルデニア王国の海軍総督で、デ・メイトルの妹と結婚していた。ジュリアはトージ司教にこう書いている。「ピエモンテの方々がどんなにアレッサンドロを歓待してくださるか、想像もなされないでしょう。誇張ではないと考えてよさそうです。」

挙句のはて、一行はリヴォルノに向かうことになった。出発の前夜、マンゾーニはロッサーリにこう書いている。「とびきり大切な友よ。大人も子供も大騒ぎをしている。大人は荷造りのため、子供たちはいつものようにふざけあって騒いでいて、結果的にはそれぞれの騒ぎの種類はちがうのだが、現在の僕には同じようなもので、どちらにも我慢できず、一人むしゃくしゃしてペンをとることにした。満足のゆくまで君に教えてもらったとおり、わがノイとこころゆくまでしゃべることにした。……さあ、うちの暖炉の前の僕のソファにかけていることにして、しゃべりに花を咲かせようではないか。」ジェノワのある青年がマンゾーニを訪ねて来て、彼の小説には〈これまで自分が純粋のジェノワ弁だと思い込んでいた表現をたくさん〉見つけたと言った。「僕はもう少しでその男を抱擁し、両の頬にキッスするところだったよ……フェッラリオ〔出版社〕にくれぐれもよろしく言ってくれないか。そして例のグラヴィエ氏〔書店〕が十二部分の代金を計算してくれたところ、新金貨で優に五フラン積むとのことだった。あと三十六部しか残っていないと聞いて、まったく天にも昇る心地だが、全部売り切れたらそれこそ天に昇ってしまうね……最後に、長男のピエトロは水泳にかけては老練の士で、船から真っさかさまに飛び込んでは、もどったり、また飛び込んだり、まったく自由自在だ。」

リヴォルノ発。マンゾーニよりグロッシへ。「グロッシよ、なんという心優しい、蜜のように甘い手紙を君は書くのだ。これまでの君の無音の罪がこれですっかり帳消しになった！　早速、返事を書くことにする。それでも、僕は自分のことしか書かないから、我々が毎日なにをしているか、なにを見ているか、皆元気か等々、普通の旅行者の書くようなことしか書かないから、覚悟はいいね。そういえば彼らは旅行記のなかで、どうして自分たちの訪れる国々の悪口ばかり書くのか、その理由が今度わかったように思う（僕以前にだれかが発見していなければ、だ）。すなわち旅先では、部屋、家具その他どれも自分がふだん慣れているものと違って、特に困るのは友達がいないことだ。さらに、絶えず荷物をほどいたり、また荷造りをしたり、いつも財布を片手にもっていて、できるだけ中身が軽くならぬように用心していなければならぬ点、しかもそれをどうにかして空にしてしまおうとたくらむ連中と絶えず争わねばならぬ点、などが大変なのだ……しかし、僕の観察したところによると、このような煩わしさ、不快感が極端に感じられるのも最初だけで、少しずつよくなっていく……このようなわけで、もし君に僕がジェノワ到着の翌日、すなわち、自分たちの思うように七つなり八つなりの寝台を入れるために部屋から部屋へ歩きまわった末に、疲れはて、しかも最初の夜を自分のでない寝台で過し、その翌朝に書いたとしたら、僕の文体はまるでモスコウ遠征から命からがらもどった帰還兵が書いたみたいになるだろう。しかし、少々、書くのが遅れたおかげで、僕の手紙にお祭り気分をさえ君は読み取ったのだ……ジェノワの三週間は（すくなくも我々にとっては）わが家の外で過した時間としては最高に楽しいものだったので、ジェノワを離れるのは、本当につらかった……ロッサーリへの手紙にも書いたとおり、先週の火曜日に出発して、ここにたどりつくまで四日かかった。一日目は、ただただ美しく、オレンジ、月桂樹、オリーヴ、無花果、葡萄の樹の繁る中を縫ってどこまでもつづく道から眺める海と山の景色で、この上なく快適だった。我々はこの景色を心ゆくまで味わった。危険な崖っぷちの道などもたくさんあった。たとえば自殺志願者なら選択に迷うほどの場所を通るときなど、母は自分たちが崖から落ちたらどうしようと、ひどくこわがったのだけれど、そんな彼女でさえ景色をたのしんでくれた。もっともそれは我々を喜ばせるためもあって、彼女は恐怖心を懸命に抑えてくれた。恐怖心というやつは、抑えられると退屈して、自然に消えてなくなるものだ。」二日目は「たいしたことのない、低い山々、近くにも遠くにもこれといって美しいものもなく、崖の道は前日よりも険しかった。」三日目に一行はピエトラサンタに到着した。「いよいよトスカーナの地に入った。この辺りからすでにトスカーナ言葉が快く耳に響いた。ここリヴォルノでも同様、言葉は快い。フィレンツェはどんなにすばらしいだろう。到着次第、同地のすばらしき事どもについて、君に書き送ろう。」旅行中、一行は昼食のために小さなレストランに入ったところ、ある野菜が供された。ロンバルディア地方ではコルネッティといわれる、〈いんげん〉である。「給仕に向って、ていねいに、どもらぬよう気をつけながら〈マンゾーニはどもる傾向があった〉名前をたずねた。この野菜はなんですかと。それも、名を知らぬから聞いているのではなくて、それが何かわからぬというふりをよそおって、だ。ファジョリーニ（いんげん）でございます、とナプキンを腕にかけた教授殿は教えてくれた……。」四日目、一行はまずルッカで、次にピサでそれぞれ二時間ほど休憩した。これらの町はいずれゆっくり来ようということで、いよいよリヴォルノに入った。聞いてきた宿屋が満員だったので、別に宿を探さなければならなかったが、日はとっぷり暮れていた。やっと見付けた宿屋はひどいところで「ぐっすり眠っていた子供たちは、食事の夢でもみていたのだろう、起されて、さて食べる段になると、そろって不平をいうやら、泣き出すやら……もう我慢できぬというわけで、習朝、早速どこかほかの宿を探しに出かけることになった。最初の宿では、主人は出来るだけのことはしてくれたのだが、要するに居心地が悪くて、どうにも逗留する気にはなれなかったのだ。ついに僕は義兄〈エンリコ・ブロンデル〉から紹介状を貰っていた銀行家のゲバール氏なる人物を訪ねた。ここで舞台は一転し、暗い森は姿を消し、美しい客間が現れ、すべての不都合は霧散した……。」銀行家の肝煎りで見つかった宿は、普通以上、いや、最上級だった。ただ、「寝室も食堂も」リヴォルノのメイン・ストリートであるフェルディナンダ通りに面していた。この通りは〈大通り〉とも呼ばれ、たえず混雑と喧騒に満ちていた。「それでは君たちの部屋はみなその通りに面しているのかい、と君は訊くだろう。事実、一方は中庭（ここではキオストラと呼ぶ、君たちがun cortiletto《ウン・コルテイレット》と書いて、on cortinett《オン・コルテイネット》と発音するあれだ）に面しているが、それがどうなっているか判るかい？　僕たちの部屋の下は、カフェ・グレコというリヴォルノ一の喫茶店があって、中庭はその一部なのだ。そして毎日、朝から晩まで、あらゆる国籍の人たちがやってきて、しゃべる、どなる、タバコをふかす、本を読む、まるでまわり燈籠といった様子なのだ。それから我々の寝室の上になにがあるのか知らないが、やすんでいると、何ごとかがはじまるのだ。ピエトロの推測によると（それは真実からさしてかけ離れてないように思えるのだ）、十歩くらいの距離にはなして置いた椅子から椅子へ跳び移るゲームをしているのだそうだ。このゲームで勝つと、相当な栄誉と喜びなのにちがいない。これはその後に続く大騒ぎから察しての話だ。」

一行はリヴォルノで、トスカーナの文人でフォリエルの知人でもあったアントニオ・ベンチに会った。そのベンチはこれも文人であったフィレンツェのヴィユッシュウにこう書いている。「先日来、マンゾーニが当地に来ています。彼の小説は読みました。再会できて喜んでいます。彼は神経を病んでいて、あまり見物はしたくないそうです。母君（有名なベッカリアの息女）と、妻（スイス、ヴェヴェイの出身）と子女六人を連れての旅行です。フィレンツェには二か月滞在の予定とのことです。お嬢さんの一人の健康状態さえ許せば、多分明日（手紙の日付は八月二十五日になっている）ここを発つことになっています。一日か二日、ピサで泊まる予定と聞きました。」具合のよくなかったお嬢さんとは、ソフィアのことである。リヴォルノ到着後まもなく彼女は病気になった。

その同じ八月二十五日、ジュリエッタがフォリエル宛に手紙を書いている。旅に出て以来フォリエルには便りをしていなかった。「手紙がはたして無事お手もとにとどくかどうか、あてのないままにこれを書いています。パリにおいでになるか、この手紙を読んでくださるのかも、わからないのですけれど。」例のごとく、フォリエルからは、かなり前から便りがなかった。「おじさまも今年の夏はご旅行とうかがっておりましたが、結局はやめることになりました。両腕に吹出物ができてしまったので。父はずっと続けています……今日、リヴォルノを出発する予定でした。もうここに来て十六日にもなり、おばあさまはこの町の騒音が、たとえば、わたくしたちの部屋のバルコニーの下を絶え間なく通る人の話し声や、四六時中、止むことのない雑踏のさわがしさにもう我慢できないとおっしゃっています。でもソフィアが何日かまえから、胆嚢炎で熱をだしてかなり悪かったのですけれど、今日やっと平熱にもどりました。かわいそうにすっかり衰弱してしまいました。お医者さまは、合併症さえおきなければ、二十八日の火曜日には出発しても大丈夫とおっしゃっています……」一行はピサの近くに住んでいたド・メイストルと知り合った。ジュリエッタは大喜びだった。ド・メイストルの『わが部屋の中の旅』などを読んでいたからだ。「この手紙はパリにお出しします。ああ、おじさまは一体どこにおいでになるのでしょう！　一か月半で父の本は全部売切れました……この作品はほんとうに思いがけない大成功でした。」

九月の初めに一行はフィレンツェに到着、その直後、ソフィアがまた熱を出した。マンゾーニはトスカーナ大公の屋敷に招待された。先方から会いたいとのことで、次のような書状を受け取った。「コルシ侯爵よりマンゾーニ伯爵に御挨拶申し上げます。明木曜日午前十一時に御迎えに参上し、大公閣下のもとにご案内致す光栄を担う者であります。大公は格式抜きにて御引見遊ばす御趣旨とて、筆者同様、服装はフロック・コート、山高帽のこと。どうぞ御子息を御同伴下さるよう。」大公はマンゾーニがいつも息子を連れていると聞いたからだろう。それでマンゾーニはピエトロを連れて行った。

その後、彼はトンマーソ・グロッシにこう書いている。「君に言うのさえ恥ずかしいくらいだ。君は僕が大公に謁見を願ったと考え、うぬぼれのあまり気が変になったのではないかと思うだろう。いや、これだけは、断っておきたいのだが、僕の虚栄心ゆえではなく、大公のほうから、僕には過ぎた光栄を賜ったのだ……謁見の終りのほうは、ほとんど畏怖の念を忘れてしまうほどで、高い教養を身につけた、非常に親しみのある、才気煥発で、しかも行き届いた人物との会話を、ゆっくりと心から楽しむことができた。閣下は君のこと、君の書いたイルデゴンダと十字軍のはなしを高く評価していると話された……王侯貴族に会見を許された者は、必ず彼らの才能と寛容を褒め讃えるというくらいのことは、僕も承知だ。自分が厚くもてなされたのだから当然だろう。では、僕の場合はどう言えばいいのだろう。その通りだと、言うだけだ……まだ君に家族の健康状態については話してなかった。ソフィアの病気が再発したが、おかげで回復期に入った。今度こそ一同愁眉を開き、一日も早い本復を祈っている。かわいそうに、ソフィアはフィレンツェの滞在を楽しむひまもなかった。母はこの土地の気候が体に障ると言っている。食欲をなくして、どこが悪いというのでないのだが、なんとなく気分が優れないそうだ。要するにミラノが恋しいのだ。それをみて、わが家の面々も、僕も、当地に滞在する楽しみが半減する。わかるだろう。かわいそうにエンリケッタにとっても、こちらに来た甲斐はまったくなかった。すくなくも表面的な病状に関しては。眼病もそちらにいたときと全く同じだし、時には以前より悪くなったとさえ言う……」マンゾーニはその間、例の小説に手を入れていた。作品は大判紙に印刷して七十一ページあった。イタリア語の相談相手としては〈博学。愛すべき人物で、十六世紀の作品と一時信じられた短編小説の著者でもある〉、フィレンツェの人ガエターノ・チョーニと、いくつかの悲劇の作者でピサの人、ジョヴァンニ・バッティスタ・ニッコリーニが手伝っていた。「どれほど僕が忙しいかわかるだろう。なにしろ七十一枚のシーツを洗濯しなければならないのだ。水はアルノ川、洗濯女はチョーニとニッコリーニ。これほどの上質の水も洗濯女も、ここでなければ見つかりっこない。」

カッタネオが、手紙をくれないと不満をのべた手紙をよこした。「君たちの消息欲しさに、君から手紙を貰った特権的な人々のところを僕は訪ね歩いた。どれだけ歩いたかそのマイル数を計算したら、多分、トスカーナに直接聞きに行ったほうが安く上がったに違いない。だが、僕は自分が歩きまわったことをぼやいているのではない。僕が一度でよいから君に書いてほしいのは〈皆元気で、君に宜しくといっている〉くらいの言葉だ。頑固に居すわったエンリケッタの病気。かわいそうなソフィアの胃から来るふらちな熱。ジャコミーノのところに最近来た、不機嫌さが透けてみえるようなジュリエッタの手紙等々、どれもこれも君たちを大切に思っている人間の心を安らげるようなものは一つとしてない。どれをとっても、こんな目にあうはずじゃないのに、とでも言いたげだ。もっとも君だって、不機嫌になる理由は自分だってたくさんある、と言うかもしれない。真実、僕にしたところで、この愚鈍な毎日の暮しの中で愉快になる理由などたいしてない。それに、絶えずやってくる腰痛、素晴らしい喉の痛みその他いろいろを加えると、今日のきつい口調に同情してもらう理由は大ありだ。」

マンゾーニより折返しカッタネオへ。「今月中には、僕も君に直接、〈家族の消息〉を伝えたいと考えていた。来月までには。残念だがエンリケッタはそちらを発った時と同じ状態だ。しかし外からは回復の兆しは見えなくとも、少しは体力がついたから、局部的な疾病もやがて外に出てくるだろう。ソフィアは回復期にある……僕だけが得をしたようで、まったく恥ずかしい。海水浴、運動、精神の休息、なによりもトスカーナにいることそのものが、僕に元気を与えてくれた。一同、君の知っている通りの愛情をこめて、君によろしく言っている。ただヴィットリアだけは、さっきから自分で君に手紙を書きたいと言って僕の邪魔をする。この紙の余白を少しだけ残す約束をしたので、彼女にペンを渡して、腕前を拝見することにしよう。親愛なるカッタネオ君、健康を祈る。」

マンゾーニはそろそろミラノに帰りたくなっていた。カッタネオへの書簡で、モンティを見舞ってくれるように頼み、こう結んでいる。「行ってくれるかい？　駄目だろうか。僕を、人をよく訪ねるようになった、それどころかほとんど放浪の民みたいになった僕を見習い給え。それにしても、ミラノの家のソファや、壁の棚、火が燃えていてもいなくてもよいことに変りない暖炉、大切な親友たち……ああ。」

ジュリエッタはフィレンツェで環境になじめず、すこしも楽しくなかった。一日も早く家に帰りたかった。彼女はもともと暗い性格で、未知の人とは容易に友だちになれなかった。彼女はフィレンツェを嫌い、アルノ河畔の街並みを嫌い、ときどき彼女のところに遊びに来た〈フランスの〉詩人ラマルティーヌの娘たちを退屈な人たちだと思った。フィレンツェ滞在中、彼女は、一度もフォリエルに便りをしなかった。旅行中、ただ一度リヴォルノから手紙をだしただけである。フォリエルからもずいぶん長いこと、消息がなかった。そのかわり、旅行中もフィレンツェ滞在中も、彼女はいとこジャコモ・ベッカリアにしげしげと手紙を書いた。カッタネオの手紙にあるジャコミーノとは彼のことである。このいとこは彼女よりはるかに年上だった。いとことは言っても、お祖母さんの叔父の息子で、マンゾーニと同じ年だった。コプレーノに別荘をもっていて、ジュリエッタがコプレーノに滞在したときに、何度も会ったのだった。遠くから彼女はこのいとこにあこがれていて、この世で自分を理解してくれるただ一人の人間のような気がしていた。マンゾーニ家について述べた中で、チェサレ・カントゥは彼についてこう書いている。「ジャコモ・ベッカリアとマンゾーニはいとこで、教養のある、社交界に名の通った人物だった。ロンバルディア政府の教育局の局長、のちに顧問になった人物である。仕事の関係上、文人や芸術家との付合いが多かったが、ベッカリア家の一員で、マンゾーニの親類であることを誇りとし、とくにマンゾーニ家の種々の事務的な用件の遂行を援助し、何度かミラノとコモの中間にあるコプレーノの別荘にマンゾーニ家の全員を招待した。」

ジュリエッタはこのいとこのジャコモにフィレンツェから九月にこう書いている。

「ああ、このフィレンツェというところは、どうしてこう、ものごとがはっきりしないのでしょう。道路は狭くてきたないし……カシーネの公園までいくのは一仕事です。有名なアルノ川沿いの道といっても、澱んだ黄色い水の面には舟一艘見えません……汚れた、でこぼこの舗装をした狭くて短い小路、それが名だたるアルノ川沿いの道です……今朝、有名な人のお墓がたくさんあるサンタ・クローチェの教会にまいりました。これはとても気に入りました……おばあさまはミラノをなつかしがっておいでです……お天気がよければ、十月一日にこの、人いうところのイタリアの楽園を出発する予定です。途中、高い山を越えなければならないので、おばあさまは今からぐっすりお寝みになれなくて、お食事も進まず、一日中そのことばかり話しておいでです……実をいうと、わたくしは自分がどうしてこんなにミラノに帰りたいのか、ぜんぜんわかりません……こんなに美しいものたちが、こんなに陰鬱にみえるのは、わたくしの中にあるメランコリーが、わたくしが見るもののなかに映ってしまうのですね、きっと……また土曜日にお手紙書きます。こんな無味乾燥で退屈な手紙ですが、どうぞ終りまでお読みくださいませ。わたくしたちがミラノに帰るのは、お兄さまにとってそれほどわるいニュースでもないでしょう。もうこの退屈で無意味な手紙をわたくしだって書かなくて済むのですもの。ただ残念なのは、楽しみにしていたお手紙をいただけなくなることです。でも、こんな無理をお願いするなんて、わたくしもエゴイストだと思います。おゆるしくださいますわね。いまさらあやまっても遅すぎますかしら……よくわからないことも時にはあるけれど、わたくしにとってこの旅行は、結局は大きな楽しみでした……すばらしい静かさを満喫できるコプレーノに何日か行けるのを楽しみに。」

いよいよ出発の準備が始まった。馬車屋の選択については大公の侍従、アレッサンドロ・オピッツォーネ伯爵に助言が求められた。伯爵はおびただしい項目にわたって、次のような注意をしてくれた。

「家族全員の経費として、フィレンツェ・ボローニャ間の旅費及びボローニャ宿泊費合計十八ゼッキーノ、すなわち十パオロ銀貨三十六枚分。これに馭者二人分へのチップは含まれない。ただし、他のチップ代としての四十フランチェスコーニは含む……以上の宿泊費は、宿賃、朝食および昼食を含む。朝食はそれぞれの好みにより、コーヒー、牛乳、バター添え、あるいは料理二皿を選択可。昼食はア・ラ・カルトで注文、あるいは外国風の調理も可。よい宿があるのでボローニャまでの中間点にあたるコニリアイオでの宿泊をお奨めする。昼食と休憩時間を入れても、フィレンツェより十一時間の道程である。コニリアイオ＝ボローニャは十時間。雇い馬車で旅行を続けると仮定して、ボローニャを正午あるいは午後一時に出発すれば、夜にはモデナに入れる。二日目はパルマ、三日目はピアチェンツァ宿泊で四日目にミラノ着。」

帰途の旅は平穏だった。マンゾーニが消息を伝え、感謝の意を表するため、チョーニにこう書いている。

「帰途の旅はこれ以上望めぬほどうまくいった。残念といえば、一歩毎にフィレンツェが遠くなったことだ。母が心配し続けていた様々な危険は、旅を始めた途端にすべて霧散した。アペンニーノの難関も人に聞いていたよりは遥かに容易で、美しさを楽しむことさえできた。人々の恐れる名高いフータの峠も、地面は平坦、風はなく、一同取越苦労を笑ったものだ。その後もポー河まで不都合もなく事故もなし。ポー河は荒模様で、舟で渡した橋が破損したため、一同ピアチェンツァで一日足どめをくい、日曜日に当地着。……カンプッチョ街、アルノ川沿いの道で共に語りあったあの心休まる時間の御返しなど、どうすればできるだろうか。何ものにも代え難いものをもらったという感謝の念、それを具体的に示すことのできぬもどかしさ、すべての結果として、小生は同じことを一生言い続けるだろう。」

チョーニの家はフィレンツェのカンプッチョ街にあったが、マンゾーニ家の人々が泊まっていたロカンダ・デッレ・クアットロ・ナツィオーニという宿屋はアルノ川沿いの道にあった。このふたつの場所で、マンゾーニはチョーニと『婚約者たち』の改訂に精だしたのだった。

ジュリエッタはいとこのジャコモに頻繁に手紙を書き、彼も親切に返事をくれた。しかし、ミラノで再会したとき、ジュリエッタにはこのいとこが少々冷淡で無関心なように感じられたらしい。旅行中もフィレンツェ滞在中も、彼は理解のあるやさしい精霊、といったていで彼女のそばにいてくれた。それが再会してみると、まるで他人行儀だった。その理由はなによりも、ジャコモ・ベッカリアには彼なりの生活がすでにあったのだろう。そしてこの若いいとこと惚れたはれたの関係になることなど、夢にも思わなかったに相違ない。そのため、ジュリエッタにとって、ミラノへの帰省は新しい悲しみを生んだ。フィレンツェにいたころは話相手になってくれたあのやさしい精霊がいなくなって、彼女はそれまでより以上に孤独になってしまった。もう手紙を書くこともなかった、というのもジャコモ・ベッカリアはミラノではきっちりと週に一度、マンゾーニ家を訪れたからである。

お祖母さんのジュリアは、フィレンツェでは憂鬱病にかかっていた。しかし、彼女の場合、ミラノへの帰還がすべてを解決してくれた。モローネ街の家にふたたび住み、ロッシやカッタネオ、ロッサーリなど、古くからの友人たちにかこまれ、まるですべてが夢のようだった。中でもトルティは孫娘たちの勉強をみに毎日やってきた。「お宅を離れておいでのころ、あれほど貴女を悩ませたあのメランコリーはすっかりおなおりになりまして?」とこれは、一家がフィレンツェで交際していたカマルドリ伯爵夫人から、数か月後にとどいた手紙である。「アレッサンドロさまは、ご旅行でなにか得るところが、おありになりましたかしら。神経のほうも、少しはおすこやかにおなり遊ばしまして? おからだのほうも、すこしは落着かれましたでしょうか。若奥さまは、いかがお過しでいらっしゃいますか。目のほうは、よくおなり遊ばしまして? そのほかのご病気も、一応しずまっておりますのかしら。ジュリエッタお嬢さまもなつかしがっておいでだった、ふるさとのおうちをごらんになって、たくさんのお友だちにまたお会いになれて、さぞお嬉しかったでしょう。ゆかいなヴィットリーナちゃまはどうしておいでですか。わたくしどものことを、ときには思い出して下さるのかしら。わたくしどもは、貴女さまのことをよく思い出して、いろいろと素敵なことをおっしゃってたと話しあっておりますのよ……さて、すこし以前のことになってしまいましたが、十一月七日にわたくしどもは心ならずもあの美しい花の都を後に致しました……いろいろな事情のため、仕方がございませんでした……やっとわたくしどもの旅行も終りました……今、〔ナポリ近郊の〕ヴォメロにある家の領地で暮していて、毎日、主人は書物と庭の手入れをして時間を過しております。わたくしは家の中のことで手いっぱいでございます……」時が経った今となっては、旅はジュリアにとって、多くの人々を知り、友だちをつくり経験を豊かにするよい機会であり、美しい思い出になっていた。

『婚約者たち』はフランスでは『レ・フィアンセ』という題で出版された。訳者はトロニョンではなく、M・Gというイニシャルだけが印刷されていた。ピエール・ジョセフ・ゴスラン〔例のイニシャルは、ムッシュー・ゴスランのエムとジーだった〕という人である。トロニョンが三分の一ほど訳したとき、他にも翻訳者がいて、その人には別の出版社がついていることが判明した。当時、版権擁護という思想は存在しなかったので、なんの許可もなしに、翻訳したり印刷したりすることができた。そのようなわけで、トロニョンはフォリエルに手紙を書いて、仕事を断念する旨を伝えた。十年後、ゴスランはマンゾーニの協力を得て翻訳に改訂を加えたが、今度はフルネームで署名している。

『婚約者たち』の評判はたいへんなものだった。その反響があらゆるところから、マンゾーニのもとにとどいた。あちこちから来る手紙の返事で彼はてんてこまいだった。それは讃嘆、感動、嬉しい驚きなどを表明した手紙であり、その他、栄典を授与する旨の通達や援助の要望や申し出もあった。モデナのヴァルドリーギ伯爵は、純潔を守って殺されたマリア・ペデーナの追悼文集に掲載するため、なにか詩を送ってほしいと依頼してきた。その本の表題は、『千八百二十七年七月一日、惨殺されしモデナの清純の乙女マリア・ペデーナの堅固なる純潔を記念してイタリアの学識者の捧げる詩と献辞』というものだった。マンゾーニは考えた末、寄稿をことわった。ロエーロのディオダータ・サルッツォ伯爵夫人は、最初は『イパツィア』という自作の長詩の〔手紙には「貴方様は詩については最高の見識をお持ちでございます」の一行があった〕、ついで短編小説集の批評を依頼してきた。この短編については、マンゾーニは、フェッラリオ出版に刷らせてはどうかとすすめた。植物学者のフランチェスコ・ジェーラが、彼にシナの蚕の卵を送ってきた。マンゾーニはそれについて誰かから聞き、ブルスリオに持って行って飼育してみたいと考えていた。マンゾーニはひろく手紙の返事を書いた。ただ相手によっては、たとえばディオダータ・サルッツォ伯爵夫人や植物学者のジェーラ氏には、自分の病気について、「虚弱で難儀な」自分の健康状態について書いている。ディオダータ・サルッツォ伯爵夫人のほうは、自分の神経の不調について長々と述べている。フィレンツェで知り合ったフランスの詩人ラマルティーヌからマンゾーニへの書簡がある。「貴著を拝読し、一筆さしあげずにいられなくなりました」ではじまるこの手紙には、「これまでに読んだ本の中で、もっとも夢中にさせてくれた四、五冊のうちの一冊であります」ともあった。評論家のチェサレ・カントゥからも手紙が来た。これ以後、マンゾーニとカントゥの間には友情が生れるのだが、この時まではまったく面識がなかった。カントゥは書いている。「書物すなわち著者であります。貴下の不滅の著作は、それを支える稀有の天賦の才と卓抜なる人間味をもって、小生を虜に致しました。これらの特質は必ずや貴下の人格に発するものであると信じて疑いません……会いに来るようにと仰せ下さいましたが、御親切を真に受け、伺うまでが百年の如く長く感じられます。」そして、彼はマンゾーニに、自分の唯一の著作である『詩的短編小説』を献じたいと書いている。王国政府演劇取締官のズッカーニ・オルランディーニもマンゾーニに手紙を書いて、彼の二つの悲劇をフィレンツェの劇場で上演する許可を願っている。マンゾーニが承諾したので、『アデルキ』が上演された。劇場にはトスカーナ大公（マンゾーニと大公との友好的な関係は彼の最初の訪問後も保たれ、あるとき大公がミラノに寄ったとき、引見したいとの意向が伝えられた）が臨席した。しかしこの上演の成果は最悪で、ニッコリーニが女優マッダレーナ・ペルツェに書いた手紙がそれを伝えている。「三幕のあいだ聴衆は馬鹿にして笑ったり、あくびをしたりの連続でした。合唱と第五幕の評判はよかったのですが、大根役者たちは、フィレンツェ風にいうならば、ひどく〈笑いものにされ《コルベッラーレ》〉ました。このことはミラノの人間にはおっしゃらないで下さい。」

「最愛の娘ローサよ。」これは判事ソミス氏から令嬢への手紙の冒頭である。この令嬢は何年か以前にマンゾーニ家に長く滞在したことがあったが、いまは結婚して、当時はトリノに住んでいた。「君の暮しについて聞いた。健康に障るのではないかと心を痛めている。〈彼女はふしあわせな結婚をして、苦労していたと思われる。〉忍耐深く事にあたって、熱心に、純粋な愛をこめて神様に祈りなさい。それから『婚約者たち』を読んでごらん。きっと君の気にいると思う。他人がなにを言っても、たとえ君が気違い男を愛しているといっても、君までが気違いになることはあるまい……〈娘が自分で選んだ婿は父親の気にもいらなかったのだろう。〉君の妹たちも、私も、君に抱擁を送る。神が君を祝福されるよう祈りながら。」「もっとも親愛なる友人たち」と、これはやはりソミスからマンゾーニ家の人々への手紙で、スーサに嫁いだもう一人の娘のところで知り合った神父を紹介した手紙である。「ずっとどこにも便りをしなかったのは、神にいただいた視力を乱用した結果、次第に弱りはじめたからです……君たちにお会いし、君たちを抱擁し、必要以上なくらい私のことを話されたスクロピス伯爵夫人は、小生より幸運です。彼女から君たちの消息を得て、たいへん喜んでいます。とくにアレッサンドロ氏が『婚約者たち』によって獲得された名声について大いに喜んでいます……娘たち、ローサらも、パオレミリア、テオフィラ、ヴェトゥリアからもよろしくとのことです……晩年にさしかかった父のために、神に祈って下さい。ジュリア夫人、エンリケッタ夫人、アレッサンドロ氏、皆様の御繁栄を祈りあげ、私のことも愛情をもって考えてください。」

一八二八年の三月、マンゾーニはついにフォリエルに手紙を書いた。その間、フォリエルからも、消息は絶えていた。「親愛なる友よ」と、マンゾーニは書く。「どうしてこの手紙が昨年書けなかったか、どうしてこちらの住所がフィレンツェでないのか、いつも貴君のことを考えているのなら、便りをしたいと絶えず思うのなら、どうして今まで書かなかったのか、と貴君はお思いになるでしょう。もしこの疑問の答を御存じでしたら、こちらが伺いたいものです。小生の無音の理由の一つは、こちらがお詫びすべきか、貴君を叱るべきかを決めかねていたからなのです。」この手紙は、彼の知人、タヴェルナ伯爵夫妻なる人々にことづけられた。フォリエルにあてた、夫妻を紹介するための手紙でもあり、その大部分はタヴェルナ伯夫妻の称讃に終始している。そのあと、ニッコリーニ、カッポーニ、ジョルダーニ、さらに「あの懐かしいチョーニ」など、前年フィレンツェで知り合った人々の名が続き、一同からフォリエルに宜しくと伝えている。さらにクラーク夫人とクラーク嬢にも敬意を表してほしいと頼んでいる。クラーク嬢は、これ以前エンリケッタにあてて、フォリエルとマンゾーニが互いに一行の消息も交わさないのを厳しく批判した手紙を書いていた。「ではさらば、思いがけなく時間がとれたのでこれが書けました。現在、自分がもっとも欲しいのは時間です。貴君にお便りをおねだりするのは、非常識でしょうか。まあよいでしょう。もっとひどいことも小生はお願いしてきました。さようなら、貴君をしっかりと抱擁します。」

「Mon cher parrain,《モン・シェール・パラン》」と、これはジュリエッタからフォリエルへの手紙である。「親愛なる名づけ親さま。先日マリエッタからおじさまのお懐かしい、ご親切なカードをいただきました（わたくしがこれをお手紙と呼ばないわけはおわかりと存じます）……」マリエッタというのは、ジュリエッタとおない年のマリア・トロッティで、コスタンツァ・トロッティ・アルコナーティの妹である。二人はおない年で、当時二十歳だった。トロッティ家はミラノの北、カラーテ在のヴェラーノというところにに別邸があったが、それはブルスリオからもあまり遠くないところにあった。一家はマンゾーニ家とも親しくしていた。コスタンツァ・トロッティ・アルコナーティとその夫はベルギーに住んでいて、マンゾーニ家ともフォリエル家とも親しかった。マリア・トロッティは始終パリ－ミラノ間を往復していた。「将来のご計画についておじさまはなにもおっしゃってくださいませんのね。ミラノもブルスリオもコプレーノも消えてなくなったわけではございませんし、そこでは平穏な暮しが待っていることも、そこにいる人たちの心の中でおじさまがどんなに大きな場を占めておいでかということもご存じなはずです。それ以上は申しますまい。それでもおじさまは、〈とても駄目だ〉とおっしゃるのですね。それではわたくしたちは、また未来に希望を託して、悲しい思いがこれからも続くのでしょうか。大分まえから父は具合が悪くて、いつもの胃痛と神経症に加えて、はげしい歯痛に襲われ、ながいこと我慢したあげく、とうとう歯を抜いてもらいました。でも、今でもまだ炎症が残って、神経痛になやまされています。母もずっと病気がちで、実際のところ、〈ばんざいを唱えて〉おいでなのは、おばあさまだけです。これはミラノ風のいいかたで、誰かが完全に元気なときに、こう言います。おばあさまは、それほどいつもお若くて、ぴんぴんしておいでだからです。小さい子たちはみんなひどい咳をしています。百日咳らしいのですけれど、お医者さま方は、ただのカタル性の咳にすぎないから心配はないとおっしゃいます……今年はいつごろブルスリオに行くか、ジェノワかどこかに海水浴に行くのか、まだなにも決まっていません。夏はもうすぐだというのに、だれも本気で考えてくれません。でも、わたくしは生活が変るのが大きらいなので、このほうがうれしいのです。冬がいつまでも続けばいいのにと、わたくしはいつも思っています。（よく）あらしになったり、雹《ひょう》が降ったりします。たいせつなおじさま、お目にかかれたらどんなにうれしいでしょう。もしこちらにお出でになれたらどんなにうれしいでしょう！　大人はほとんど変っていませんが、小さい人たちはほんとうに変りました。もう弟はハンサムな若者という感じで、父よりも背がたかくなりました。比較的よく勉強しますし、遊ぶのが得意です。明るい男の子たちといっしょにいると、わたくしたちの心まで明るくなります。ときには、心のなかで反抗しながらも……ピエトロはずっと馬と狩猟に夢中で、とくに乗馬がたのしいようです。エルメスさまについて一言、と言いたいところですが、どう言ってよいのかわかりません。ほんとうに不思議な方になってしまいになったような気がして、どう考えていいのかもわかりません。そのほかのおじさま方もみなさまお元気ですが、カッタネオさまだけは例外で、リュウマチがお悪くて困っておいでです。」

ジュリエッタがふたたびコプレーノから書いている。同じ一八二九年の十月のことである。ベルギーのゲスベックでアルコナーティ家に滞在中のフォリエルから便りがあった。手紙はジュリエッタ宛で、花が同封されていた。これはその返事である。「お送りくださったお花は大切にしまってあります。どれほどうれしかったか、おわかりにならないでしょう」とジュリエッタは書いている。「……父はすこし前から仕事にかかりきりです。胃の調子も神経もこの頃は調子がよくて、そのおかげでこのところずっと明るくなりました。暮し方もなにやら若々しくなったようで、一時よりはずっと若返りました……田舎にいるほうが元気で、なにをしても楽しそうです。おじさま、これは父には秘密です。自分のことを人に話されるのが嫌いですから。おじさまのことを父はほんとうに大切に思っているのです!」ゲスベックにはマリエッタもいた。ジュリエッタは彼女のことを好きだったが、フォリエルと同じところにいて、手紙を書く手伝いをしたり、いわば秘書のような仕事をしている彼女を、少々嫉妬もしていた。「おじさまの御用をマリエッタがしていることをあまり〈くよくよ〉考えないためには、わたくしぐらいマリエッタが好きでなければ、とてもだめです。彼女のためにはよかったとは思っても、ほんの少し、やきもちの気持がないといえばうそになります。わたくしはマリエッタみたいに、有能な秘書にはとてもなれないのは本当ですけれど、一生懸命にやるとは思います! ……お父さまのおっしゃったとおりに、フォリエルおじさまによろしくと書いておきましたよ、と父に言いますと父は、私に何も言わないで手紙を書いたなんて、それはひどい、ですって。そこでわたくしは、でもまだ封はしてませんからって申しました。ああ、よかった、じゃ、たくさんよろしくって書いてくれ。たくさんだよ。どうせおまえは、私の言うことの半分も書いてくれないのだろうですって。そこでわたくしが、お父さまは心ではいろいろお思いになるのかも知れないけど、なにもわたくしに言ってくださらないのですもの、と申しますと、心をこめてよろしくと書いてくれ、そして、『お願いですから、心からのお願いですから、約束をおまもり下さい、私への御約束をかならず履行して下さい。私は是非々々読ませていただきたいのですから、私のためにも、すべての人のためにも、急いで書きあげて下さい』とのことです……」マンゾーニはフォリエルが執筆中でなかなか脱稿しない『プロヴァンスからの手紙』のことを言っているのである。「父のことづてはだいたいこんなところです。」

翌年の春、ふたたびジュリエッタよりフォリエルへ。彼女はイタリアに帰って来たマリエッタからフォリエルが仕事で忙しすぎると聞いたのだった。いつものように彼女はフォリエルに、夏になったらイタリアに来てほしいとたのみ、家族全員の消息を伝えている。数年前から病の床にあった伯父のエンリコ・ブロンデルが危篤だった。エンリケッタは妊娠していた。「母は今度の妊娠はいつもよりつらいようです。そのうえ伯父さまが恐ろしいご病気のためたえまなく劇痛に襲われておいでなのが、よけい母の具合をわるくします。むごい劇痛に身もだえされる伯父さまのお姿さえ見なくて済むのなら、母はどんなことでも耐えられるでしょうに。四か月も前から何人かの有名な外科医の先生たちが、こんな症例は見たことがないとおっしゃっています。希望はあまりもてぬようです。おかわいそうに伯母さまは生きた心地もなさらなくて、ときにはわけがわからなくなられるそうです。一家が不幸にみまわれると、こんなことになるのですね。」そのあとには楽しい情景が描かれている。「弟はたぶんわたくしの知るかぎりこの世でいちばん快活な人間です。朝から晩まで、歌をうたったり、たのしいことを次から次へしていて、勉強中でさえ、まるで遊んでるみたいに、楽しそうです。ものごとに興じる度合がひどく大袈裟で、まるで他人の迷惑には無頓着です。妹たちは少々勝手がちがって、ひとりが何かすると、かならずだれかがそれを真似るので、しずかに規則的に動く時計のようです。まあわたくしが文句をいう筋合ではないでしょう。エンリコもだんだん性格がはっきりしてきました。うえの弟とは正反対の性格で、ものごとによりも集中するタイプで、騒がしいところもありますけれど、性格としては落着いた子です……もうすぐ夏です。ということは、まもなくブルスリオに行く季節だということですが、まだ何日に発つかはっきり決っていません。たぶん五月の末になるでしょう。養蚕の監督をしなければならないので。今年はそのあと家で繭から糸をとる計画を父はたてています。とても面倒な作業なので、七月初旬の予定の母のお産もブルスリオでということになるでしょう。グロッシさまも、養蚕のため田舎のお邸においでだそうです……お返事はいただかなくても結構です。わたくしが申し上げるのですから、ご安心ください。ただお元気で、わたくしのことをお忘れにならないとだけ、その二行だけ書いてくださればじゅうぶんです。」

フォリエルはプロヴァンス旅行の準備をしていた。ジュリエッタの手紙といっしょに、マンゾーニからの短いカードがはいっていた。数学者のグリレルモ・リブリが両方をことづかって行った。彼がフォリエルに会見を希望したので、マンゾーニはカードにこう書いている。「イタリアが今日誇りとし、末長く誇るであろう人物を貴君に御紹介します。よろこんでいただけるものと確信して……貴君とリブリ氏との橋渡しになることを喜び、誇りに思います。これで充分です。ただ貴君らが共に過される時間が羨ましくてなりません。」

フォリエルのところには、彼が六月に出発する直前にベルギーのゲスベックからも便りがとどいた。彼がその年は訪問できないと知らせたのに対するマリエッタと姉のコスタンツァからの便りだった。マリエッタの手紙。「ブロンデル氏がご重態で、お苦しみがひどいのをご存じないのではないでしょうか……ブロンデル夫人はたいへんなお悲しみです。片時もご主人のおそばをお離れになりません。もともとお丈夫でないのを、ご苦悩とお疲れですっかり弱っておいでです。マンゾーニ夫人もお具合がわるく、瀉血をされました。みなさま六月の初めにブルスリオにお出でになりました。ジュリエッタは大好きなミラノを離れるのがつらそうでした……かわいそうに、周囲の人たちの苦しみにかこまれて、すこしふさいでいます。悲しい思いに心がふさいでいるのでしょう。とくにお母さまのことが心配なようで『どうなるかわからないけど、いい結果になればいいのにね』などと心細いことを言ってました。わたくしもそう思います。それでも彼女とおなじで、現在は悲しみと心配で胸がつまりそうです。このようなつらい消息ばかりで申しわけありません……おじさまのご計画は？　南フランスにお出でになって、あの美しい地方をごらんになれるなんて、ほんとうにうらやましい……」つぎはコスタンツァの手紙。「去年にくらべ、こちらはこのところ雨が降ったり、寒い日がつづいたり……どこにいってもおじさまを思い出します。散歩しながらよく皆でこんなことを言い合っています。この道はフォリエルおじさまと散歩に来たわねとか、ここのところで、ご自分はお仕事だって、わたくしたちを置いていってしまいになったわねとか。ある日、突然こちらにお出でになるなんてことはないのでしょうか。そうなることを祈りつつペンを置きます。お元気で。」

一八三〇年の七月、エンリケッタに女の子が生れ、マティルデと名付けられた。Cette pauvre Julie《あのかわいそうなジュリー》、とマリエッタが呼んでいたジュリエッタは、母親のお産のあと、水治療のためグリジョーニの山岳地方に行かされた。おもな目的は気分転換で、もうすこし快活にさせるためだった。ペッピーナ・フラッポリ、ロレンツォ・リッタ侯爵、パッラヴィチーニ夫妻ら、家族の友人たちにつれられて彼女は出発した。旅行先から彼女は妹のクリスティーナに長い手紙を書いた。「アンデール発、八月二日。大切なクリスティーナ、このあいだの夜、あなたたちにお便りを書いたあと、リッタさまがわたくしたちのためにあけてくださったお部屋で寝ました。リッタさまは客間のテーブルの上でおやすみになりましたけれど、わたくしたちの寝たのも、寝台が二つ、簞笥やらテーブルやらで身動きもできないような部屋でした。小さな窓にはブラインドも戸もついていなくて、壁は漆喰を塗ったばかりでした。翌朝、わたくしたちは六時半のミサにまいりました。上流階級の人たちのミサは十時なので、農民しか来ていませんでした。形のわるい建築の小さな聖堂に行くには、急な坂をかなり登らなければなりませんでした……ミサの後、わたくしたちはすぐに出発しましたが、すばらしいお天気で、サン・ベルナルディーノ峠の頂上につくと、風が冷たくて、雪をいただいた山々に太陽が燦々と照り、水の澄みきった美しい湖がありました。サン・ベルナルディーノ峠からは大急ぎで、馬に沓《くつ》もはかせないで降りました。坂が六十回ほどのつづら折りになっていましたが、この辺の馬は強くて、慣れているので絶対にこわくありません。この調子で三時間ほど下るのですが、その道の美しさといったら、うっとりするほどです。レーノ川の渓谷を通りましたが、絵に描いたようだとは言えないくらいで、このあたりの壮大な景色をどう言いあらわせばよいのか見当もつきません。シュプルーゲンの峠は一同気にいりました。シュプルーゲンからアンデールまでの道は、行けば行くほど美しくなって、アンデールに着いたのは、ちょうど人々が食卓につく少しまえのことでした。正午だったので、わたくしたちも食事にしましたが、このホテルは、大きさと言い、整頓と言い、清潔さと言い、すべて理想的です。優雅というのか、贅沢でさえあり、これまでに見てきた景色とは妙に対照的です。食事をするあいだずっと、上っぱりを着て大きな口髭をはやした若者がハープの爪弾きをしてくれました。要するに、とてもすてきでした……わたくしはここで働いている女たちに興味をひかれました。手まねでさえもこちらの言うことが通じないのですよ、げらげら笑ってばかりいて、ドイツ語で返事するのです。それも、ちゃんとしたドイツ語でしゃべってくれれば、わたくしも少しはわかるのですけれど。必要にせまられて、わたくしも、いくつかドイツ語の単語を思い出しましたが、ほんとうに滑稽なの。でもこの村では〈ロマンシュ語〉とかいう言葉を話していて、この名が正しいかどうかよく知らないのだけれど、それはさっぱりわからない言葉です。三時半にブスティ男爵が、マーラ街道を通って、トゥシスまで四時間で往復できることを聞かれて、それなら一日無駄にしないで済むということで、わたくしたちは食後まるで近所のポルタ・レンツァまで行くみたいな感じで出発しました。でも、これはほんとうにかわった『街道』でした。これまでこんな恐ろしいほどの美しい景色は想像したこともありません……多くの山々に隔てられてはいても、わたくしはあなたたちみんなといつも一緒にいます……どこに行っても食事はおいしく、馬鈴薯とバターがとくにおいしいです。それから、とびきりおいしい野イチゴがあり、生クリームのとろけるようなアイス・クリームも食べました。この辺の村々のためにいろいろ尽くされているバッタリア氏の sporgiment《スポルジメント》〔ミラノ弁で〈おごり〉の意〉でした……いつも旅は屋根なしの馬車です。よい景色と空気を少しでも多く見たり吸うためで、ときには大きく口をあけて少しでも多く吸い込もうとしたりします。」「八月三日。サン・ベルナルディーノより。今朝、五時にアンデールを出発しました。旅はかなり快適ですが、サン・ベルナルディーノではちょっとした吹雪に遭い、馬車を降りたときはぼうっとしていました。リッタさまがあなたたちからの手紙をいちばん早くもってきて下さいました。どう言ってよいかわからないくらい嬉しかった！　あまり待ちわびていたので、リッタさまにもろくにお礼も言わず、まわりにおいでだった方々にご挨拶もしませんでした。というのもお昼でわたくしたちは食卓についていたからです。わたくしはお手紙をテーブル・クロスの下にいれました。五十人くらいがそのテーブルで食べていて、三種類の楽器で合奏していました。『あわれな女を見てごらん』とかそのほか有名な曲が演奏されて、わたくしは目が涙でいっぱいになり、お手紙をそっと持って、とうとう部屋に帰ってきて心ゆくまで泣きながら読みました。サン・ベルナルディーノはほんとうにさびしいところです。とても寒くて。

明日、治療のためのお水を飲み始める予定です。わたくしの健康状態は大体おなじ調子です。からだのことを考えるひまがないし、食事も好きなときに好きなものを食べるわけにもいかないし、今日は〈ロバ〉のようにくたびれはてています。クリスティーナ、おねがいだから少なくともなにが書いてあるか、わかるように書いてくださいな。あなたはわたくしのことをおこるけれど、どっちがましかしら。でもほんとうにいらいらしますよ。全部一度に飲み込んでしまいたいぐらいなのに、読めないのですもの。ブルデ嬢にカードをいただいてありがとうとお伝えください。お母さまには、今日はだめだけれど、土曜日にはお手紙書きますと伝えてください。もし気持どおりに行動するとしたら、お母さまにまず書くべきなのですけれど。きっとわかってくださると思います……おばあさまにも、お父さまにも、よろしく。クリスティーナ、おうちのみんなが、どういえばいいのかわからないくらい、みんなが好きです。家のみなにもよろしく、お医者さまにも。いとこからお手紙をもらいました。ほんとうに嬉しかったので、その証拠に一行でもいいからお返事を書くことにします。ロンドニオ家のお嬢さんたちが結婚なさるとのこと、よかった……一日も早くみんなのところに帰りたいです。でもここも楽しくて……ブルデ嬢を帰らせないよう、おりこうにしてくださいね。」ジュリエッタに手紙を出したいということはジャコモ・ベッカリアだった。この手紙とその返事としてグリジョーニから彼女の書いた一行の手紙を最後に、たぶん彼女の胸のなかだけで燃え輝いた、二人の関係は永遠にとだえた。

ジュリエッタはこの旅行中、フォリエルに手紙を出していない。彼は彼女の消息をブラッセルから短い手紙をだしたコスタンツァ・アルコナーティから受けとった。フランスでは七月にブルボン家最後の王、シャルル十世が王座を追われ、ルイ・フィリップ・ド・オルレアンが継承した。ヨーロッパの自由主義者たちにとって、これは大事件だった。コスタンツァはこう書いている。「わたくしたちの慶賀の念を表明し、お国の方たちがなしとげられた偉大な事業についてお祝いもうしあげます。数日来、わたくしたちは新しい体制のもとに暮していますす。ブラッセルから一日の距離のドイツから帰って来て、最初の情報が入りました。ペッピーノ〔彼女の夫〕はベルシェさまとすぐにでもパリに行きたい様子です。危険かどうか、お教えいただけますでしょうか。わたくしも、すぐにでもフランスに帰りとうございます。たぶんふた月以内には帰れると存じています。エンリケッタのお産が無事おわったことご存じでしょうね。それよりもまだご存じないと思うのは、ジュリエッタがフラッポリ夫人とサン・モリッツに水治療に行ったことと、マンゾーニのおじさまがグロッシさまとピエトロをお連れになって、七月の終りにジュネーヴに行かれることとです。あそこなら自由にフランスで起きた事件を観賞なさることができますわね。」この手紙にフォリエルはつぎの返事を書いている。「もう何が起きたか、皆さんも小生同様に御存じと思います。そして、何を書いても、いろいろな人が百万回言ったことを繰返すだけでしょう。小生がどれほど満足しているか、それも申しますまい。それもこれも、話しても無駄な気がします。今なすべきは、この偉大な正義の事業の面倒を引き続き見てゆく事で、すべてから察するとうまく行きそうです。もっとも満足のゆくかたちで。ペッピーノ君とベルシェ君がここに来られても、ひとつも不都合なことはありません。旅券さえ規則通りであれば、その他とくに注意することはなにもありません……こちらはすべて平穏、静かです。なにも起らなかったかのようです……お出でなさい。一日も早くお出でなさい。エンリケッタが無事お産されたことは聞きました。ジュリエッタの旅行については、なにも知りませんでした。よかったですね。グロッシ君とアレッサンドロがこちらに来ると聞いて喜んでいます。アルプスのこちら側の空気を吸うとほっとすることと思います。ただ、帰るときが気の毒です……ジュリエッタの手紙をたずさえて来られた、リブリ家の若伯爵に会いましたが、今度の事件に際して、感嘆すべき態度で臨みました……イタリアにこのような人物が多く輩出するよう、祈ります。他にも多くのイタリア人が見事に試練を乗り越えました。イギリス人も何人か立派に働いてくれました。ヨーロッパのすべての国民がこの勝利をかちとるにあたって、代表者を送ったように思います。この勝利はフランスだけのものではなく、ヨーロッパの勝利です。」

マンゾーニもピエトロもグロッシもジュネーヴには行かなかった。マンゾーニ一家はブルスリオを動かなかった。九月四日、ミラノでエンリコ・ブロンデルが没した。〈ルイーズをばさま〉と呼ばれた、エンリコの妻は、夫を追って服毒しようとした。十月、エンリケッタが気管支炎にかかり、ながいこと熱がさがらなかった。「親愛なるエンリケッタ殿のご不例に関する御消息を落手、お便り差し上げます。」これはトージ司教からマンゾーニ宛の書簡である。「〔パッラヴィチーニ〕侯爵夫人がご親切にも詳細御知らせ下さり、正確な報に接して、安堵致しました。」十二月、トージ司教にマンゾーニの友人のジュディチ神父がこう書いている。「エンリケッタ夫人が十月にかかられた気管支炎が、また悪化したのをご存じでしょうか。六度にわたって瀉血が行われました。現在は一同愁眉を開いた状態で、微熱の消えるのも時間の問題と思われます。それにしても虚弱な者にとって、このような衰弱は命とりになりかねません。幸いにもアレッサンドロ氏と母のジュリア夫人は、すべてを楽観的に見る才能に恵まれておいでなので助かります。」マンゾーニよりディオダータ・サルッツォ宛、十二月。「ご丁寧なお手紙をいただきました折は、妻が気管に炎症を起しておりましたため失礼致しました。六度の瀉血で漸く危機を脱することができ、現在は天の御加護により病気も平癒いたし、長い苦しい回復期にはいっております。」

一八三一年の三月、マンゾーニの家にマッシモ・ダゼリオが現れた。当時彼は三十三歳、父親を喪ったばかりだった。これ以前に彼の父親とマンゾーニは文学上のことで手紙のやりとりをしたことがある。マッシモは、マンゾーニがジェノワでほんの数分間会ったことのある兄のロベルトの紹介状を携えてきた。ダゼリオ家の人々についてはチェサレ・カントゥが『追想』のなかで次のように書いている。「アレッサンドロはチェサレ・タパレッリ・ダゼリオ（一七六三―一八三〇）と文学上交信あり……深い教養のある、篤信の士であった。ほとんどのピエモンテの貴族がそうであったようにチェサレは王党派支持で、日刊紙『イタリアの友』の主幹だった……三人の子息を自尊心たかく信仰深く厳格に教育したが、ルイジはイエズス会の神父になり、法学と哲学で名を馳せた。長男のロベルトは画家として、トリノで家名を上げた。三男のマッシモは風景画家を志し、ロマーニャおよびトスカーナ地方で芸術家の奔放な生活を愉しんだ。」

マッシモは長年ローマに住んだが、その地で夫のある女性、モリーチ伯爵夫人と関係を結んだことがあり、二人の間に女子、ビーチェが生れた。その後、伯爵夫人は彼を棄てた。彼はこれに耐えられず、ローマを離れ、しばらくトリノの父の家に住んだが、父が死んだので、ミラノに住むことにした。「ミラノにはドイツ人がいて」とマッシモ・ダゼリオは『わが回想』に書いている。「あまり魅力的ではなかった。それでは、彼らに尻尾を振って王国政府を牛耳っていた、カルロ・フェリーチェのほうが魅力的だったか。自分は美術を専攻したかったので、そのためトリノでは気が狂いそうだった。理由は、トリノで芸術が受入られぬこと、ゲットォにおけるユダヤ人の如くであったからだ。一方ミラノでは多くの事情がうまく合致して誕生した芸術運動があり、多くの著名な人物がこれに参加した。」

画家であった、マッシモ・ダゼリオは文章を書くようにもなった。はじめ歴史小説に手を染め、かなり書き進めていたが、彼の最初の訪問の日、それについてはマンゾーニには黙っていた。というのもマンゾーニが歴史小説についての意見を述べたので、出鼻をくじかれたのである。彼は背がたかく、頑丈だがすらりとした体型だった。はっきりした輪郭の顔で鼻すじがとおり、立派な口髭を蓄えていて、目が大きかった。カントゥは『追想』の中で次のように書いている。「マンゾーニは自分に欠けている多芸の才をダゼリオに認めてこれに敬服した。彼は楽器をよくし、歌がうまく、舞踏、乗馬、フェンシング、ビリアード、トランプなどすべてに勝れていた。」マンゾーニは最初のころは、たしかに彼に敬服しただろう。しかし、その中にもいくばくかの不安とためらいがあったことも確かである。ところが祖母のジュリアはたちまちこの客に惚れこんだ。彼が「楽器をよくし、歌がうまく、舞踏」に秀でていたからである。彼の社交的な自然さ、大胆さ、気さくな態度や振舞が彼女が若いころに魅力を感じた男たちのイメージにぴったりだった。

マッシモ・ダゼリオはマンゾーニ家を訪問するにあたって、二つの明確な目的をもっていた。まず自分の歴史小説について話すこと、そしてあわよくば結婚を目標に、一番上の娘に会ってみることだった。小説については、先にも書いたように、切りだす勇気がなかった。そのかわりマンゾーニに手紙を書いて、ジュリエッタを妻にほしいと願った。四月九日、彼の最初の訪問からわずか数週間後のことである。

「小生がミラノに参りましたのは他でもない、御一家とお近付きになりたいからでした。もちろん先生にお目にかかりたく、その理由は充分御理解いただけるものと存じ、それなりの評価をいただけるものと存じています。さらに申しますと、御令嬢とお近付きになりたかったのです。もともと兄家族が称讃惜しまなかったのでありますが、ミラノにて実際お目にかかり、お声を聞くことができ、小生確信を持つに至りました。これ以上、前書を連ねることなく、先生を岳父といただくことを、心から光栄に存ずる旨ここに述べさせていただきます。

小生の収入は二十一フランですが、現在は母、および父の兄弟たち、さらにダゼリオ家に依存する者たちに生活費を送金いたしますため、全部を享受するに至ってはおりません。不幸にして母が亡くなりました暁は、全額を享受することになり、さらに母の遺産も継承することになります……冬はミラノで暮すのも結構です。気候のよい時はアゼリオあるいは他の土地で暮すことになるでしょう。過去において小生の仕事はなにがしかの収入を生みました。将来はより多くの収入が得られるものと考えております。以上は、先生のお考えに反するとは思いません。となれば、不確定収入のうちには、この収入も計算できます。小生の人格については、部分的にはすでに知っていただきました。残りの部分は、トリノで人から聴いていただければ幸いです。

これでもう書くことはございません……あとは実際を御覧いただければ結構です。このことについて最も大切なのは、当然御令嬢のご承諾なのですが、ご承諾に値せぬを承知のうえ、なお諦めることもできません。

もし小生の申出をお受けいただけぬようでしたら、以上のすべてを水に流していただけますことを、貴殿を心から信頼いたし、堅くお願い申上げます。その節はミラノを早晩離れるつもりにて、いかなる噂の種となることもないと思います。あのように暖かく御宅に迎えていただきました上は、絶対に後悔のなきよう致したく存じます。

もしお話を継続の可能性ありと御判断の節は、お暇の時間を書状にてお知らせ頂きたく、その上で伺いたく存じます。ミラノには他に用件とてございませんので、小生は何時にても好都合でございます。」

マンゾーニはこの手紙を受けて喜び、エンリケッタと母親に話した。まずこの結婚の有利な点を考えてみた。彼は生前の父親をよく知っていた。兄とも面識はあった。しっかりとした主義主張のある家族だった。ジュリエッタが呼ばれて意見を訊ねられた。彼女はあまり自信がなかった。一週間考えたいので待ってほしいと彼女は頼んだ。

マンゾーニはダゼリオに、自分の考えと家族の意見を書き送った。「誰をも心服させる貴殿の御性格、御才能にたいする深い尊敬の念を、我々の家庭で見ていただいた筈です。この『我々』のなかには、当然娘も含まれていると申し上げて正しいと存じます。彼女が一週間の猶予をお願いするなど、不可解と御思いでしょうか……娘は以前から故郷の異なった方と結婚することは困難であると考えておりました。故郷を離れることも、彼女にとっては辛く思え、またこれほどの重要なことに関して、自分の意志までを犠牲にして、何方かの意志に従わねばならぬことに、疑問を抱いているのです。」

ダゼリオはエンリケッタに、お嬢さまに御渡し願いたいと言って自分の描いた小さな絵を贈った。（その前に、リトグラフィーを何枚かすでに贈っていた。）カードはフランス語で書かれ、署名はマクシム・ド・ゼイとあった。

同じ頃、彼の母親が息子に手紙を書いていた。母親のクリスティーナ・モロッツォ・ディ・ビアンゼェ侯爵夫人は性格のきつい女だった。彼は母親を慕い、ことごとに彼女の影響を受けた。この結婚を強く勧めたのは、実は母親と兄のロベルトだった。ここまで来て母親は気をもんでいた。彼女は「あの娘と家族について」すでに細かいところまで調査していた。「家名について言うことはありません。母親はもともとたいした出ではないけれど、もう亡くなっています。非常に宗教的な人で、家族、とくに父親によい影響を及ぼしたとのことです。彼女のおかげで、父親は哲学主義を棄て、神に嘉《よみ》される生活を送るようになったと聞きました。本当を言えば、昔の思想の影響がいまでも残っているとのこと。ジャンセニストの連中に取り囲まれていたから、なおさらです。ジャンセニスムの影響がどれほどなのか、どれほどそれが家庭の道徳教育に影響しているかは知りません。〔彼女の得た情報は正確でもなければ、たしかなものでもないようである。事実、彼女はエンリケッタが死亡したと知らされていたらしい。〕大切なマッシモ、わたくしは一日に百度も、あなたのこと、あなたの将来について、あなたが結ぼうとしているこの大切なご縁について考えます。気をつけてください。あなたの魂の救済のためにすべてがうまく行くよう、またこの世において、主の御旨なら、よい相手にあたるよう、神様に祈ってくれるよう善男善女にお願いしました。」やがて、最終的な決定まであと一週間待たねばならないと知らされ、「娘さんがこの決定をまじめに考えていることに」満足する。「もし承諾ということになったら、これは天の配剤と考えてよさそうですね。」

そこでダゼリオはマンゾーニに手紙を書いた。「待つ時間が心にとって限りなく長く感じられるので、はやる心を理性が静めねばなりません。御令嬢があらゆる希望を絶ってしまわれなかったことを、またこのように納得のゆく期間を決めてくださったことを、心から感謝致しております。御令嬢について思うとき、小生はまず第一に、御令嬢のご幸福が大切であり、これはいつまでも変らぬ小生の気持でありますが、そのために今回お願い致しましたことについて、よくよくお考え遊ばし、小生については断じていかなる幻想も抱かれぬよう、お願いするものであります。小生の熱望しておりますことを御承諾いただけるのでございましても、もしやそのような幻想をお持ちでしたら、永遠に小生の悔やむところとなるでありましょう。皆様が小生を善意で御覧になりすぎておいでではないかと存じます。小生には多くの欠点があり、その上に自分の知らない欠点もありましょう。欠点の一つとして、気分の変り易さがあり、それは神経の細かさに由来するものと思われ、努力はするのですが克服できずにおります。それから御覧の通り、現在も、未来においても富とは縁がなさそうです。小生にとってはこれで充分で、神に感謝しています。というのも、言わせていただけば、正当な中庸以上に所有したいという欲望は、底無しの井戸のようなものだからであります。他人は別です。そして今より、この世で小生を最も愛し、過去においても小生を愛してくれたひとを、神が御旨により召される時までは、小生は裕福どころか、どちらかというと暮しは窮屈と存じます。生れて初めて宝の山が欲しくなりましたが、その持ちあわせはないと、ここではっきり申しあげねばなりません。現在の収入の凡庸さにかんがみ、蟻にならって冬をゆったりと過せるよう、夏の間はアゼリオの領地で暮すのがよいかと存じます。アゼリオは、田園の美しさという点では、この世で最もすばらしい土地ですが、城はとくに美しいところはなにもなく、よい空気と、よい景色、そして小生とダゼリオ家を愛してくれる村民、それ以外にはこれといった取柄はありません。小生がミラノ人でないという障害につきましては、小生のほうが先に解決致したようです。もし小生がここに住みつく決心をしたと言えば、法螺《ほら》を吹くことになり、それでは自分に自信のないことを、あるかのように申すことになってしまいます。しかし、多分そのようになるだろうと考えておりま す。長い苦しい年月をかけて習得いたしました小生の技術も、この年齢に達しましたからには、そろそろなにがしかの成果を期待できるものと思っています。ミラノはイタリアのなかでどこよりも小生にとって住みやすく、気高いお心の御令嬢の繊細なるお気持も、この町であれば平穏にお過しいただけるでしょう……では今週の末を待つことに致しましょう。それまでにも貴邸に伺って夕食後の時間を共にする御許しを頂ければ幸いです。」

マンゾーニより。「愛すべき御質問に対し、昨夜小生も同様に考えておりましたところとて、この期間を利用して当家にお運びいただければ、一同大喜びと存じます。貴殿の御好意を強いることになっては存じ、御遠慮申しておりました。ただし、家族の一員にて少々きまり悪がるものがおりましても、お気にされぬよう。」

その一週間のあいだ、ジュリエッタは、これまでまったく未知であったかの人のかたわらに自分を置いてみようとした。もちろん、幼い頃からよく知っていた、いとこのジャコモとも比べてみた。ジャコモは彼女にとって、湖の澄んだ動かない水面のように、彼女の考えのなかに、ながいこと存在しつづけ、しばしばそれに自分の姿を映し、その岸辺も影の部分もすべて理解していた。物静かで、思慮深く、ずっと年上のジャコモは、心を安らげてくれる存在だった。彼女は意識的にジャコモと結婚しようと考えたことはなかったかも知れない。ある時点で、彼はそっけなく、冷たく振舞い、それを彼女はつらく思った。それはしかし、するどい痛みというよりは、怠惰なメランコリーと言ったものだった。いずれにしても、もう済んでしまった話なのだ。ただ彼女にはっきりわかっていたのは、自分の心が静かさを必要とし、あらゆる冒険を忌みきらっていたことだった。あれほど性急に自分と結婚したいという願望を表明したあの夜の訪問客、あの鼻、あの口髭、あの目、あの華やかな社交性が彼女を不安にした。あの人が自分のかたわらで、父性的な愛と力を示してくれることは決してないだろう。だが彼女はそれを必要としていたのだ。父親があまり仕事に夢中で、彼女の言うことをゆっくり聞いてくれることがなかったからかも知れない。大家族のため、父も母も、彼女がひそかに求めていた心遣い、話を聞いてくれる姿勢、余裕、のいずれをも持ち合わせなかったからかも知れない。フィレンツェから手紙を書いていた頃、いとこのジャコモをそう思いこんでいたように、自分をわかってくれる人、またはフォリエルに手紙を書きながら想像していたように、自分を理解してくれる人が彼女は欲しかったのだ。いったい何通の手紙をあの二人に書いたことだろう！　フォリエルにせよジャコモにせよ、どちらもよく知っている人たちであり、味方でいながら距離のある間柄であった。二人とも彼女にはなにも具体的には要求しなかったのだから。ところがこの新参者は、彼女と結婚したいなどと言っている。

一週間が経たぬうちに、ジュリエッタはこの結婚の申込をことわった。マンゾーニはダゼリオに彼女の拒否を伝えねばならなかった。「娘は、実を申しますとこれまで考えてもみなかったこととて、決心がつきかねております。」

ダゼリオよりマンゾーニ宛、四月十四日。「招待をうけた晩餐に出る直前に御手紙を拝受、礼を失せずして欠席の叶わぬ集まりであったため、すぐ御返事致せませんでした。その晩餐を愉しんだかどうかは、御察し下さい。

御令嬢の最終的な御返事が小生に与えた苦悩を、神が御令嬢の健康と幸福に変えて下さるように。この祈りが小生の心の底からのものであることは、神が御存じです。神が思し召すならば、御令嬢はこの世ですべてを御手に入れられるでしょう。小生と致しましては、神の思召と受け、頭を垂れるほかございません。

御母堂様は小生の望みが満たされるよう、まことに御親切におもてなし下さり、御力をお尽くし下さいました。深く感謝し生涯わすれないでしょう。

さらに皆様方がこの際小生に御示し下されたこれほどまでの御心遣と御親切に感謝致します。御別れに伺うにはあまりに心弱く感じますので、その辺を御汲み頂き、とくに皆様方にたいし、些かなりとも怨恨など抱いておりませんので、重々御理解を仰ぎたく存じます。貴殿にはいつか御目にかかる機会が頂けますれば、出発の前に御別れ申し上げられれば幸甚と存じます。」

同日、マンゾーニよりダゼリオ宛。「御落胆のほどを伺うにつけても、貴殿への感謝の気持でいっぱいです。私共一同の遺憾の情をも御了解頂ければ幸いです。この度の事は、真実言って、誰の落度でもないのに皆がつらい思いをすることになりました……小生にお会い下さるという友誼的な御申出を直ちにでも御受けしたい処でありますが、奇妙な神経の病のため、付添なしでの外出は数年前から出来なくなっております。しかし御言葉に甘えて、小生は常時、午後二時までは在宅し、一階の書斎におり、正午過ぎには一人のことが多いとお知せ致す次第であります。」

さて、祖母のジュリアはジュリエッタが承諾するようかたくなに主張した。彼女にとって一番可愛い孫娘なのに、いつも憂鬱そうで、顔色が優れず、無気力で、今から将来をあきらめて孤独な人生を受諾してしまったような孫娘を見るにつけても彼女の胸は痛むのだった。ダゼリオは、ジュリアの目には魅惑的な男性と見え、この機会を逃がすのはあまりに惜しかった。ジュリエッタが後でひどく後悔するのではないかと考え、あきらめず、頑強にねばり続けた。家庭内の権力者は彼女だった。いったん意見を述べるとなると、彼女は情熱にあふれ、衝動的で、向こうみずで危険を顧みなかった。エンリケッタはその反対で、慎重で思慮深く、控え目だった。ジュリエッタ自身は、結婚への怖れと同時に、そのまま自分の家で年とってしまうことも怖かったに違いない。二十三歳。もう母親が結婚した年齢より七歳年うえだった。そして遂に納得した。マンゾーニはふたたびダゼリオに手紙を書き、以前の拒絶をなかったことにしてほしいと頼まねばならなかった。「貴殿への信頼と私共への寛大なる御心に甘え、貴殿と共に我々一同がかつて望みました結論に到るためにはただ一つの言葉だけでよいと考え、奇妙と御思いかも知れぬのを承知の上で以下を述べさせて頂きます。と申しますのは、昨日の話の蒸しかえしでございます。この話題に戻ることを御許し願えるのでしたら、御都合のよい御時間をお知らせ下さるなり、直接御出で下さるなり御願い申し上げます。書斎におりませぬ節は、お呼びくだされば すぐに参ります。もしお気持が変られたようでしたら、昨日の手紙で申し上げたのと異なる結論に達したことを、少なくもお伝え出来たことで満足とさせて頂きます。」

ダゼリオは母親にジュリエッタの肖像画を送り、すべてうまく行ったと知らせた。母親はこう書いている。「可愛いマッシモよ、主に感謝いたしましょう……実をいうと昨夜はまんじりともせず、郵便馬車がどのような返事を運んでくるかと、そればかり考えていました。マッシモは喜んでいるかしら、それとも悲しみに打ちひしがれているかしらと。すべてを主の御手に委ねてはいたものの、心では、主がわたくしの思い通りにしてくだされば、もっと嬉しいのにと思って。そのうち夜が明けて、このすばらしい手紙を読んだときには……ドン・アッボンディオの最新刊をお送り下されたく。当時は大急ぎで読んだものですから、紳士であったという事のほか、なにも記憶にのこっておりません。」肖像画は彼女の気に入った。「あなたの好みは間違ってはないようです。やさしい性格が肖像に滲み出ています。」そしてジュリエッタに。「いとしいジュリエッタ、主によりわが息子の花嫁に選ばれたあなたをもう愛しています……わたくしの祈りはすべて聴きいれられました。あの子の長所を、そしてこの若者の魂のすばらしさを理解してくれる人と結ばれてくれるよう、わたくしは熱望しておりました……あなたを抱擁し、やがてわが娘と呼べる日にわたくしの喜びは完璧になるでしょう。心の底より、あなたの母。」

一方、四月の終りに、ブラッセルからコスタンツァ・アルコナーティがフォリエルにこう書いている。

「もしかしたら、今日お知らせすることは、もうすでにご存じかも知れませんが、わたくしは今知ったばかりなので、とにかく書きます。ジュリエッタからマリエッタに手紙がきて、もうすぐ結婚するとのこと。相手とは愛し愛されているあいだとのことです。ピエモンテ人のダゼリオ氏でコッレーニョさま〔ジャチント・コッレーニョ、後にトロッティ姉妹の末娘マルゲリータと結婚してアルコナーティの義弟となった人である〕のお友だちで立派な方だそうです。ジュリエッタときたら幸福の絶頂にあるみたいで、手紙の一語一語からそれがわかります。ジュリアが家族から離れずにすむように、ダゼリオ氏はミラノにお住まいだとのこと。エンリケッタもアレッサンドロもジュリア夫人もこの結婚をどんなにお喜びかと思います（ジュリエッタは書き落としていますけれど）。というのも御両親のお望みのいろいろな点がそろっていながら、究極的には愛に結ばれた結婚だからです。わたくしもこのおめでたいお話をきいて大よろこびです。ダゼリオさまのことはよくコッレーニョさまから伺っておりました。ほんとうに洗練された方です。ジュリエッタを選ばれたことが、それを証明しているとお思いになりませんか。」

マッシモとジュリエッタは五月二十一日に結婚した。二人はアゼリオの城で夏の幾月かを過した。ピエトロが城に招かれて滞在した。そこにはダゼリオ家の親戚にあたり、マッシモの友人でもあるチェザレ・バルボも来ていた。七月、ジュリエッタが父マンゾーニに手紙を書いている。そこには、幸福な妻でありたいという決意と同時に、そのように人にも見てもらいたいという気持がありありと読みとれる。

「今日はお父さまに申し上げるまえに夫の許可をもらわなければと思いましたら、許可のかわりにただ笑ってみせました。これで秘密を勝手に洩らすのではないことになりますから、安心して申し上げます……マッシモがこのところ歴史小説を書いているのです……このことは、わたくしたちの結婚の話が出るまえに、ある夜、歴史小説についてお父さまに伺いたいと思ったそうです。そのとき、お父さまがおっしゃったことを覚えていらっしゃいますか……マッシモはそれですっかり勇気をなくして、書きかけの原稿を引出しにしまいこみ、婚約するまでその秘密を申してくれませんでした。それから、だれにも言ってはいけないという約束で見せてくれたのですが。わたくしにとって秘密を守るのはつらかったけれど、彼の言うことをきいて、お父さまにお話しするようにもすすめたのですが、勇気がなかったのです。トリノでいとこのチェザレ・バルボはこの作品のことを知っていて、それをほうっておいてはいけないと言って叱りました。そこでマッシモが自分が勇気をなくした理由を話したのです。するとバルボはぜったいに危険を冒すべきだと言い、いったん始めた作品はそれにかけた手間のためだけでも、完成させなければならないと言いました。というのも、いくつかの大事な場面のための石版画のテーマまで準備してあったからです。マッシモはずっとまえから、わたくしにその原稿を見せてくれると言ってたのですけれど、トリノでまた勇気が湧いたので、夜、声をだして読んでくれます。みなさんがおっしゃるには、わたくしはどうせ何もわからないのだから、何も言ってはいけないのだそうです。マッシモのすることは、すべて上出来だと最初から思ってしまうので、だめなのですって。それでも言わせていただけば、この作品はマッシモの妻でなくとも気に入るのは確かです。文体が明快で、よく流れ、話のはこびもよくできているし、プロットだってうまく考えてあります。腕のよい画家のような描写もあって……いずれにしても、お父さま、お読みになって、ご意見をお聞かせください。わたくしはこれで止めます……バルレッタの戦が小説のエピローグになっています。チェザレ・ボルジャが重要な登場人物のひとりです。でも、以上のことは細かく描かれているというよりは、ただ輪郭だけが語られています。ピエトロはこの話に夢中です。ひとこと、お知らせくださいませ、でも、お父さま、ぜひ御手紙をいただきたいなどと申しているのではありません。家の人たちの手紙の裏でけっこうですから、マッシモあてに一言だけ、おっしゃってください。そうすれば、わたくしもマッシモにこの仕事を続けるようにと励ますことができます……急いで書いたので、乱筆をおゆるしくださいさい。姑がくれぐれもよろしくと申しております。心からお慕いもうしあげるお父さま、ではまた。わたくしにお示しくださるお慈しみが、お父さまを誇りにしているあなたの娘をどれほど幸福にするか、お忘れになりませんように。人々のお父さまへの尊敬にわたくしも心を合わせ、そのうえに、娘としての深い孝養の念をお捧げいたします。」

ジュリエッタは突然、父親の世間的な名声に気づいたように見える。というより、父親の名声を今は家のそとからみて、自分をとりかこむ新しい風景のなかで、そのことに心暖まる思いをしていたのだろうか。

それと、彼女はダゼリオが自分と結婚したのは、自分がマンゾーニの娘だったからだということに気づいたに違いない。この意識が彼女の結婚生活を不幸にしたと同時に、ある力にもなった。

マンゾーニは、ダゼリオの小説を読みたいと言ってよこした。夏が終ってふたたび家族が同じ家にもどったとき、ダゼリオ自身から、皆に読んで聞かせてもらおう、と。ダゼリオがこれに答える。

「理論的には父上の歴史小説反対論を論駁することは出来ません。少なくも小生には無理です。しかし、貴説がはたして大衆から受入れられる時代が到来するかどうか、これも疑問ではないでしょうか。そのような時が来るまでは、たとえ普遍的な善としては不完全であっても、この手段を用いることは可能と考えます……フランス人は自国が成し遂げた栄光を作品に書きとめ、これを描き、彫刻に残しましたが、同じ事をイタリアに求めるとき、一方では非常に誇らしい成果を上げながら、これを表現する段になると、ひどく粗末なのです。我々も、自分たちの国で実際に起ったことをもう少し自慢する術を習得してもよいのではないでしょうか……そこでイタリアの史実としてシリーズにまとめ得るものを考えて見ました処、バルレッタの報復〔一五〇三年九月十三日、フランス－スペイン戦争の際、フィエラモスカに率いられた十三人のイタリア人が、フランス人ギ・ラモットがイタリア人兵士を卑怯者呼ばわりをしたことに対して蜂起し、十三人のフランス人を殺害して報復した史実〕を思い出しその事件の枠組を作ってみました。枠組ができあがってみると、これに筋をつければ、もっと生き生きとする〔父上はこれを〈死なせる〉とおっしゃるでしょう〕ことができるのではないかと思い、次々と考えるうちに、ノート五、六冊を埋めてしまいました。小生が書くのをやめるとバルボは小生を牛あつかいにして、小生をつついては仕事を続けさせました。
親愛なる父上、母上、そしておばあ様の御手に恭しく接吻し、小生の優しい気持と心からのよろしくを御伝え下さい。小生の批評家たちを籠絡しなければなりませんので。母上のお便りでは、皆様小生の物語を一応は耐えてくださったようですね。マンゾーニ家に un gros manuscrit à la main《アン・グロ・マニュスクリ・ア・ラ・マン》《分厚い原稿を抱えて》乗りこみ、知らぬ顔でそれを皆に読んで聞かせるなんて、まったくいい気なものです。ただ、自分には Vouran minga coupam《ヴウラン・ミンガ・クウバム》《まさか殺されることもなかろう》（このミラノ弁、怪しいものです）と自分を慰めています……明朝、バーニに発ちます。宛先はクルマイユール経由アオスタです。」この手紙の終りに母親の侯爵夫人がこう書きたしている。「いとしいわが家の若者たちは昨日朝、クルマイユールに向け元気に出発いたしました。この旅でジュリエッタがすっかり健康を取り戻してくれるよう、祈っております。昨日も心配しながらでかけました。このうえなく可愛く、日が経つにつれて、マッシモの幸福を作ってくれるのは彼女だとの確信がかたまります。」

夏が終って、小説はモローネ街の客間でダゼリオ自身が読んで聞かせた。それに耳を傾けたのはエンリケッタとジュリア、そしてグロッシとマンゾーニだった。朗読がすんだとき、マンゾーニが言った。「文筆家という職業はおかしなものだ。志をたてれば、次の日はもう作家だ。マッシモを見給え。ある日、なんとなく小説を書きたくなって書く、書いてみればそう悪くもないものが書ける。」マンゾーニはまた、ところどころ、特に終り部分に文体が疎かな箇所があるのを指摘した。よく読んで添削してあげようとまで言った。ダゼリオは「どうぞ、お考えのままに」と頼む。（『エットレ・フィエラモスカ』

と題されたこの小説は、二年後に上梓された。マンゾーニが校訂して、例のサン・ピエトロ・アル・オルト街のフェッラリオ出版社で刷られたが、大好評であった。）

八月に、エンリケッタがいとこのカルロッタ・デ・ブラスコに手紙を書いた。何年もの沈黙のあとだった。そのいとこはフォンターナ氏という人と結婚して、サヴォーナに住んでいた。

「一瞬といえどもあなたを忘れたこともなく、無関心だったこともありません。健康の状態がずっとひどくて、眼がわるくなって、何年間も一字も読み書きできなかったことも、どこからかお聞きになったとおもいます。眼はその後すこしはよくなりましたが、いまでも長時間使うことはできません。書くにしても、習慣だからできますが、すぐ疲れてしまいます……お目にかからなくなってから、ほんとうにいろいろなことがありました。親愛なるカルロッタ、百年も経ったような気がするくらいです。

うちがどんな大家族になってしまったか、お知らせしましょう。子供がなんと八人、お産したのは十二回、でも神様が生かしてくださった子たちは、丈夫で、みんなありがたいことに、性格もあたまもよくて、その意味では恵まれています。お知らせしたとおり、長女のジュリエッタは去る五月にマッシモ・タパレッリ・ダゼリオ侯爵と結婚いたしました。マッシモはよくできた青年で、ジュリエッタは天にものぼるほどの幸福な毎日をすごしています。ジュリエッタのつぎが長男のピエトロで、もう父親より頭の分だけ背がたかくなってしまいました。十八歳です。つぎがクリスティーナで十六歳、ソフィアが十四歳、エンリコ十二歳、ヴィットリーナが九歳、フィリッポが五歳半で、さいごがおちびのマティルデで十三か月になったばかりです。かわいい子で、初めての子のようにおもしろいです。」

エンリケッタは八月にはコスタンツァ・アルコナーティに便りをしている。コスタンツァは両親を訪ねてコモ湖畔ベッラージョ在の別邸に帰っていたのだが、マンゾーニ家を訪問するひまもないままに、ベルギーに戻ってしまったのだった。妹のマリエッタはイタリアの両親のもとに残った。「あなたにはお気の毒だけど、ミラノで〔マリエッタに〕お目にかかるのを楽しみにしています。ジュリエッタも大喜びでしょう。今日も大切なわたくしの子供たち〔ジュリエッタとマッシモ〕から便りがありました。ふたりは幸福そのもので、わたくしたちにもほんとうに優しくしてくれます……フォリエル氏からはまったくお便りありませんけれど、たかい地位に着かれたと新聞で読みました。〔フォリエルはソルボンヌ大学の外国文学教授になったのだった。〕どうしておいでか、その後のご消息をお教えください。いつまでもかわらぬ、誠実な友情と共に、わたくしどもの消息もお伝えねがえればと存じます。」

八月、当時九歳のヴィットリアは、ローディでイギリス人の女性が経営していたマドンナ・デッレ・グラツィエ寄宿学校に入れられた。この子を教育するには、母親はあまりにも疲れていたうえに健康もあまり優れなかったからである。ローディにはずっと以前、お祖母さんのジュリアがまだ若い頃、パリで彼女の肖像画を描いた、コズウェイ夫人がいた。彼女は大分まえからローディに住んでいて、〈イギリス女子学院〉を創立したのだった。ヴィットリアはこの人にあずけられ、学校の様子を時折書いてよこした。

エンリケッタからヴィットリアへの手紙。八月三十一日。

「あなたがうちを出てから、お母さまは何度、ヴィットリアはどこに行ったのかしらと、きょろきょろあたりを見まわしたでしょう。何度あなたの声を聞いたような気がしたでしょう……母親なら誰でもそうでしょうけれど、心配でいてもたってもいられなくなると、ついあなたを探してしまう、そんなとき、お母さまの心がこう言います。『安全なところに、安心できる人たちといっしょにいるから大丈夫』と。すると、あなたがいない淋しさが少しはおさまります。あなたがそちらにいるほうが、きっとあなたにとって良いと、お母さまはかたく信じています。いっしょにいたら、わたくしはからだも弱いし、大家族をかかえてのおつとめも多いし、責任をもって母親らしく、心をこめてあなたの面倒をみてあげられなかったのですもの。

クリスティーナとソフィアも心ではいつもあなたのことを考えていて、よくこんなことを言っています。『いまごろ、ヴィットリーナはきっと朝のお食事の時間ね。いまごろはお昼をいただいてるかしら……お遊びをしてるかしら……』二人はこんなことを言っていることもあります。『ヴィットリーナ、いまごろなにしてるかしらね。』するとお母さまはこう言います。『きっとおりこうにして、学校生活をたのしんでいますよ……』って。そうわたくしにお約束してくれたのですものね。

ピエトロ兄さまも、小さい妹たちも、エンリコもフィリッポも、心からあなたによろしくと言っています。たったいまフィリッポがこう言ってました。〔原文ミラノ弁〕『ざんねんだな、ヴィットリーナが行ってしまって。つまんないなあ。ぼく、ほんとにこまるよ。お母さま、おねがいだからどうぞ、どうぞよろしくって。』赤ちゃんのマティルデは日ましに可愛くなります。ちいさなキッスをマティルデからあなたに。わたくしにしてくれたキッスですけれど。ジュリエッタお姉さまとマッシモお義兄《にい》さまは昨日あなたに会いにいく予定だったのですが、都合がわるくなってやめたようです……お父さまもおばあさまもあなたをやさしく腕にだきしめますって。たいせつなヴィットリーナがいなくなって悲しんでいるあなたのばあやからもよろしく。」

祖母のジュリアからヴィットリアへ。

「大切な、大切なヴィットリーナ。お手紙をどれほどよろこんで読んだことでしょう。ありがとうヴィットリーナ。年寄りのわたくしをまで、こんなに喜ばせてくれてほんとうにありがとう。あなたを遠くに行かせて、わたくしたちがさびしい思いをしたことも、主は祝福してくださったのでしょう。すべての慰めとなり、すべてをとうとくする、聖なるみ教えにもとづいた、徳と学問の場にあなたを置いてくださったようです。ああ、いとしいヴィットリーナ。マダム・コズウェイはわたくしの大切なお友だちです。あなたは学校でコズウェイさんにお会いしてすぐに、ふしぎなほど自然にあの方を好きになったのですってね。いまもお慕いしているでしょうね。おっしゃることを、よくまもっているでしょうね。好きなひとのいうことは聞きやすいものです……

わたくしのおいたなヴィットリーナ、わたくしがよく機嫌のわるいことがあったのを覚えていますか。いまでもしょっちゅうで、もうすこし忍耐深くなったほうが、お祈りするより大切だとおもいます。わたくしたちのお手本であるイエスさまは、ほんとうに忍耐深くておいでだったのですものね。とくに小さい子供たちにたいしては……

小さいヴィットリーナ、そのうち、みなで会いに行くのをたのしみにしています。でもブルスリオにいると、つぎからつぎへ面倒なことがおこって、なかなか出かけられないのは、あなたもよくわかっているでしょう。ジュリエッタがマッシモお義兄《にい》さまとこちらに来ていますが、今日はマッシモの絵の展覧会にミラノに二人で行きました。展覧会は大へんな評判です。わたくしがどんなに喜んでいるかを、あなたはわかってくれますね。おばあさまは年寄りですから、マッシモのことを少しくらい自慢しても神様はゆるしてくださるでしょう……

お父さま、ママン、兄弟たち、あなたのばあや、みんながあなたをしっかりと抱きしめます。フィリッポが（このかわいい、おもしろいぼうやは、ほんとうにあなたが好きです）たくさんキッスを送ります。」

エンリケッタよりヴィットリアへ。一八三一年秋から翌一八三二年の春にかけて。

「日曜日はマッシモのお祝い日だったので、あなたのお姉さまたちはそれぞれ大きな花束をプレゼントしました。お母さまはあなたの名前でひとつ届けさせておきましたよ。あなただけが抜けてはいけないと思って……」

「昨日、お父さまがなにかあわてた様子で外から帰られました。ヴィットリーナそっくりの女の子に会われて、思わずその子に抱きついておしまいになったのですって……」

「一昨日はあなたのお父さまとお母さまの結婚記念日でした。ジュリエッタとマッシモがお祝いしてくれると言って、みなで二人の家に昼食に招ばれました。ヴィットリーナ、あなたがいなくて、ほんとうにさびしかったですよ。」

「今日はお父さまのお誕生日です。ダゼリオ家で祝ってくれるというので、みなで行きます。でもヴィットリーナがいないので、お母さまの心の片隅にはぽっかり穴があいたみたいです。でもフィリッポもマティルデもお留守番で、ばあやと一緒にお昼をいただきます。フィリッポは自分が〈この家の旦那〉になるのだと言って、大いばりです。」

春になってエンリケッタはローディのヴィットリアに会いに行った。そのあと、こう書いている。

「いとしいヴィットリーナ。昨日あなたに会えて、まだうれしくてたまりません。お母さまが帰って来たとたんに、家族のひとりひとりがわたくしのところにやってきて、あなたがどうしていたか、あなたが満足しているか、学校に慣れたか、質問攻めにあいました。わかるでしょう。とくにお父さまはつぎつぎに訊ねておいでした……おりこうなヴィットリーナ、あなたの教育のためを思って、あなたを遠くにやりましたが、みんないつもあなたのことを考えているのを忘れないで。」

さらに五月、エンリケッタよりヴィットリアへ。

「あなたの心はほんとうに愛に満ちていて、よい子です。あなたは利口な子だし、ものごとをきっちりするたちだし、心を神さまに向けようと一生懸命努力していることは、お母さまよくわかっています。この点についてはなんの心配もないのですけれど、勉強の義務をちゃんと果たしているかどうかについては、すこし心配しています。あなたの年齢なら当然のことなのでしょうけれども、もうすこし努力すれば自分にうちかって、勉強に熱を入れ、無駄にした時間をとりもどすことが、きっとできますよ。

いとしいヴィットリーナ、自分が注意されるような隙をだれにも与えないよう、いつも気をつけて。お母さまはあなたがいやな目にあうかも知れないと思うと、心配で仕方ありません。遠く離れたところにいる子供が流す涙の一滴が、母親にとってどれほど重いものか、きっとあなたにはまだわからないでしょう……」

五月の末にマティルデが重い病気にかかった。一時は絶望視されたが、幸い快方に向かった。エンリケッタよりヴィットリアへ。

「ほんとうを言うと小さなマティルデが病気でたいへん悪かったのですが、神さまがわたくしたちのお祈りを聞き入れてくださり、お薬が効き目をあらわすようにしてくださいました。マティルデはたすかりました。

マティルデの病気はおもい肺炎でした。二度も蛭《ひる》療法をくりかえし、瀉血をしなければなりませんでした。いまは呼吸も規則正しくなって、眠っています。お薬もスープもおとなしく飲みます。とても弱っていて、ずっとベッドに寝たきりで、自分ではまだ動けません。けっしてまわりで音をたてないように注意していますが、ときどき目を開けて、わたくしたちのいるのが判ると、ちょっと笑い、かぼそい声で名を呼びます。わたくしに顔を寄せてほしいというので、そうしてやると、小さなキッスをいちめんにしてくれます。家族がどんなにほっとしているか、きっとあなたはわかるでしょう。怖れと不安の日々のあと……」

夏、エンリケッタからヴィットリアへ。ブルスリオ発。

「マティルデは花のように元気になってきました。ほっぺたももとのように色づいてきましたし、あしも丈夫になってきて、あちこちひとりで歩けるようになりました。」

医師たちはエンリケッタに、彼女自身のためにもマティルデにも、海がからだによいだろうと薦めた。それで家族の何人かはジェノワに行った。一行は途中パヴィアに立ち寄って、トージ司教と昼食を共にした。ジェノワ発。エンリケッタよりヴィットリアへ。「わたくしたちは夜通し旅をしました。朝六時にロンコですこし休みました。ほこりを払い、コーヒーを飲むために。そして十一時半に、暑さとほこりで息がつまりそうになりながら、ジェノワに着きました。この前はあなたもいっしょだった、あの宿にとまっています。おぼえていますか。」

エンリケッタよりヴィットリアへ。ジェノワからの帰途、アゼリオの城より。八月。

「十八日にアゼリオに着きました。お城ではわたくしたちが夜にならないと着かないと思っておいでだったのに、旅行が順調にいったので、午前十一時に着いてしまいました。おたがいにどんなに喜びあったか、ご想像にまかせます。一同、この美しい場所にうっとりしています。お城はたいへん古く、低い山なみを見晴らすすばらしい位置にあって、小さな湖が見えます。ゆっくりとした静かな毎日をここですごしています。神さまがジュリエッタにお与えくださったしあわせをただ感謝しています。マッシモはここの人たちみなから村の領主として尊敬され愛されています……あと何日かでブルスゥに帰るといとしい子供たちみなに囲まれると思うと、お母さまの心臓はどきどきします。子供たちこそわたくしの富でありしあわせなのです。」

エンリケッタたちのダゼリオ家訪問を祖母のジュリアは楽しそうに叔父ジュリオ・ベッカリアの妻に書きおくっている。

「わたくしたちは早朝、アゼリオに向けて出発し、正午ちかくに着きました。どんなに心のこもった、はでな歓迎をうけたか、言葉には言いつくせぬくらいです。ジュリエッタは少しやせてはいますが、おなかはちょっと大きくなっていて（現在、四か月です）、元気で食欲もあり、顔色も上々。マッシモはいつもと変らぬ大元気。お義母《かあ》さま〔クリスティーナ侯爵夫人〕はまえより若返られたようで、おさかなみたいに動作がすばやく、明るくて満足げで、散歩をしたり、ボッチェに興じたり、夜は夜でお気に入りのトンボラのゲームをなさいます。夜は優雅な奥様がたが見えるのです。もっといろいろくわしく書きたいのですが、あまりたくさんあって、とても書ききれません。」

ブルスリオにて、九月、エンリケッタよりヴィットリアへ。

「マッシモの絵は大受けに受けています。ミラノの博覧会に大作を四点と小品をたくさん出しました。このような新しい様式の絵がどれほど理解されるのか、多才にかけては稀有なほどのマッシモが、どれくらい本気で評価されるか、わたくしたちは期待して見守っています……こんなことを本当に理解するには、あなたはまだ小さすぎますが、あなたのお義兄《にい》さまはほんとうにわたくしたちの慰めです。あなたもわたくしたちといっしょに、神さまがジュリエッタにお与えくださった幸福を感謝してください……」

ヴィットリアは十月いっぱいをブルスリオで過し、寄宿学校へもどった。エンリケッタよりヴィットリアへ。

「あなたを学校に連れ戻す馬車が門を出て行って、やがて見えなくなるまで、お母さまはずっとみていました……お母さまの心はいつもあなたといっしょにいます。何日かたってから、エンリコと教会に行き、あの日わたくしの心をしめつけた悲しみをすっかり神さまにお捧げいたしました……

みんなあなたが好きで、あなたをしっかり抱擁します。おでぶちゃんのフィリッポはあなたがいないのをとても淋しがっていて、キッスを千回おくるそうです。マティルデがよくヴィットディア、ヴィットディアとあなたを呼んでいます。」

エンリケッタよりヴィットリアへ。

「ヴィットリーナ、おともだちにはいつも好かれる子であるように、思いやりの心をわすれないように、親切にするのですよ……人に愛されるのは、ほんとうにすてきなことです。」

エンリケッタよりヴィットリアへ。十二月十六日。

「あなたのお祝い日をあなたはお母さまに祝ってくれましたね。お手紙がちょうどその日に着いたのですよ……日曜日の夕方だったのですが、ほんとうに嬉しかった。あなたが生れてこのかた、聖女ヴィットリアの祝日にあなたをお母さまの腕にしっかり抱いてあげなかったのは、今年がはじめてでした……聖なるクリスマスの祝日も無事過せるよう祈ります……わたくしたちは家族だけで、静かに過します。ジュリエッタとマッシモはうちに来て晩餐をいっしょにいただき、夜をいっしょに過すことになっています。

そのほか、いつものお友だちがたずねて来られると、みなさんあなたのことを聞いてくださいます……」

エンリケッタよりヴィットリアへ。元旦。「元日のクレシェンツァ〔パネットーネに似たケーキ〕はぜひ、うちのヴィットリーナにも送らなければ。ジャン〔召使〕がそっくり同じのをわたくしたちのために作ってくれましたから、たとえ小さくともヴィットリーナがうちの人たちみんなと同じ楽しみを味わってほしいのです。……いとしいヴィットリーナ、心のこもったお祝いの言葉を、あなたの家族ひとりひとりから受けてください。あたらしい年の初めの日があなたにとって幸福な、聖なる、明るい希望に満ちたものであるように……」

同じ一八三三年の一月十日、ジュリエッタに女の子が生れた。エンリケッタからヴィットリアに。

「あなたが叔母さまになったことを急いで知らせます。お姉さまに昨夜、三時から四時のあいだに、かわいい女の赤ちゃんが生れました。でも神さまはわたくしたちをすっかり喜ばせてはくださいません。赤ちゃんはすこし早く生れすぎたので、育たないのではないかとわたくしたちは心配しています。ずっと泣きつづけで、びっくりするほど小さいのです。寝室のとなりの客間でこれを書いていて、赤ちゃんはこちらの部屋にいるのですが、苦しそうに泣きつづけで、こちらが悲しくなります。あなたのばあやがひざに抱いていて、お砂糖水をすこしずつ飲ませようとしています。わたくしたちの看護が功を奏して、この子をこの世にふみとどませることができるかもしれない、と希望が湧くときもあるのですけれど、結局は〈神さまのみ旨のままになりますよう〉と言うしかありません。あなたが叔母さんになるのを楽しみにしていたと同じくらい、わたくしもお祖母さまになるのが待ちどおしかったのですけれど。まあ、まだあきらめるのは早すぎます。そうでしょう？　ヴィットリーナ。」

エンリケッタよりヴィットリアへ。十日後。

「かわいそうにこの赤ちゃんはとても育ちそうにありません。神さまがわたくしたちにお望みになることを、あなたも小さいながらお受けできるように、覚悟してほしいので、ほんとうのことを隠さないことにしました。いとしいヴィットリーナ、お祈りしましょうね。」

マッシモ・ダゼリオに母のクリスティーナ侯爵夫人より、同じ頃。

「赤ちゃんについては、わたくしもあなたと同じ考えです。もし神さまがお召しになりたいなら、そのほうがその子のためでしょう。いまの状態ではとても丈夫な体質は望めないでしょうし、それは親にとっては大変な負担になります……かわいそうなマッシモ、よく急いで便りをくれました。欲をいえば、ジュリエッタがお乳をあげているのか、赤ちゃんに乳母をつけてあるのか教えてください。乳母のほうが、このような場合にはよいと思います。あなたも地震を感じたとのこと、それで気が転倒してジュリエッタのお産が早くなったのではないかと怖れていましたが、あなたの手紙でわたくしが勘違いをしていたことがわかりました。」

数日後、ふたたび彼女から息子に。

「いとしいマッシモ、言わせてもらえば（叱るわけではないけれど）あなたはまだお産のあとの消息を伝えるのが上手ではありませんね。わたくしの一番知りたいことが書いてない。いいですか。ジュリエッタがお乳をあげているのですか、赤ちゃんに吸う力がないのですか。滋養を受けつけていますか。もしそうなら、希望は大いにあります。さもなくば神さまに召されるでしょう……いずれにせよ、この孫娘には天国でしか会えないというなら、それも仕方ないでしょう。この子も、天国では泣かずにすむのですから。」

この女児についての予測はまったく暗鬱なものだった。アレッサンドラと名づけられたが、誰もがもう死ぬものと諦めていた。しかし、予測は全部はずれた。アレッサンドラ、あるいはアレッサンドリーナと名付けられ、のちに皆がリーナと呼ぶことになるこの子は、助かった。授乳はジュリエッタがした。

エンリケッタからヴィットリアへ。赤ん坊が生後二十日目の手紙である。

「あなたの姪についてよい報らせがあります。神さまはどうもわたくしたちのところにこの子を残しておいてくださりそうです。お母さんのジュリエッタのお乳しか飲んでいないのですが、毎日少しずつ、しっかりしてきました。」

エンリケッタは度々ローディまでヴィットリアに会いには行けなかったので、彼女にはよく手紙を書いた。

「あなたがお母さまに会いたいという気持は、お母さまがあなたのところに行ってあなたを抱きしめたいという気持とおなじくらい強いのですよ。でも、ヴィットリーナ、いつも言うことだけれど、遠く離れているからといって、あなたへのお母さまの愛が弱まることなどけっしてありません。ローディまではほんとうの距離は短いのだけれど、いろいろな事情で遠くなってしまうのです。その事情のひとつは、お母さまのからだが弱いことで、そのためお母さま自身いろいろ我慢しなければなりません……いずれにしても辛抱が肝心です。」

ふたたび、同年の冬。

「あなたが欲しがっていたクリスマスの贈物をソフィアが送ります。マティルデがわたくしのそばにいて、大きな紙にいっしょうけんめい鉛筆で何か書いています。ナチュカチイ、ヴィットディアだそうです。わたくしにはもう書かせてくれません。鉛筆がすべって落っこちたり、やっと椅子にすわったと思ったら、またオンリといったり、紙を変えてだのなんだの……ロージノオネエタマニ、チョトダケ、と言ってききません。

小さなリーナはとてもひよわいけれど、三か月になれば、からだもしっかりしてくるということです。ほんとうにそうだといいけれど。かわいそうにジュリエッタはこの子の世話にかかりきりです。」

ふたたびエンリケッタより。

「春も間近く、寒さもしのぎよくなりました。ローディも霧のある冬よりはミラノに近くなったような気がします。そちらに行ってあなたを抱きしめる日も近いでしょう。

家ではみな元気。みんなから、とくにお父さまからたくさんよろしくとのことです。夕食後、客間の暖炉のまわりに集まると、きっと誰かが『ああヴィットリーナがいなくて残念』と言います。あなたを淋しがらせるために言ってるのではありません。あなたへのみんなのやさしい気持が全然変らないことを、お伝えしたいからです。」

ふたたび、四月に。

「あなたの姉妹たちはずっとお手紙を待ちわびていたので、郵便配達夫の手から誰がいちばんさきにそれをもぎとろうとして、いっせいに階段をとびおりて行きました。エンリコがあなたにお礼を言っています。初聖体をいただきました。

サン・フェデーレ教会の初聖体の儀式は、どこよりも荘厳だし、宗教的な深さがあります。エンリコのお式に参列することができて、この思い出は一生わたくしへの教訓として残るでしょう。その日の前夜、思いがけなくうれしいことがありました。教区長さまがおいでになって、コンサートをするから大急ぎで部屋を準備するようにとおっしゃいました。七時にもう一度おいでになったときには、マエストロ・ネーリと十二人の少年を連れていらっしゃいました。次の朝お式のときに歌う予定の、お父さまが作詞をなさった初聖体のための讃歌に、マエストロ・ネーリがすばらしい曲をつけてくださったので、それをお父さまにお聞かせしたいとのことだったのです。みな喜んで耳を傾けました。ただ、その日の朝にあなたが発ってしまっていたのが残念でした。」

〈信じ奉り、愛のうちに
汝が聖なる玉座に近づき
われは御前にぬかづく
わが審判者よ、わが王よ！

言いしれぬ歓喜もて
汝が御前にひれふす！
われは灰なり、罪びとなり、
されど顧み給え、哀願し、
汝の宥しを乞う者を、
偉大なる神よ、顧み給え、
汝を拝み、感謝する者を！〉

エンリコの初聖体の儀式のためにマンゾーニが書いた『初聖体のための歌』である。十二人の少年がこれを歌った。〈教区長さま〉とはジュリオ・ラッティ神父で、サン・バビラ教会の前参事、現在サン・フェデーレ教会の教区長だった。

ブルスリオ発。エンリケッタよりヴィットリアへ。六月。

「マティルデはブルスゥに来て大喜びです。日中はお守りの女の子が来てくれています。ばあやは男の子たちのためにしょっちゅうミラノに行かなければならないので。おちびさんのマティルデはとてもおとなしくて、ものわかりがいいし、生活環境がめまぐるしく変るのにちゃんとついてきてくれます……人々を喜ばせるだけで、迷惑になることは決してしません。オオキイ、キッスをあなたに送るそうです。」

エンリケッタからヴィットリアへ。ジェッサーテの叔父、ジュリオ・ベッカリアの別荘にて。六月下旬。

「……ではまた、いとしいヴィットリーナ。元気でいっしょうけんめいに、辛抱強く、あなたにあたえられた義務をはたすのですよ。クリスティーナとソフィアがあなたを抱擁し、千のやさしい言葉をおくります。お父さまとお祖母さまもしっかりあなたを抱きしめるとおっしゃってます。ベッカリア家の方たちも皆さん、あなたが好きで、よろしくとのことです。いまさらお母さまはあなたを愛してるなんて言わなくても、わかっているでしょう……」

エンリケッタからヴィットリアへの手紙としてはこれが最後のもので、これ以外には見つかっていない。当然、この後も文通は続いたに違いないのだが、これ以後のものは紛失したらしい。

マンゾーニ家の人々は、かなりの年齢で結婚した。妻は名をアントニエッタ・クリオーニ・ディ・チヴァーティといったが、家族のなかでは〈ちいをばさま〉で通っていた。叔父、叔母ともに、マンゾーニ家の人々はたいへん慕っていた。

ジェッサーテから帰ってまもなく、エンリケッタはブルスリオでいとこのジャコモに会った。彼は叔父のジュリオ・ベッカリアにこう書いている。「エンリケッタはひどくやつれて見えました。しかし医者は治癒の希望をまだ棄てていないそうです。」

八月、ブルスリオにジュリエッタとマッシモ夫妻が行った。ジュリエッタの姑、クリスティーナ侯爵夫人も短い期間、ブルスリオに滞在した。エンリケッタは病が篤く、床を離れることができなかった。マンゾーニがヴィットリアに書いている。

「ソフィアに聞いたと思うが、お母さまは初め二度瀉血をなさった。炎症をしずめるために（決してたちのわるい炎症ではなかったのだが）そのあともう二度血をとらねばならなかった。現在、状態は非常によい方に向っていて我々はほっとしている。安心しなさい。」

消息を訊ねてきたカッタネオにもマンゾーニはこう書いている。カッタネオはコモ湖にちかいカンツォで夏を過していた。

「エンリケッタの消息を君に少しも知らせてなかったと言って彼女に叱られた。君が彼女のことを好きなのを彼女はちゃんと知っているんだよ！　しかし僕はわざと知らせなかった。よくなったり、悪くなったりするが、僕は結局はよくなるだろうと考えているから、あまり明るいニュースでもないのに、人に心配をかけるのがいやだった。それでわざと黙っていた。現在は、快方に向っている。もう熱はまったくない。咳も止んだとまでは行かずとも、日々よくなっている。もうすこしで、あとはどうすれば力が早くつくかだけを考えればよくなるだろう。」

数週間後、ふたたびカッタネオに。

「僕のエンリケッタは（君には僕たちのエンリケッタと言ってもいいが）快方に向い続けている。非常に緩慢だが、よくなっていることは確かだ。

天気がよくなるよう、君のために毎日祈っている。と言うのもうちの〈丘〉から見ると、カンツォの二本の〈角《つの》〉はいつもきっちり雲に包まれているからだ。」

結論として、病人をブルスリオからミラノに運んだほうがよいということになった。九月、九回の瀉血のあと、エンリケッタはいったん回復期に入ったようだったのが、また熱がぶり返した。呼吸が困難で、咳や発作にみまわれた。いとこのジャコモがジュリオ・ベッカリア叔父にほとんど毎日、容態を伝える手紙を書いている。「昨日、エンリケッタは少々発熱、教会の祝日の前日にあたっていたので、信心の祈りを唱え、聖体を拝受したいと言い、家族一同それを聞いて悲しい気持になりました。しかし今日はすこし落着き、アレッサンドロもジュリアも子供たちもほっとしています。塩化バリウムの服用により、医師たちの期待通り少しずつ回復して行けば、全快の希望も持てるということです。」「塩化バリウムはすばらしい。病人も今のところ大量の服用に耐えています。服用量三十二グラム。」「この病気は間欠的な経過を辿るようです。日によって、落着くかと思うと、また悪くなったり。カサノーヴァ博士はエンリケッタを診るために近くにいた方が便利とのことでミラノに来られ、マンゾーニ家に滞在しておいでだったのですが、博士自身病に倒れられました。病人にとっては二重の事故となり、家族にとっても負担が増えてしまいました……医師たちはあまり希望はもてぬと言っています。」

夏になるまえ、エンリケッタはヴィットリア、あるいはいとこのカルロッタ、またはコスタンツァ・アルコナーティへの手紙の中で、たびたびジュリエッタがいかにしあわせかを強調している。自分に言い聞かせるためだったのかもしれない。その夏、病床にあって、彼女は娘の不幸を察知していたのではないか。

子供の誕生後、マッシモとジュリエッタはドゥリーニ街の邸からマリーノ街のアパルトマンに移った。この建物は昔イムボナーティ邸だったのを、ブロンデル家が買ったものだった。エンリコ・ブロンデルはこの同じ建物のアパルトマンの一つで死んだ。そこには現在、未亡人のルイーズ・モォマリイ、すなわちマンゾーニ家の人々が〈ルイーズをばさま〉と呼んでいた女性が住んでいた。まだ若くて、髪の黒い、スタイルのよい美しい人だった。ジュリエッタは彼女に嫉妬した。ふたりの夫婦関係はすっかり冷めていた。最初からすっきりせず、気の休まるひまのまったくなかった彼ら夫婦間のきらめくような幸福は、家族の言葉と、エンリケッタの手紙の中にしか存在しなかったのである。夫は彼女を冷たいと感じていたらしい。彼女は夫を軽佻浮薄だとなじった。そのうえに嫉妬が加わって、新居に移ったふたりの仲はますますこじれた。

十月にジュリエッタは姑のクリスティーナ侯爵夫人から手紙を受けとった。最初の儀礼的な微笑の期間が過ぎてまもなく、ジュリエッタと姑の仲は最悪の状態になった。母親の病気ですでにあれこれと不安にさいなまれていたジュリエッタは、姑の手紙を読んで心をつかれたに違いない。どう見ても、それは法外に冷酷な手紙だった。ジュリエッタがこれに返事を書いたかどうかはわからない。

「親愛なるジュリア」、姑の手紙はこう始まっている。「この手紙はすぐにお手もとにつかないとは思いますが、かまいません。わたくしの目的さえ達することができればよいのですから。

あなたがマッシモと結ばれる前にわたくしにくださった最初のお手紙で、あなたはマッシモといっしょになれてうれしい、あの人をぜひ幸福にしたいなど、いろいろと美しいことばをならべておいででした。わたくしにとって、世界でもっとも大切なのがマッシモだと知って、あなたはわたくしをよろこばせようとなさったのですね。そして、いつまでも母としてわたくしに仕えると言い、たえず助言をいただきたいなど、わたくしをうれしがらせるようなことをあれこれと書いてくださったものです。わたくしは、あなたのご親切に値せぬものであることくらい、よく存じています。トリノに来る前も、あなたは同じことを繰返し、自分の冷たい態度を気にしないでほしいなどと言ってましたね。まあ大事なことでもないから、このことはこれくらいにします。

わが娘、ジュリア。これまでに書いたことにもう少しこだわっても、気にしないでください。過去にも、現在も、あなたがマッシモを愛し、あの子を尊敬しておいでなことに、わたくしはなんの異論もありません。わが子とはいえ、あの子がどれほど友人たちにも愛され、あなたのお父上からも、ご家族からも、あの人を近くで識ったすべての人から愛されるのを、あなたもわたくし同様、よくご存じのはずです。あなたはマッシモを愛しておいでです。たいへんに愛しておいでです。でもあの人をしあわせになさっているかどうか。三十一年に初めてあなたがアゼリオにおいでだったとき、わたくしは見ていて、疑問に思いましたが、黙っていました。二年目の夏、わたくしの疑いは強くなりましたが、それでもまだ黙っていることにしました。でも今年、ミラノに行って、それからチェルノビオの三か月（八月の数日は除いて）、さらにブルスリオで、わたくしはほんとうにつらい思いをしました。マッシモはけっして幸福でないとわかって……わたくしが到着後すぐにひどくつらい思いをし、マッシモを一人で置いて行くに忍びなくなったのです。さもなくば、当然わたくしはすぐにこちらに帰っていたでしょう。息子をはげましてやりたいという気持が、あなたにゆっくりと飲まされたあの苦い杯を乾す気にさせたのです。残念ですが、これは真実です。あなたにはなにも申しませんでした。というのも当時あなたは健康を害しておいでだったので、黙っていることにしたのです。あなたを苦しめるよりは、愛するわが子につらい目をさせるほうを、わたくしは選びました。それ以来、わたくしは、自分はいつも正しいと信じておいでのあなたと、なんの益にもならぬ不愉快な議論を避けるためにも、いつか心のたけを書面でお伝えしようと思い続けてまいりました。

道義に叶った、いいえ、神さまの秩序に叶った愛にはいろいろな種類があります。妻の愛は母親の、あるいは兄弟の愛とは異なっています。でもどのような愛情も、多かれ少なかれ犠牲を要求するものです。夫婦の愛が堅固不動であるためには、相互の尊敬(これはあなたたちの間にもあるでしょう)のうえに築かれねばならず、そのためには絶えず、自分の意志、自分の性格を犠牲にせねばなりません。それで初めてあの美しい調和、しっかりした真の愛がうまれるのです。このような愛こそが生涯の慰めとなり、いつまでも続く愛なのです。

接吻や媚びその他だけに終ってしまうような愛情は、おっぱいをこばまれると、きげんをそこねてむずかる赤ん坊のそれです。これは純粋なエゴイスム以外のなにものでもありません。それも赤ん坊ならまだしも、理性のあるおとなには許されぬことです。もちろんマッシモにも欠点はあります。欠点のない人などあるでしょうか。小羊のように素直で、忍耐深いとは申しましたが、それが獅子のようになったとすれば、誰がそうしたかです。神さまではなく、人間なのです。しかもあなたの側から、理性だけで接しようとすれば、だれよりも惨めになることは確実でしょう。コップに注いだ水が一滴だけ多すぎたために溢れたとしたら、わるいのは誰でしょう。

誰でも人は生れつき善と悪の素質、やさしさときつさを両方そなえています。正しい意味での教育とは、このような欠点を矯め、理性が育つにつれて、ものごとの判断がつくよう仕向けるものです。……あなたが神さまからいただいた内省的な素質をしっかりと伸ばしていたら、マッシモがあなたと出合ったときには、もう成るべき人に成っていたはずです。あなたの高慢な心、自分の欲するままに他を従えようとし、それに失敗すると不機嫌になるという、あなたのエゴイスムを自ら切り裂いていたはずです。好みももっと素直でしっかりし、あなたを喜ばせるためには、成功するあてもないのを知りながら、身を賭して顧みないあなたのお連れを大いに満足させることができるでしょうに。あの子は、自分でも申しましたように、裕福ではありません。それでも、あなたを満足させるため、彼の〈真の〉愛情がどれほどあの子に努力させているか、考えてごらんになったことがおありかしら。四時間も五時間も太陽に身を曝し息を切らせ疲れきって帰ってきたあの子を、わたくしの目の前でお叱りだったのを、わたくしはちゃんと覚えています。そして（これはマンゾーニ家で聞いたのですが）あなたはダゼリオ家に来て、以前より暮し向きが悪くなったと言ったそうですね。ああ、神さま！　これを聞いたときの苦痛をわたくしは決して忘れないでしょう。

ジュリアさん、わたくしに向けられたあなたの〈攻撃〉に文句を言うつもりはありません。（どうせ、第一弾が発射されたあとは、わたくしは席を外しましたから。）だからと言って、目にいれても痛くないわたくしの大事な息子を傷つけたからといって、わたくしはまだ黙っていなければならないのでしょうか。わたくしはすべてあなたのためにしてきました。あなたのためにですよ。というのも、暮しに困らないマッシモのためだけなら、立派な贈物をするのを我慢したりは決してしなかったでしょうから。それなのに、あなたはわたくしに、こんな仕打ちで応えてくれました。もう一度言います。もし、マッシモが幸福だとわかっていれば、あなたに頰をぶたれても我慢したでしょう。親愛なるジュリアさん、何度わたくしはあなたを宥したでしょう。何度、あなたを優しく抱擁したでしょう。でもその度にあの考えが頭をもたげるのです。このひとはわたくしのマッシモに塗炭の苦しみを嘗《な》めさせている、と。それでわたくしの心も苦さと悲しみに溢れるのです。

これについては、ほかにも言いたいことがありますけれど、何時間もあなたに迷惑をおかけするのはやめましょう。次に、娘としての孝愛についてお話しましょう。お祖母さまやご両親にたいするあなたの態度ですが、もしそれが二十四歳になるあなたの娘の態度だったら、どうしますか。うれしいでしょうか。自分だけ一方的に可愛がられたお祖母さまこそ、すべての間違いのもとだとか、あなたはそんなふうにおっしゃるかもしれませんね。あの方があなたを駄目にしてしまわれたのは本当かもしれないけれど（あなたがいつもおっしゃるように）あなたがお祖母さまにその過ちを償わせなければならないのですか。お年をとられた今となっては、そのことを悔いていらっしゃるかもしれないのに。お祖母さまはすべてをお判りになっていて、後悔しておいでなのですよ。そして、お母さまについてはなんと言えばいいのでしょう。わたくしなら、自分の娘から、たとえばマッシモから、こんな扱いを受けるのはまっぴらですよ。わたくしの見るかぎりでは、あなたの看病のしかたは、まるでいやいやしているようでした。ご自分の部屋の近くにいらっしゃるお母さまのところに、何時間も伺いもしないで。ああ、神さま！　お母さまはすべてを御覧になっていて、おわかりになり、心ですべてを感じておいででした。これはわたくしがはっきりと申せます。お母さまの御病気のもとはあなただったのではないかしら。それなのにあなたときたら、四、五回お見舞いに伺っただけです。ご病人が話さないようにとのことだったのは、存じています。それでも、わたくしは、ただお顔を見るだけ、お加減がすこしでもよければおそばにいるだけでも、十回、十二回も伺いましたよ。わたくしのお母さまではないのですよ……クリスティーナがお母さまを人にお会わせしないように、とても気をつかっていたのはたしかです。でも、やさしい言葉ひとつで、すぐにお部屋に入れてくれましたよ。言いわけはたくさんです。あなたのは怠慢以外のなにものでもありません。その気になれば、できないことはないのです。よく頭にいれておきなさい。こういうことは、えてしてまたあるものです。同じことをご自分の子供たちにされぬよう、あなたのために祈ります。お父さまについてはなにも気のついたことはありません。当然、あまり優しくはしてなかったようですけれど、さいわいにもお父さまは気がついておいでにならなかったようです。

ここまで書いたことの理由はなにか。それについて、これから申しましょう。あなたは結婚前にはいくつかの良い習慣をもっていたとわたくしに話していましたが、それをほとんどやめてしまいましたね。あなたはまるでプロテスタントの信者かなんぞのように、週一回しか教会に行きませんね。アゼリオでもミラノでもチェルノビオでもそうでした。すべてのものは神さまからのいただきものです。私たちが徳を行うのに必要なお恵みを神さまが下さるのは、わたくしたちがお願いするからなのです。神さまのほうでは、わたくしたちの徳など必要とはしておいでになりません。もしあなたの夫が宗教に反対の人なら、わたくしは、〈ぜったいに守らねばならない戒律さえ守れたら、それで我慢なさい。そのことで悲しい思いをしないように〉というでしょう。でもあなたの場合はちがいます。どうして、たまには日曜、祝日以外のミサにあずからないのですか。ミサが無理なら、教会に寄って礼拝するくらいのことが、どうして出来ないのですか。どうして四、五か月もすべての御恵みの源である秘跡にあずからないで平気でいられるのですか。すくなくとも大事な祝日くらいには……自分の読書について、夜、家に来る友人たち（わたくしはその選択に絶対不賛成ですが）について、また、しばしばわたくしが耳にした辛辣な口のききかたについて、胸によく手を当てて考えてごらんなさい。自分の才能を伸ばすために用いられるべき時間を、あなたは浪費しています。自分の娘の教育のためにあなたが才能を伸ばすのに熱心なら、マッシモだってどれほど喜ぶでしょう。

あなたの家族にたいしては、わたくしはあなたがよい主婦だとずっと申してまいりました。決してそうではないのですけれど。出費をみましたが、多過ぎます。家具調度はあと二つ部屋があっても入り切らないでしょう。絨緞は少なくとも五、六百フランはしたでしょう。模様のない質素なもので充分だったのに。それから小さいテーブルの上の数かぎりない置物のたぐい。あなたのお金で買ったのでしょうけれど、どうして同じ使うならもうすこし堅実なもののためにとっておかないのでしょう。あなたが家計簿をみせてくださったとき、項目にお仕着せとありました。それと子供服五着で二十五リラとかフランとか。こんなものが家計簿についているとは夢にも思っていませんでした。布を買うのは仕方ないとしても、家で縫うものです。お金にはほかの用があります……あなたは縫いものが上手なのですから、機織り機にむかって、高価な、しかも健康に害のある仕事をするよりは、女としての仕事に精をおだしなさい。あなたの今年の収入を計算してみました。『カル……』の領地から六人分、『マス……』からは約四人分です。わたくしは、現物とお金とでほぼ三人分、それにわたくしの生活費四か月分そちらから来る分を入れて。それなのにあなたのところはどうなっているのですか。なにも貯蓄してないことはたしかでしょう。はっきりと言っておきますが、わたくしからは何も期待しないでください。それにわたくしは出費も予定しています。しっかりしてくださらなくては、ほんとうに困るのですよ。これがあなたの家計への忠告です。

最後に使用人について一言。乳母はすっかりだめになって、もう手のほどこしようがありません。一度ならず、品のよくない手まねをしているのをみたことがあります。チェルノビオでは赤ん坊を人にわたして、台所や舟着場に行っては船頭たちと無駄口を叩いていました。家のなかでも結構したい放題でしたし。わるいことはしないのでしょうが、あまりにも軽薄で、サンドリーナが四歳にもなれば、とてもまかせておけません。人についての噂話の多くはあの人の無駄口から出ています。それなのにあなたは本気で耳を貸し過ぎます。

ジュリアさん、わたくしが言おうと思っていたことのうち、大切な点はこれで全部です。どれも本当で、歯にきぬを着せずに言いましたが、あなたを傷つけるつもりは全くありません。真実はしばしば身に痛いものですが、ご自分についてを反省なさるのに役立つでしょう。あなたを心から愛し、あなたのためになるなら、そして、あなたとわたくしのマッシモのためになるなら、痛い手術も顧みない母の忠告をぜひお聞き入れなさい。

もしあなたの気分のすぐれないときにこの手紙が着いたら、読むのをしばらくお待ちなさい。さもなくば、良薬になるものが毒になってしまいます。苦労して書いたこの努力をかってください。あなたのお役にたつことができれば、神さまがわたくしの言葉を嘉《よみ》してくださるなら、これくらいなんでもありません。この手紙をいつまでも残しておいてください。こんなに長々と、しかも自分を苦しめながら書くことはもうないと思います。わたくしの寿命もあとそれほどないでしょう。ただ、あなたにこのような誠実と愛の証しをあげたことでほっとしています。」

説教、道徳的な見解、怨恨にみちた思い出、出費についての意地わるい意見、それが「うちの子を幸福にしてやれない」女性と共に息子が暮さねばならないことに対する抑えきれぬ怒りとともにここに読みとれる。しかし、クリスティーナ侯爵夫人の手紙は、はげしい怒りの色に染まっているとはいえ、当時のジュリエッタの姿をよく映しだしている。ちゃんと話を聞いてくれないいとこのジャコモや、決して返事をくれなかったフォリエルに、やさしい手紙を書きつづけていた、あのメランコリックな少女はもうここにはいない。グリジョーニの山で妹や弟、母親、家を思いだして溜息をついていたジュリエッタはどこかに行ってしまった。メランコリーは姿を消して、絶望が見える。〈ルイーズをばさま〉のことで彼女の嫉妬をあおる乳母のおしゃべりに、彼女は耳をかたむける。家具や調度品を手あたり次第買いあさる彼女。うわさによると、侯爵夫人と自分を呼ぶように（ほんとうの侯爵夫人は姑ひとりなのに）命じる彼女。夫の親族を軽蔑し（自分の家族への手紙で、夫のいとこたちを「ばかないとこたち」などの文字がみえる。その字はきたなく、読解不可能な箇所があちこちにある）、自分の実家より何段も下の階級になりさがったことを恥じるような口調である。それにしても、少女時代の夢に、仮にも似たといえるものが、彼女のまわりにはなにひとつなかったのである。看病のために他の人たちと母親の病室に詰めるどころか、彼女はそこから逃げて行く。逃げるのは、病人が今度の冬は越せないとわかっているからだ。目前の別離に耐えるには、彼女自身のふしあわせがあまり大きすぎた。逃げるのは、瀕死の母親の前に自分の姿をあまりながく曝したくないからだ。結婚の破綻と自分の不幸を、自分の姿があまりにも歴然と語っていたからだ。

マッシモとても、彼女と同じく、結婚に幻滅を感じていた。そして、彼女との暮しをやっとの思いで耐えていた。それでも、彼はジュリエッタのように、そのために決定的に不幸になるということはなかった。彼には仕事や友人、そしておそらくは他の複数の女性たち（当時ジュリエッタが信じていたようにすでに〈ルイーズをばさま〉がその中の一人だったかどうかは、今日知るすべがない）など、彼にはほかに頼れるものがあった。そして彼と妻の家族との関係は、あいかわらず暖かい愛情にみちたものだった。冬、彼はいとこのチェサレ・バルボにエンリケッタの病気についてこう書いている。

「気の毒にマンゾーニは妻に先立たれようとしている。肺病だ。二人が別離を強いられることによる打撃がどのようなものかを理解するには、あの家の人々の善良さ、あの家の雰囲気、二十五年にわたる愛、二人が共に生きてきた天使のような生活をつぶさに知っていなければならない。僕はそれを知るものの一人だ。そのうえ、男の子が三人、女の子が二人、適齢期の少女二人が母親をなくし、家族全体が統率者をなくすのだ。お祖母さまは七十を過ぎておいでだし、家の切盛りは無理だ。岳父は経験もないし、健康の理由からも、むしろ誰かが面倒を見なければならない。どんなにひどい状況か解るだろう。それも言葉で表現できるのは、大きい障害だけだ。この頃の岳父を君に見せたいくらいだ。僕はこれまで彼の人物をよく理解しているつもりだったのだが、全く無知だった。生活に関しては、彼の才能はゼロなのだ。あの口からどんな言葉が飛び出すか、想像を絶するものだ。例を一つとってもこうだ。このあいだの夜、いよいよかと思われるときがあって、家族一同が集った。その時、マンゾーニは『お母さまのためにアヴェ・マリアの祈りを唱えよう』と言う。それが済むと、こうだ。『わたしたちをもっともひどい目にあわせた人々のために、もう一つアヴェ・マリアを唱えよう。そうすれば神様はわたしたちのお祈りをもっとよく聴きいれてくださる』。」

十二月の初めにヴィットリアはローディから家に戻ったが、十二日にはまた学校に帰らされた。彼女にとってそれが母親に会った最後だった。いとこのジャコモが叔父ジュリオ・ベッカリアに書いている。「今朝、グロッシに会った……現在、エンリケッタは危篤状態ではないこと、ほんのすこし快方にむかっていることを確認した。しかし、残念ながら彼女にもしものことが起きた場合、我々の果たすべき役目について同意した。その時は、僕とグロッシでマンゾーニ家の人々をジェッサーテに迎えよう。グロッシはよろこんで彼女の弔いをすると言っている。とはいっても、このような不祥事が起らない、あるいはそう早急には起らぬよう祈っている。」

次はクリスティーナ侯爵夫人よりマッシモへの手紙である。

「いとしいマッシモ、クリスマスおめでとう。あなたと、ジュリエッタとサンドリーナとマンゾーニ家の皆様と友人たちに。なんて今年は悲しいクリスマスなのでしょう。でもキリスト教徒として、すなわち、主が子らにつかわし給う苦しみを魂の薬に変えるため、皆様が勇気と忍従を持たれるよう祈ります。自分の家族のように思うマンゾーニ家の悲しみに、わたくしがどれほど悲痛な思いをしているか、あなたは理解できるでしょう。天使のようなエンリケッタが最後の秘跡を受けられたと知り、気分がふさぎ、以来胃をわずらっています。」

エンリケッタはクリスマスの日、夜八時に死んだ。十二月二十七日、近くのサン・フェデーレ教会で葬儀が行われた。遺骸はブルスリオに運ばれ、マンゾーニがその墓碑銘を書いた。「たぐいなき嫁、妻、母たりしエンリケッタ・マンゾーニ、旧姓ブロンデルに、姑、夫、および子らは、熱き涙と強き信頼をもちて、天の栄光を祈る。」

やがて一家はジュリオ・ベッカリアのいるジェッサーテに行った。ジェッサーテから十二月三十一日、祖母のジュリアがヴィットリアに手紙を書いている。

「わたくしのいとしいヴィットリア、慈しみ深い神さまがわたくしたちのために、あなたには母として、わたくしには世にもいとしい娘として、あなたのお父さまにはかけがえのないお連れとしてくださった、あの天使のような人をみもとに召されました。ああ、いとしいヴィットリア、それでも悲しみと淋しさは大きく、あの天使のような人を喪ったことを、わたくしたちは日を重ねるごとに、あらゆる瞬間に感じるでしょう。

なんとうつくしい生涯、うつくしい臨終だったことか。あなたはお母さまが世を去られる以前に、そちらに帰っておしまいでした。そのためにあなたが払わねばならなかった犠牲を、そしてお母さまがあなたのために払われた犠牲を、神さまにお捧げなさい。お母さまはほんとうにたくさん苦しまれたのですよ。あなたに対してと同じように、小さなマティルデも最後までお母さまのお心にかかっていました。お母さまは〈もう神さまにお捧げしてしまいましたから〉と言って、マティルデに会うのを拒まれました。

ここで細かいことをいろいろと書きつらねるのはやめましょう。どれもあたまの下がるような、貴重な思い出ばかりなのですが。ただ一つだけ。亡くなる二日以上まえから、クリスマスの聖夜を待ちこがれておいででした。そして二度目の聖体と終油の秘跡を拝受されたのは、まさにその聖夜なのでした。クリスマスの日は、ずっと祈りつづけ、気もしっかりして、しずかな臨終の時間がすぎてゆきました。わたくしたちの主任司祭さまは、一時もそばを離れずにいてくださいました。とうとう、あの瞬間がまいりました。ピエトロとマッシモがおからだを支え、一同は祈りつづけました。かるい溜息が洩れたとき、主任司祭さまは魂が天に昇ったことに気づかれ、それをわたくしたちにこうお知らせくださいました。『私たちはエンリケッタさまのために祈っていますが、ただいまからはエンリケッタさまが私たちのためにお祈りくださいます』と。

そのとき天使のようなお母さまをわたくしはもう一度見ました。それはそれは美しい微笑をお口に浮かべておいでてでした。心をこめ、敬虔なお気持でみなさんがおくやみにお出でくださいました。一同の涙と祈りに伴われて、ご遺骸はブルスリオに運ばれました……

お父さまはおかわいそうに、悲しみに閉ざされ、神さまの御意向に従おうとしながらも、深い、考えも及ばぬほどの苦しみを味わっておいでです。では、わたくしたちはどうでしょう……ああ、いとしいヴィットリーナ、主がお助けくださいますように。それ以上はなにも申しません。家族一同、まずベッカリア家に行き、そのあと、ここジェッサーテに参りました。乱筆をゆるしてください。夜書いているので、あまりよく見えないのです。

いとしいヴィットリア、いとしい娘、あなたもあのような臨終を迎えられるよう、ご生前のお母さまを模範にしなければなりません。ああ、ヴィットリア、あなたがエンリケッタの娘だということを決して忘れないように。お母さまのお名前が〈すべて〉を雄弁に語っています。この世で善いといわれるもの〈すべて〉、聖と思われるもの〈すべて〉です。ヴィットリア、小さなヴィットリア、もうこれ以上書けません。お父さまがあなたを、悲しみにあふれた胸にしっかりとだきしめてあげると仰しゃっています。みんなもあなたを抱擁します。をじさまもをばさまも……ああ、いとしいヴィットリア、お母さまの御生涯を忘れぬように。いのちあるかぎり、あなたを思いつづけるおばあさまより。」

祖母ジュリアは、友人のユウフロシーヌ・プランタに長い手紙を書きつづっている。ファルケ・プランタの一家はグルノーブルに住んでいて、マンゾーニ家とは昔から親しかった。エンリケッタが病に倒れた夏、彼らの息子の一人がブルスリオに何日か滞在していた。

「ああ、悲しいことになってしまいました。あなたがなにか悪い予感がするとおっしゃっていたのは、やはり正しかったのです。なによりも怖しいことが起りました。わたくしたちの、天使のようなエンリケッタはもうこの嘆きの世にはおりません。ああ、あなたには、申しあげるのもつらいさまざまな出来事について書くべきなのですが、たいへんな不幸に見舞われたわたくしたちについて、まず一言いわせてください。悲嘆は頂点に達しましたが、これに耐えるには、もうすこし鈍くならないと無理です。毎日、毎時、すべての場において、家族全体の魂であり、良識であり、支えだった人、二十六年にわたって、皆の模範であり幸福のみなもとであった人をうしなったという事実は……ああ、どうすればよいのでしょう。このような喪失に慣れよというのはわたくしたちにとって、とても出来ぬ相談です。いわば、わたくしは自分の毎日の糧をうしなったようなもので、一瞬たりとも悲しみが絶えることがないので、つらさも限りなく、耐え難く思えます。このように申しあげるにつけても、不運なアレッサンドロの有様はご想像にまかせます。息子にとって逝った人への哀悼が（ああ、なんという悲しみでしょう）次から次へと生前の事どもを思い出させ、それがまた新たな悲しみをうみます。悲しんでは、あきらめようとし、諦めからまた悲しみにもどるというのが、彼のこの頃の生活です。子供たちもみな、このとりかえしのつかない喪失を、エンリケッタがなくなった瞬間から今にいたるまでひしひしと感じていて、毎日、尊敬の念と愛と悲しみのうちに彼女を思い出しています。わたくしたちのことを話すのはもうこれくらいにして、エンリケッタのことを話しましょう。お宅のアンリさまが出発された後、エンリケッタはいつもより気分がわるかったのですが、床にはつきませんでした。二人の娘が長女の湖畔の家に行っていましたので、〔七月〕二十四日は、わたくしたちもそこに行って、サンタ・クリスティーナのお祝いをすることになっていました。ところがエンリケッタはその小旅行も出来ぬくらい、気分がすぐれなかったので、アレッサンドロとピエトロだけが行きました。二日後、皆が帰って来たときには、エンリケッタは床についていました。内臓にきつい痛みがあり、それが少しずつひどくなったので、なんども大瀉血がおこなわれ、そのうちに、憂慮すべき状態のまま、苦痛の度合も上下しながら、二か月たちました。そのあと、カタル性のひどい咳がではじめ、胸がやられる一方、あれこれの療法が試され、病人の苦しみは増すばかりでしたが、なんという忍耐力ですべてを耐えたことでしょう。さいわい気候は順調だったのですが、長びくにつれて、困ったことが起きたのです。わたくしたちの家は冬向きではないのです。

かいつまんで言いますと、十一月二十三日、ついにエンリケッタをミラノまで運ぶことに成功しました。この小旅行は病人に障ることもなく、彼女を迎えるための準備はすべて調っていました。数日間、平穏な日が続き、ご聖体を受けたのち、ふたたび苦痛が激しくなり、何人かのお医者を呼んで診断を仰ぎました……田舎のかかりつけのお医者は、日夜病人に付き添って、家に泊まりこんでくれました。痙攣性の咳がひっきりなしで、かわいそうな肉体は憔悴しきっていました。本人は死を覚悟していましたが、わたくしたちには申しませんでした。『みなをあまり苦しめることになるから』と申していたそうです。小さな聖母の絵を見て慰めを得ていたようです。『このお方がわたくしの慰めです』と言いながら。別離の悲しみについては、ひとことも申しませんでした。ただ召使たちには『クリスマスの夜はまだなの』と訊ねていたそうです。それればかり聞くので、召使たちもわたくしも、なにか気になりました。ああ、そしてクリスマスの前夜、もう一度告白したいから神父さまを呼んでほしいと言いました。もう一度ご聖体をいただきたいとのことでしたので、神父さまは、ほんの数日前にいただいたばかりだから、告白はしなくてもよい、主任司祭さまがご聖体は持ってきて下さるだろうとおっしゃいました。夫のアレッサンドロはというと、少し以前から、幸福な永遠の生命について彼女に話しつづけ、絶えず『君を神さまにささげよう、そして、神さまから君をいただく』と言っていました。ああ神さま、なんというおそろしい毎日だったことでしょう。そして、とうとうあのクリスマスの夜が来ました。夜半ちかくに、あのおそろしい痙攣がはじまりました。すぐに主任司祭さまに来ていただきました。若くても、教理の上ではしっかりした、徳の高い、謙遜なかたです。エンリケッタは落ち着いていて、意識もしっかりしていたので、すぐにご聖体をいただきました。みなベッドのまわりに集まって、彼女にわたくしたちを祝福してくれるよう、頼みました。エンリケッタはわたくしの頭を両手で抱きしめ、『ああ、おきのどくなおばあさま』と言いました。アレッサンドロには、『いちばん小さい子をおねがいいたします』と言いながらも、『もう神さまにお捧げしてしまったから』と言って、マティルデには会おうとはしませんでした。悔いの涙を流すでなく、弱みも吐かず、彼女の世話をしていた人たちに、いちいち優しく感謝のことばを述べました。もう神さまに心を奪われたようになって、目の前においた小さな聖母の絵に気分を和ませていました。エンリケッタが帰らないでとお願いしたので、主任司祭さまがずっとそばにつききりでお祈りしてくださいました。息子のピエトロと婿のマッシモがエンリケッタを支えていました。クリスマスの日は一日このようにして過ぎました。わたくしたちは、あちこちの部屋に行っては、声をころして泣きました。アレッサンドロは絶望のきわみにありながら、祈りつづけていました。夜の八時にわたくしは子供たちと、ほかの部屋におりました。アレッサンドロはエンリケッタのベッドの反対側の隅のほうの床にひれふして祈っていました。もうなにも見ず、なにも聞かず、ひたすら床に頭をつけて。主任司祭さまは、エンリケッタを励ましておいででした。そのときダゼリオが言いました。『もうお脈がありません。』主任司祭さまがアレッサンドロの方をむかれました。床にひれふしている彼のところに行かれ、その前にひざまずいて、こう申されました。『今まで奥様のためにお祈りしましたが、いまからは、奥様がわたくしたちのためにお祈りくださいます。』

このようにして、エンリケッタがそう呼んでいた『さいわいな旅立ち』の知らせがわたくしたちにもたらされました。わたくしたちにとっては、とりかえしのつかない旅立ちだったのですが。家の人たちについては、なにも申しますまい。ご想像にまかせます。義妹が田舎から出てきてくれました。弟はそちらに残りました。その夜は、義妹に連れられて、弟の家にまいりました。そして翌朝、彼女と一緒にこちらに向けて出発しました。出発のまえに、わたくしはもう一度、エンリケッタに会うために家に戻りました。あの残酷な病が顔に彫りこんだ苦しみの皺は消えて、顔はうつくしく若返り、天使のようなほほえみが浮んでいました。ああ、ユウフロシーヌ、わたくしは手に接吻しましたが、それ以上は手をふれませんでした。かわいそうにジュリエッタは病気で寝ていたのですが、わたくしたちと一緒に来ました。でも何マイルか行って、後戻りしなければならなくなりました。マッシモも後に戻って、聖なる遺骸のお世話に心をくだいてくれました。事実、エンリケッタにじかに触れたのは、召使の女たちと、納棺をしてくれたマッシモだけです。弔問客たちが遺骸を拝みにきてくれ、彼女のために祈ってくれました。二日のち、まず教会に運ばれ、その後、わたくしたちの田舎の邸に移されました。墓地に穴が掘られ、小作たちは蠟燭をともして遺骸を迎えてくれました。夜を徹して通夜がおこなわれ、朝がくると、もう一度、土地の主任司祭にきてもらって、多人数の司祭たちが葬儀をおこなって下さることになりました。ああ、くだくだしく書きつらねてごめんなさい。頭がすっかり混乱してしまって。この悪筆をどのように読みといていただけるか心もとない限りですけれど、頭のなかにしっかりと刻みつけられていて、書きはじめるとなにを書いているのかわからぬまま、止まらなくなりました。わたくしたちは二週間あまり弟のところにいて、家に帰ってまいりました。帰ってみると『わたくしたちにとって絶対に必要』だった人の不在を、日々ひしひしと感じるばかりです。

親愛なるユウフロシーヌ、ご尊母さまのご逝去を心からお悼み申しあげます。あのような聖らかで立派なご最期がわたくしたちの模範となることは、信仰が教えてくれます。でも心臓は肉体の一部なので、わたくしたちを苦しめさいなむのです。わたくしたちの将来についてはご心配いただかぬよう。臨終の瞬間でさえ、すこしも心配はしませんでした……ではまた、親愛なるお友だちのあなた、あなたがわたくしを愛してくださるかぎり、まだこの世に結ばれているのを感じます。」

次に掲げるのは死の一週間前にエンリケッタが口述した遺言である。

「我、ミラノの住人、アレッサンドロ・マンゾーニの妻、エンリケッタ・ブロンデルは、我が資産を次の如く分配する。

我が持参金については、男女を問わず、我が子らに平等に分配されるべきものとする。持参金以外の資産については、その半分が三人の男子、ピエトロ、エンリコおよびフィリッポに分配され、他の半分は男女の別を問わず、平等に分配されるものとする。すべてについて、夫の生存中は当人がその使用権を所有するものとする。

さらに前記三名の男子相続人および用益権享受者たる我が夫に遺贈の名義で、一回限り、我が五名の女子、ダゼリオ家に嫁せしジュリエッタ、およびクリスティーナ、ソフィア、ヴィットリーナ、マティルデに各一千五百ミラノ・フランを贈与することを義務づける。

上記のダゼリオ侯爵の妻ジュリエッタへの遺贈は、法的期間内に支払われるべきものとする。他の女子は婚姻等の場合を除いては、父の在世中はこれを要求してはならない。」

遺言書の作成にあたって、サン・フェデーレ教会の主任司祭、ドン・ジュリオ・ラッティ、トンマーソ・グロッシ、およびカスティリオーニという名の会計士が証人として立ち合った。

「マンゾーニ家はこれ以上の打撃はないほどの大きな不幸に見舞われました」とコスタンツァ・アル

コナーティがフォリエルに書いている。フォリエルからは長いことマンゾーニ家に音信がなかった。ジュリエッタが結婚したときでさえ、一行の便りもなかった。コスタンツァ・アルコナーティは、手紙を書いてほしいと、フォリエルに頼み込んでいる。「親愛なるフォリエルさま、一言でよろしいのですから、マンゾーニ家の方たちにお手紙を書いていただけませんかしら。ジュリエッタが結婚したときにも、どのような理由がおありだったのかは存じませんが、お手紙をいただけなくて、ほんとうに残念がっていました。今度のこともどのようにお感じでいらっしゃるか、わたくしにはわかります。お願いでございます、どうぞお便り差し上げて。」

それでもフォリエルは書かなかった。一八三四年の二月、パリに行くトンマーソ・グロッシの紹介状を、マンゾーニが書いた。マンゾーニの側からもフォリエルには長いこと無音だった。「聖なる義務にせまられ、どうしても長い沈黙を破らねばならなくなりました。小生の沈黙の理由については、お察しいただいたことと存じます……〈聖なる義務〉とは、フォリエルに非常に会いたがっていたニッコロォ・トマセオを彼に紹介することだった。」時には、ただ意味がないというだけのことで、口にするのがつらいだけでなく、どうにも見つからない言葉があるのを、貴殿はよくご存じと思います……ではいずれ、親愛なる、永久に親愛なる友よ、この哀れな家族の生き残ったものたちが貴殿を抱擁いたします。ある日、もっとゆっくりお話しするのを楽しみに。」

フォリエルはニッコロォ・トマセオを慇懃に遇した。二人は友だちになったが、フォリエルはマンゾーニには返事を書かず、以後音信は途絶えた。マンゾーニの方からの便りも、それ以後はない。

一八三四年の夏、メァリ・クラークがイタリアに来た。マンゾーニ家の人々に会い、フォリエルへの手紙でその消息を伝えている。彼が南仏旅行を計画していたのを彼女は知っていたが、出発がいつになるかまでは知らなかった。

メァリ・クラークよりフォリエルへ。

「マンゾーニ家の人たちと別れた後、まだ心が動揺していて、ほかのことが考えられません……ああ、もしご旅行のついでにこちらまでお出でになって、二週間でも滞在なされたら、マンゾーニさまはどれだけお喜びになるでしょう。マンゾーニさまは、美しい魂だけができるように、あなたを心から愛しておいでです。あの方を喜ばせる気になってくださったら、どんなにうれしいでしょう。あなたのことを話しておいでになりましたが、あの方のあなたに対する愛情も、あの方の魅力も、まったく昔とお変りになっていません。もし南フランスにお出になるのでしたら、簡単にこちらにお寄りになれるのをお忘れにならないように。人生は短いということを、お忘れくださいますな。あの方のような友人を持つ幸運についてお考えくださいまし。このところ何年かというもの、あなたはお仕事のことしかお考えになららず、それでは心がひからびてしまいます。そして、あの方のような友人と過す時間は決して無駄な時間でないことを、お心にとめてくださいますように……」手紙はここで中断されているが、いずれにせよメァリ・クラークはこの手紙の宛先をどこにすればよいのか知らなかったのだ。フォリエルがまだパリにいるのか、もう出発したのかさえ知らなかったのだから。

その夏、ジュリエッタはブルスリオで病床につき、ふたたび起きあがることがなかった。いつものように、いとこのジャコモが叔父のジュリオ・ベッカリアに手紙で知らせている。「マンゾーニ家の人たちは、昨日ブルスリオを出発しました。ジュリエッタ・ダゼリオが発熱し、瀉血と蛭療法をしなければならなかったのです。」「マンゾーニ家に行こうとして歩いていると、途中で料理番のジュゼッペにばったり出あい、ジュリエッタの様子を訊ねたところ、今朝秘跡を受けたいと希望したので、聴罪司祭を呼びに行くところだとのことでした……彼女の宗教の勤めの邪魔にならぬよう、小生はブルスリオ行きを少々延期することにしました……聞くところによりますと、決して予断を許さぬようです。」

ジュリエッタは九月二十日にブルスリオで息をひきとった。死亡証明書には tabe mesentrica《ターベ・メセントリカ》《腸間膜消耗症》、とある。

マンゾーニ一家はジェッサーテの叔父ジュリオ・ベッカリアの邸に移った。いとこのジャコモが叔父のジュリオ・ベッカリアにこう知らせている。

「昨夜、ミラノ到着、早速マンゾーニ家に参りましたが、一同そちらに向けて出発した後でした。精神的な動揺はさておき、せめて健康であればと祈っています。皆に、そしてダゼリオ氏にも小生から宜しくとお伝え願えれば幸いです。来週にはジェッサーテに行き、皆様にお目にかかりるつもりです。」

この簡潔な手紙の主は、かつてジュリエッタが恋をしたいとこのジャコモである。

ジュリエッタはブルスリオに葬られ、墓碑銘はマンゾーニが書いた。

「ジュリア・ダゼリオ、旧姓マンゾーニ、一八三四年九月二十日、主の平安のうちに死す。悲嘆にくれる夫、親族、共に主の御慈悲と信徒諸兄の祈りを乞う。」

マンゾーニは一八三四年の十月、トスカーナ大公に次のように書いている。

「長女こと、幸運に恵まれた婚姻と愛情に満ちた母としての生活を始めたばかりでありましたが、年若くして主に召されました。昨年末の不祥事の折に生涯忘れ得ぬ御心遣をいただきましたので、この度の不幸についても黙し続けるのもかえって無礼かと存じ、いまだ日浅くして心痛深きものがございますが、取急ぎ御一報さしあげる次第であります。」

メァリ・クラークよりフォリエルへ。リル発。(前の手紙から約一か月半たっている。バーゼルを通った際、彼女はフォリエルがマルセイユにいることを知った。)

「どちらにおいでか知っていたら、お手紙をいただく前にこちらからさしあげましたのに。マンゾーニ家の人々について、あまり胸がいっぱいだったので、一刻もはやくお便りいたしとうございました。当時、わたくしの受けた印象では、悲しみよりは、むしろみなさま楽しくお暮しのようだったのです。でも、今日の手紙は、あなたをお悲しませするだけです。ジュリエッタが亡くなりました。わたくしがお邪魔していた頃は、とても具合がよくて、これなら大丈夫だろうと一同ほっとしていたのです。なによりも恐ろしいのは、わたくしが訊ねたことどもから判断したところによると、ジュリエッタ自身が気がくるったようになって、自分の胃を駄目にしてしまったということです。一、二年前にわたくしのお世話をしてくださったあのお医者さまに診ていただいていれば、助かったはずです。要するになんの病気で亡くなったというのでなく、ひどい衰弱と緩慢で全般的な炎症が原因でした。実をいうと、数年まえから、食べものをまったく消化できなくなり、そのためほとんどなにも食べなくなっていました。それなのに、なにもしないでほうっておいたのです。その上、お産による疲労と授乳が病気を悪くしてしまいました……もし、あなたがマンゾーニさまにお便りなさる勇気がおありでしたら、とても喜ばれるでしょう。数行で充分です。今度のことは、エンリケッタのときに比べればずっとましなのかも知れませんが、また傷口が開いてしまったことは確かでしょう。おばあさまはたいへんなお悲しみで、ほんとうにおかわいそうです。アルコナーティ夫人が、あなたといっしょにミラノに行こうと提案なさるおつもりだったようです……ゲスベックであなたと落合うことを考えていらしたのですけれど。ご自分の馬車にあなたをお乗せするおつもりでしたから、旅の不便さは味わずに済んだはずです。この計画について、わたくしはなにも申しません。というのも、もしお出でになるお気持がおありなら、今おいでのところから直ちにいらっしゃったほうが、ずっと早いでしょうから。わたくしは、あなたとお会いするのが少しおくれても、マンゾーニさまのためになら、よろこんで待ちましょう。マンゾーニさまを見るだけで涙が溢れるので、わたくしは何度も部屋を出なければなりませんでした。あの気持はたとえようのないものでした。キリストさまがお弟子たちにたいして、あのようなお顔をなさるのではないかと思い、その前にひざまずいてしまいたいような気持でした。昔に比べてほとんどお年を召した感じはありません。髪だけが白くなって、わたくしがうかがっていた二日間は快活といってよいほどでした。でもアルコナーティ夫人がおっしゃるように、冷淡なのではさらさらなくて、ただ、あの方のように感じやすい性格の方は心がおやさしいので、長いこと苦痛を耐えることがお出来にならなくて、ときどき逃げておしまいになるのですわ。悲しみはあまりに醜いものなので、美の極致においでの方にとっては耐えがたくなるのでしょう。それでも、お顔にはやさしさと苦悩の跡が刻まれて、どのような思いをなさったかを物語っていて、それが何にもまして心を惹きつけます。

猫が日向でころがるように、わたくしもあの方に甘えたくなりました。ミラノで過したあの三日間はわたくしの人生にとって大切な出来事でした。憂愁にとらわれながらも、マンゾーニさまにお目にかかる喜びがあまり大きかったので、あの憂愁をさえ懐かしむ気持です。あの方の純真さは変ることなく、すべてに興味をおもちになり、わたくしがパリのことをお話するのを、とても愉快そうに聴いてくださいました。パリの人たちについてご意見をのべられ、たった今、六か月のパリ旅行から戻られたかのように、よくご存じです。わたくしはそれが嬉しくて、もう一度、私心のない知性というものの存在を信じられるようになりました。一、二年のうちには、またミラノに行って、魂にも信仰にも焼きをいれたいと思います……お嬢さまお二人は、なかなかしっかりしておいでのようですが、まあまあのおきれいさで、ぜんぜんチャーミングではありません。ピエトロは魅力的で、ひどく怠け者だと言われていますが、様子もなかなか立派です。一番末のマティルデは四歳ですが、可愛くて、おしゃまさんで、元気いっぱいで、まるで宝石です。こんなに人の心を捉えて離さないこどもを見たことがありません。ジュリア夫人は、あいかわらず愛想がよく、情が細かくていらっしゃることもお変りになっていませんが、すこしお年を召したようです。それ以外は、なにひとつ変っていらっしゃいません。『それで、わたくしたちのフォリエルさまは？』と昔と変らぬやさしい口調でおっしゃったものです。そう、あの方たちは、どこに行っても会えない、特別な人たちで、わたくしはマンゾーニ家の方たちを、聖遺物の箱にでも入れるように、胸に大事にしまって持ちあるいています。多くの人を知れば知るほど、あの方たちがすばらしく思え、だれ一人肩をならべ得る人はないでしょう。ジュリア夫人はわたくしにエンリケッタのことをたくさん話してくださいました。日が経つにつれて、エンリケッタをなくされたことを身にしみて感じられ、アレッサンドロは赤ん坊にひとしいので、ぜったいに一人では置いておけない。自分はもう年とっているので、自分が死んだときのことを考えるとぞっとする、とおっしゃっていました。エンリコもまあまあの好男子です。お父さまには似てなくて、ほとんど口をきかず、少々非社交的なところもありますが、まあまあです。ダゼリオはあまり感じがよくありませんが、どうしてなのかはわかりません。これと言って気にいらない点はないのですけれど、りっぱな口髭がなんだか気取った様子で、そうかと言って、虚飾家というのでもありません。でも、人はだれでも、芸術作品のようなものですね。まずまずと言われる絵でも、はっきり欠点を指摘できなくとも、特に好ましいところがなにもないというのがあるものです。そして、ひと目見ただけで心を奪う人間が何人かいるあの家族の中で、真の才能をもたずに生れたものは不運という他ありません。」

フォリエルは結局、手紙も書かず、ミラノにも来なかった。アルコナーティ夫人、メァリ・クラークどちらの願いにも応じなかったことになる。沈黙と不在を彼は選んだ。来なかったのは、多分、現在の状態でマンゾーニ家の人々に会うのはあまりにも痛々しいと思ったからではないか。手紙を書かなかったのは、たった数行の文面はあまりにもみすぼらしく思えたからだろう。マンゾーニ自身が言ったように「それがただ単純に無駄だという意味で、時には口にのぼすにはあまりにもつらく、どのように言ってよいかわからぬ言葉が」あったに違いない。フォリエルはジュリエッタより十年あと、一八四四年に没した。Mon cher parrain《モン・シエール・パラン》《親愛なる名づけ親さま》、ではじまるジュリエッタの手紙はフォリエルがパリに持っていたアパルトマンで死後発見され、マンゾーニに返された。その労をとったのは、数年前からメァリ・クラークの友人であった東洋学者のジュル・モールだった。フォリエルの死後、ジュル・モールはメァリ・クラークと結婚した。

　マンゾーニとフォリエルの友情が立消えになったのはなぜだろうか。いつ消滅したのか。最初はどちらも単なる筆無精にすぎなかったものが、年とともに、どうしてあのように不可解な、かたくなな沈黙に変質してしまったのか。的確な説明はたぶん存在しないだろう。一八二五年の秋、フォリエルが、一言の挨拶もなく不意にミラノを離れた日に、二人の関係は切れてしまったのか、あるいは切れる直前のところまで行っていたのではないか。その時、フォリエルはたとえばフランスに所用があったため、引き止められたくなかったのかも知れない。金がなくなったのかも知れない。さもなくば、単に別れの挨拶を避けたのか。彼が別れを嫌っていたことは、われわれも知っている。仮説はいくつもたてられる。しかし、もっとも本質的なことは、それまでの友情が、なにか他のもの、このまま続けるにはあまりにも味気無い形式的なつめたい関係に変化してしまったことに、彼が気づいたのだろうか。フォリエルは完全に自信をうしなったのではないか。そしてマンゾーニのそばにいて、相手が坂を登り続けているのに反して、自分が一気にその坂を駆け降りているかに見えたのではないか。そして二人の歩みが、もはや同じ方向を指していないのが、彼に解ったのではないか。あるいは、こういう解釈もなりたつかも知れない。すなわち、すべてはフォリエルの性格につながっていたのかも知れない。サント・ブーヴに言わせると、彼は「文明においてはそれが生れる瞬間を、河においては水源を愛した」のであった。黎明を愛し、真昼や黄昏を彼は嫌った。人間についても、模索、期待と待望の時代を愛していて、完成には興味がなかった。もしかすると、マンゾーニ自身それを理解していて、相手が漸次遠ざかって行くのを、自分との関係が薄れて行くのを感じとっていたのかも知れない。その結果、二人の関係はぷっつり途切れ、手紙のやりとりもなくなった。交信は途絶え、遂に会うこともなかった。やがてマンゾーニが不幸に見舞われたとき、フォリエルは単純な憐憫と愛情の手紙を書くことを自らに拒んだ。憐憫の心はあまりにも深く大きく、愛情は、多くの出来事や、たがいに矛盾したり、よじれたり、断片的であったりの感情に発する苦痛に満ちた想いをまえにして、言う言葉をもたなかった。

御身の怖しき。
かの聖処女の腕に
抱かれ、衣のかげに
かの慈悲の乳房に拠りて
嵐を超越するが如くに
君臨す、おお峻厳なる嬰児《みどりご》よ。

汝《な》が思いはわが運命を司り、
汝《な》がかよわき泣き声はわれを律す。

我等が涙をみそなわせ給え、
我等が叫びを聴き給え。
我等が望みを訊ね給え、
而して汝《な》が裁断を仰がん。
雷を避けんとて
わが祈りの天に昇る間に、
雷鳴は音なく降り
汝《な》が欲するままに打つ。

これは『一八三三年降誕祭』と題されたマンゾーニの詩の冒頭の部分で、エンリケッタの死の一周忌に書かれたものである。断片的な詩行の羅列に終った作品である。神は遠い存在で、神のいますところは、稲妻に青く照らされた暗い天であり、恐怖に気もそぞろとなる。涙も叫喚も祈りも、神はその在まし処から見そなわし給うが、神の意志はこれに動かされることはない。幾節か書いただけで、ページは白いまま残された。続けることは不可能だった。このように遠く、高く、非情な神にどのように呼びかけることが、どのように話しかけることができるのか。神のなすところをただ描き、あとは地にひれふす以外ない。「雷鳴は音なく降り／汝が欲するままに打つ」のである。

ジュリエッタの娘、小さなリーナはマンゾーニ家に迎えられ、ジュリアに預けられた。

ジュリエッタの死後いくばくもない晩秋の一日、ダゼリオはチェザレ・カントゥといっしょにジェッサーテのジュリオ・ベッカリアの家にむかって歩いていた。ふと、つめたい冬の風が頬に吹きつけるのを感じて彼は言った。「この風にあたると、あの吹きさらしの野でジュリエッタが寒がっているだろうと考えてしまう。」チェザレ・カントゥはこの言葉を、少々意外な思いで記憶にとどめた。ダゼリオが妻について、やさしい、あるいは憐れみに満ちた言葉を用いたことはあまりなかったからである。ダゼリオにとって、ジュリエッタの思い出は、不透明な、重苦しい、つらい、光のないものだったに違いない。彼女のイメージは、難儀な日々、相互の無理解、不調和を想起させる種類のものだった。

彼の母、クリスティーナ侯爵夫人はジュリエッタにあの非情な手紙を書いたことを後悔していた。一八三五年の三月、マッシモにこう書いている。

「わたくしの不徳とちょっとした不機嫌さのため、あのように不平をぶちまける結果になり、たいへん後悔しています。いとしいマッシモ、あなたに愛されていることに自信をもって、あの時は黙っているべきでした。でもしかたがなかったのです……許してくださるでしょうね。さてあなたのお便りですが、いつも形のととのった書簡ではなくても、せめて四、五通に一度はちゃんとした手紙をください。

あなたの身辺について聞くと、わたくしは元気がでます……どうしてかわからないけれど、このところジュリエッタのことがしきりに思い出されてなりません。あのひとの魂がまよっているのかも知れないと考えて、彼女の冥福を祈って、ミサを捧げてもらいました。」

一八三五年の四月にヴィットリアがローディで初聖体を受けた。家に便りがあり、祖母と父が返事を書いた。

祖母より。

「いとしいヴィットリア、わたくしたちのジュリエッタが人生の悲しみから視線をそらして、あなたの聖なるお母さまといっしょに永遠の歓喜を味わうために旅立ってから、もう半年が過ぎてしまいました……わたくしは年もとったし、罪深い女ですから、キリスト教徒の魂にとっては悲しみさえも喜びとするあの諦観の心を、まだ神さまからいただけずにおります。あなたのお父さまはその点、りっぱな模範を示してくださいます……この大切な時期にあたって、わたくしがこの諦めの心をいただけるよう、あなたから神さまにお願いしてくださいい。あなたの無垢な祈りは、わたくしのより神さまのお気に召すのはたしかです……

ちいさなリーナはマッシモに頼まれてわたくしがあずかっていますが、とてもかわいらしくて、いとしい子です……かわいそうに、ひいおばあさんが母親代りなんて……」

父より。

「おまえの便りは、主が時に御憐れみの心から、もっとも厳しく扱い給う人々だけに与えられる、深い慰めを父にくれる。いとしいヴィットリア、口に言いつくせぬ恩寵を頂くにあたっておまえが真剣に心の準備をしているのを知り、父は、それがおまえにとって、たえまない恩寵と限りない神の祝福の出発点であるとの、深い信頼に満たされている。今、おまえの体験している歓喜、そしてまもなく体験するだろうもっと大きな歓喜が、現在も、一生を通じても、真の喜びは、主との一致、より完璧で、より睦まじい、しっかりとした主との一致を措いてあり得ぬとおまえに教えてくれるよう、父は祈っている。自分が弱く感じる分だけ、主におすがり申せ。主は自らを識り、主に依り頼むものの祈りをけっして無視されることはない。すべてにおいて、いつまでも、主の聖なる規律に忠実たらんと心に誓いなさい。躊躇せず誓いなさい、これを命じた御方は同時に援助をも約束なされたのだから。自分にもっとも不足していると思われるところを、確固たる希望をもって主に願いなさい。将来、世俗のことが甘言と虚偽の主張をもって、おまえを誘い、脅かし、おまえの魂を救済に導くそれとは反対の規律を実際に説いて見せるとき、そんなときに自分にもっとも必要とするものを、今から主に願っておきなさい。今から世俗を怖れることを覚えなさい。今、この瞬間から、世俗はおまえを圧倒するやも知れぬのだから。世俗を軽蔑する習慣を身につけなさい。愛の極みにおいて、おまえのところに来てくださる御方は、世俗に打ち勝たれた。このさいわいにして聖なる機会に、深い感謝の念と、こころやさしい愛情と、謙遜な尊敬の念を、聖母マリアにたいして抱くよう心掛けなさい。その御胎内においてこそ、我等の裁き手であった方が一転してわれらの贖《あがな》い主になられ、神がわれらの兄弟になられたのだから。一生のあいだ、聖母がおまえを保護し、教え導いてくださるよう、心をさだめて祈りなさい。おまえの天使のようなお母さまは、満足しておまえを天から見守っておいでになる。おまえといっしょに、神様にお願いし、感謝し、約束してくださる。」


ジュリエッタの死から一年も経たぬ一八三五年の夏、ダゼリオは再婚した。この性急な再婚はマンゾーニ家の人々にとってはこの上ない無礼と感じられた。しかも、再婚の相手はルイーズ・モォマリイ、〈ルイーズをばさま〉で、町のうわさによると、ダゼリオはジュリエッタの生前すでにこの女性と関係があったとのことであった。すなわち、ジュリエッタの嫉妬は現実的な理由にもとづいていたのである。

パリにいたニッコロォ・トマセオは次のようにとりざたしている。

「ダゼリオが再婚する。相手はブロンデル未亡人だ。彼女にたいしてジュリエッタが嫉妬していたと人々は言っている。なんということだ。」

また、コスタンツァ・アルコナーティもこう書いている。

「今度の性急なこの結婚は、それ以前にいくらかの愛の期間があったのが当然とすると、ジュリエッタはまったく愛されていなかったという印象を人々に与えるのではないでしょうか。」

しかし、後にマッシモとルイーズの書簡集を編んだジュリオ・カルカーノはより紳士的で控え目である。

「彼は心から愛していた家庭の環境からあまり遠くないところで、聡明な伴侶に、また母をなくした娘の第二の母に選んだ女性との再婚に踏みきった。」

結婚後まもなく、マッシモとルイーズはリーナを引き取りに来た。リーナは母ジュリエッタの死後マンゾーニ家にいて、祖母のジュリアが面倒を見ていた。夫妻はリーナを受けとりに来て、連れていってしまった。ジュリアはそれを深く悲しみ、マンゾーニ自身にとってもジュリアにとっても、あらたな侮辱と思えた。

しかし叔父ジュリオ・ベッカリアと〈ちいをばさま〉と呼ばれたその妻によると、ダゼリオの行為には侮蔑的なところはまったくなかった。夫妻とダゼリオとの友好関係はその後も変らなかった。一八三五年の秋、マンゾーニはジェッサーテに招待されたが行かず、そのかわりに、ナーヴァという知人の招きに応じてモンティチェッロに数週間滞在した。チェザレ・カントゥが〈ちいをばさま〉にあててこう書いている。

「昨日、誰に会ったか当ててごらんなさい。マンゾーニ家の人たちです。私はわざわざモンティチェッロまで、彼等に会いに行って来ました。マンゾーニもおばあさまも機嫌よくお過しで、お顔色も明るく、満足しておいでのようでした。おばあさまは十年も若返ったとおっしゃっていました。当然マンゾーニもです。彼はまるで少年のようで、学校に行かせたいくらいです。教師は彼の周囲にたくさんいるはずです。

しかしジュリアは私をわきに呼んで、どれほど彼女がつらい思いをしたか、ナーヴァ家の人たちが示してくれた、かぎりなく寛大で心のこもった親切をどれほど彼女が必要としていたかを、すっかり打明けてくださいました……あなたに書かれた手紙をほとんどそのまま暗誦してくださって、ジェッサーテに行けば、ダゼリオがあの女と来るのにぶつかると大変、などとおっしゃっていました……再婚するのは当然だが、その仕方がいやらしい、どうしてあなたたちが認めるのか不思議だそうです。その辺りから、会話は茨の藪に迷いこんだ如くなり、それに気づいたアレッサンドロは会話を中断して、ジュリアにこういいました。『お母さまのオデュッセイアは始まると終らない。』」

チェザレ・カントゥと〈ちいをばさま〉は非常に親しかった。のち、二人は愛人関係にあるとも言われた。

マンゾーニはダゼリオを相手に訴訟をおこした。ジュリエッタは遺言書を書かないで死んだ。最後の数週間は「口唇機能を失って」いたと訴訟書類には書かれている。口がきけなくなっていたのだ。マンゾーニ、とくにジュリアは小さいリーナの財産は裁判所によって保護されねばならないと考えた。ジュリエッタが結婚したとき、ジュリアは彼女に資産を贈与した。リーナのためにその資産が凍結されるよう、ジュリアは望んだ。訴訟はミラノの裁判所で審議された。ダゼリオの言分が認められ、マンゾーニ家は敗訴した。

年月とともに、マンゾーニ家とダゼリオ家の関係はふたたび愛情のこまやかなものになった。もともとダゼリオはマンゾーニの大の気に入りだった。「楽器をよくし、歌がうまく、踊りをよく」する、彼と正反対の人間だったからである。

ルイーズは、昔ジュリエッタがそうしたように、自分を〈侯爵夫人〉と呼んでほしいと要求した。それがこの称号に真正の権利をもつクリスティーナ・ディ・ビアンゼェ侯爵夫人の気にさわった。

そのルイーズであるが、ダゼリオはまもなく彼女に厭きてしまった。数年後、二人は別れた。

一八三六年、ヴィットリアがローディの寄宿学校から呼び戻され、ミラノの〈訪問会〉の修道院に預けられた。

一八三七年の一月、マンゾーニが再婚した。相手はドンナ・テレーサ・ボッリと言い、デーチョ・スタンパ伯爵の未亡人だった。彼女は若くして夫を喪い、十八歳になる一人息子を自分の手で教育していた。テレーサ・ボッリのことをマンゾーニに最初に話したのはトンマーソ・グロッシだった。ジュリアにも、アレッサンドロの再婚は順当と思えた。彼女は、はじめはテレーサ・ボッリをたいそう好きになったのだが、結婚後まもなく不和になった。テレーサの性格は粗野で、人にたいしては高圧的だった。とくに彼女の息子のステファノをジュリアは我慢できなかった。それで少しずつ、自分の部屋に籠るようになり、それまで女王のようにふるまってきた家のなかでよそ者のようになってしまった。夏、パリにいたトマセオがカントゥにこう書いている。

「ドンナ・ジュリアは別邸でほとんど孤立しておいでだと聞いた。マンゾーニは奥方で手いっぱいだ。」

「ドンナ・ジュリアと嫁御寮の関係が少々とげとげしくなっているというのは本当か。よくここまで我慢された。」

トマセオはパリでフォリエルに会って、マンゾーニの再婚について話した。この結婚について意地のわるい噂が拡がっていた。フォリエルは言った。“Qu'on s'arrange comme on veut; il a besoin d'être heureux.”《好きなようにすればいいさ。彼だって幸福になりたいだろう。》

マンゾーニ家の人たちに長年会っていなかったトマセオは、いろいろと想像をめぐらしていた。一八三八年の夏、ナントからカントゥにあてた手紙である。

「ドンナ・ジュリアはいびられているとまではいかないが、まあどちらかというと片隅に追いやられている。よろしくとお伝えしてくれ。娘たちはもうはたちを過ぎたはずだ。ふたりとも死んだジュリエッタとはまったくからだつきが違う。すくなくも小さいときはそんな風に見えた。父親の性格には誰も似ていない。運命とはこういうものだろう。」

一八三八年に、ソフィアがロドヴィーコ・トロッティと結婚した。ロドヴィーコは、マリエッタ・トロッティとコスタンツァ・トロッティ・アルコナーティの弟である。

末っ子のマティルデは八歳になり、ヴィットリアのいるミラノの訪問会修道院の寄宿学校に入れられた。

一八三九年に、クリスティーナが結婚した。彼女はかなり以前から、クリストフォロ・バロッジという青年に恋をしていて、彼も彼女を愛していた。しかし、クリスティーナの持参金が少ないという理由で彼の両親がこの結婚に反対した。ジュリオ・ベッカリア叔父といとこのジャコモがなかに入り、分厚い手紙のやりとりがあったのち、バロッジ家は遂に同意した。

一八四〇年の二月、祖母ジュリアがローサ・ソミス（ソミス判事はその前年に没している）に書いている。

「ああ、ローサ、わたくしがあなたのことを忘れるなんてとんでもない。わたくしはあなたのお父さまを、どなたよりも深く尊敬し、信頼し、真の友情を感じていたのですよ。あのお父さまのように義《ただ》しいお方が心から愛しておいでだったお嬢さまのあなたを、忘れるなど考えられません。お父さまには、いつまでもかわらぬ感謝の心でいっぱいです。もうこの心臓も年に押しつぶされてもよい頃なのですけれど。毎日、あらゆる瞬間に、失った多くのかけがえのない人たちのことを考えて、ただ悲しみに耐えております。いとしいローサ、どうしてなのか、わたくしはあきらめきれません。あなたも愛してくださった天使のようなエンリケッタをなくしてからは、あなたの哀れな年老いた友人にとって、すべてが変ってしまいました。ああ、ローサ、ローサ。なにもかも……あなたが最後にブルスリオにおいでくださったとき、あなたのご身辺についてご消息をいつも切らさないようにと心からお願いいたしましたわね。そのときお約束くださったのに、その後あなたがどうなさっておいでか、わたくしは存ぜず、ご結婚を知ったのはほんの数か月まえのこと。あなたこそ、この哀れな老婆をお忘れになったのかしら。ああローサ、あなたに忘れられたらどうしましょう。

しあわせですというお便りをお待ちしています。あなたはお行儀もよく、いつもかわいらしかった。わたくしにはあまりたくさん欠点があるので、どうぞ、どうぞお祈りください。ご存命中はたえずわたくしをお助けくださった聖なるあなたのお父さまが、この不幸な哀れな老婆のことを覚えていてくださるよう。ローサ、あなたを真に心をこめて、胸に抱きしめましょう。」

その夏、ブルスリオでクリスティーナが病臥した。女児を分娩して、エンリケッタと名づけたばかりだった。冬中、彼女は病床にあり、四月にはヴィットリアが寄宿学校を卒業した。もう十八歳になっていて、その後はクリスティーナのところに行って、彼女の世話をした。クリスティーナは五月に死んだ。ヴィットリアはその後、ソフィアのところで暮した。（しかし、ソフィアも数年後、すなわち一八四五年に四人の子を残して死んだ。）

一八四一年六月二十日にジュリアよりヴィットリアへ（ジュリアは肺炎で病床にあり、数日後、七月七日に他界した。）

「わたくしの愛する娘に、あなたのかわいそうな、ほんとうにかわいそうなおばあさまは、あなたをしっかりと胸に抱きしめます。そして、わたくしにとって一番大切なあなたとソフィアのことをいつも考えています。お便りをください、そして〈どんな時にも〉あなたはいつでもわたくしに打明ければよいことを忘れないように。神さまが永遠にあなたのすべての行為の理由であり、道標でいらっしゃるように。けっして、けっして、あなたの天使のようなお母さまを忘れないように。

昨日、〈訪問会〉にまいりました。マティルデはあなたがもう学校にいないこと、そして神さまがわたくしたちに賜った新しい不幸をまだ悲しんではいますが、すべてを神さまの御手にゆだね、落着いています。手紙を書いておあげなさい、ヴィットリア、わたくしに書くひまがあったら、マティルデに書いておあげなさい。

そのあと、わたくしは涙にぬれた憐れな祈りを捧げに、いとしいクリスティーナのお墓に行って来ました。ああ、なんということでしょう。わたくしはこんなに老いさらばえて、ほんとうにたくさんの身内に先立たれてしまいました。」

著者紹介
ナタリア・ギンズブルグ Natalia Ginzburg
1916年、パレルモ生まれのイタリア人作家。少女時代から文学を志す。1938年に反ファシスト運動のリーダー、レオーネ・ギンズブルグと結婚し、短編を発表するかたわら、プルーストの『失われた時を求めて』を訳して高く評価される。主要著書は『ある家族の会話』、『マンゾーニ家の人々』など。現代イタリアを代表する作家の一人。上院議員。1991年逝去。

訳者紹介
須賀敦子（すが・あつこ）
1929年、兵庫県生まれ。聖心女子大学卒業。上智大学比較文化学部教授。1991年、『ミラノ 霧の風景』で女流文学賞・講談社エッセイ賞を受賞。主要著書『コルシア書店の仲間たち』、『ヴェネツィアの宿』、『トリエステの坂道』、『ユルスナールの靴』、主要訳書『ある家族の会話』、『インド夜想曲』など。1998年逝去。

本書は1988年に単行本として小社より刊行された。

白水uブックス　177

マンゾーニ家の人々（上）

著　者　ナタリア・ギンズブルグ
訳者©　須賀敦子
発行者　及川直志
発行所　株式会社 白水社
東京都千代田区神田小川町3-24
振替　00190-5-33228　〒101-0052
電話（03）3291-7811（営業部）
（03）3291-7821（編集部）
www.hakusuisha.co.jp

2012年2月10日　第1刷発行
2021年9月10日　第2刷発行
本文印刷　大日本印刷株式会社
表紙印刷　クリエイティブ弥那
製　　本　加瀬製本
Printed in Japan

ISBN978-4-560-07177-9

乱丁・落丁本は送料小社負担にてお取り替えいたします。